LE JOUR OÙ

tu es revenu

MYCHELE S.

LE JOUR OÙ
tu es revenu

ALBERTA ROAD – 1

Dépôt légal – Bibliothèque et Archives nationales du Québec, 2017
Dépôt légal – Bibliothèque et Archives Canada, 2017

ISBN version imprimé : 978-2-9816889-2-7
ISBN version numérique : 978-2-9816889-1-0

Certificat inscription des droits d'auteur de l'OPIC numéro 1139808
Émission : 24 avril 2017

Correction : MA Porte-Plume
Conception graphique : Virginie Wernert
Images originales de couverture : Fotolia / Pixabay
Mise en pages : Emmanuelle Rousseau

« *Profitez de la vie à chaque instant qui passe,*
aimez-la même quand les nuages assombrissent votre ciel,
dites-vous qu'ils ne sont que temporaires. »

Auteur inconnu

Chapitre 1

Becca

L'alarme de mon réveil retentit dans la chambre silencieuse. J'ouvre à peine les paupières en m'étirant paresseusement. Les rideaux ont beau être fermés, je peux entrevoir le soleil qui se profile au-dessus des Rocheuses et perce à travers un minuscule interstice. D'une main hâtive, j'éteins la sonnerie qui résonne toujours dans la pièce, je ne veux pas que le bruit dérange mon père, endormi à l'étage. Me tournant sur le côté pour me lever, je me retrouve face à face, ou plutôt devrais-je dire « nez à truffe », avec mon chien. Roper m'observe en silence, allongé contre mon flanc, sa queue bat la mesure sur les couvertures. Je souris en le grattant derrière les oreilles.

Après cette petite séance de câlins matinale, je sors enfin de sous les draps et m'empresse d'enfiler mon jean qui traîne pitoyablement sur le sol, un tee-shirt et une veste légère. Je passe à la va-vite une brosse dans mes cheveux et les attache en une simple queue-de-cheval. J'ai quitté la pièce moins de cinq minutes après avoir ouvert les yeux et me dirige désormais vers la cuisine, en tâchant de ne pas trop faire grincer le parquet usé sous mes pas. J'attrape une pomme sur le buffet avant de chausser mes bottes de cow-boy, presque aussi élimées que le sol !

Quand je m'esquive enfin hors de la maison, je prends bien soin de retenir la porte moustiquaire pour qu'elle ne claque pas derrière moi. Appuyée à la balustrade de la galerie qui parcourt toute la façade, je croque dans ma pomme et observe le tableau qui se peint dans les rayons de l'astre naissant. Même au bout de vingt-six ans, je ne m'en lasse pas. Juste devant moi s'étale toute ma vie. L'herbe de notre petit jardin, qui donne sur la cour devant l'écurie, est couverte de rosée, scintillante sous le soleil encore frileux de mai. La journée s'annonce magnifique. Le ciel se découvre des quelques nuages hauts qui s'attardaient encore, cédant ainsi la place au levant. J'inspire une grande bouffée de l'air vivifiant des collines de l'Alberta, et je descends les trois marches qui me séparent de l'allée, Roper dans mon ombre, avant de traverser d'un pas allègre la cour de terre battue et de gravier jusqu'aux portes de l'écurie. À peine ai-je poussé celles-ci, que je suis saluée par des hennissements de plaisir. Je fais coulisser les battants dans toute leur largeur pour laisser la lumière du petit matin pénétrer dans la grange. Des têtes apparaissent au-dessus des demi-portes ouvertes des box pour me fixer avec intérêt. Les chevaux ne sont pas idiots, ils savent que c'est l'heure du repas !

Si je veux profiter de ce début de matinée avant que le travail ne commence vraiment, je dois m'activer à la tâche. Je m'attelle donc à la distribution des rations, passant de stalle en stalle avec les différents mélanges de grains, adaptés au régime de chacun. Le temps que nos pensionnaires mangent, je sors nos propres chevaux qui, eux, prennent leur petit-déjeuner dehors. Comme je veux m'octroyer une petite balade, je ne donne pas son grain à ma monture et la laisse dans son box. Mécontent de ne pas se repaître comme ses congénères, Thunder me tourne le dos, les oreilles couchées en arrière, presque entièrement dissimulées dans son crin. Je ris au nez de *Monsieur*, qui me fait la tête quand je passe devant lui pour mener ma jument jusqu'au paddock, où je lui retire son licol et verse sa ration dans la mangeoire. Une fois le hongre de mon père lâché dans le manège rond et également nourri, je retourne vers la grange et m'apprête à libérer enfin mon pauvre cheval frustré.

Dès qu'il m'entend, Thunder passe la tête par-dessus la demi-porte pour venir sentir, sans la moindre délicatesse, mes mains malheureusement vides. Je souris en caressant avec douceur la liste blanche qui descend jusqu'au bout de son chanfrein en une ligne symétrique, puis lui mets son licol avant de le sortir du box et de l'attacher dans l'allée. Après un rapide coup d'étrille, je dépose la selle sur son dos, sans oublier de resserrer la sangle, et lui passe la bride. Les rênes en main, je me dirige finalement avec lui hors de l'écurie, saisissant mon chapeau de cow-boy au passage. Il observe les alentours comme si c'était la première fois qu'il sortait par cette porte. Glissant une rêne de chaque côté de son encolure, je mets le pied à l'étrier et me hisse sur son dos.

Comme d'habitude, Thunder et moi prenons le chemin qui mène à la colline. Sans démonter, j'ouvre et referme la barrière du paddock que nous venons de traverser, évitant de justesse un écart de la part de mon bel hongre. Il me semble quelque peu nerveux ce matin. Je le laisse donc progresser au pas, rênes longues, et m'adapte à son rythme. Dans l'azur immaculé, le soleil qui s'élève lentement au-dessus de nos têtes fait briller la robe presque rouanne de Thunder. Une envolée d'oiseaux le fait sursauter, il presse l'allure et prend la main pour entamer un petit trot dansant.

Mes rênes font de larges boucles sur son encolure, et je me rends compte que mon humeur joviale m'a poussée à lui accorder beaucoup trop de confiance pour une monture aussi imprévisible. Thunder est un jeune cheval un peu particulier… un rien l'effraiera certains jours, alors que d'autres, une bombe pourrait exploser sous ses sabots qu'il ne bougerait pas d'un poil. Il a réellement un caractère de cochon, tantôt de bonne humeur, tantôt prêt à vous débarquer à la moindre occasion ! Mon père dit sans arrêt que nous avons des tempéraments identiques, Thunder et moi. Et il n'a pas tout à fait tort, je dois bien l'avouer.

Toujours au trot, nous longeons les pacages du bétail, appréciant tous deux cette sortie improvisée. À mi-parcours, je m'assois dans ma selle, ajuste mes rênes et, d'un claquement de langue, lance ma monture dans un petit galop confortable. De sa longue foulée, Thunder dévale le sentier en un rien de temps, le vent frais du matin me caresse le visage. Comme j'apprécie ces moments… durant lesquels je peux tout oublier, passé comme futur ! Il n'y a plus que l'instant présent qui compte.

Je ralentis, puis arrête ma monture aux limites de notre propriété. Je pourrais aisément continuer puisque les champs voisins appartiennent au meilleur ami de ma famille, Henry Hobbs. Mon père, Mitch Parker, s'occupe aussi de son bétail, car l'état de santé d'Henry ne lui permet plus de rester des heures sur le dos d'un cheval. Cependant, après avoir jeté un coup d'œil à ma montre, je soupire en constatant que je suis déjà partie depuis plus d'une heure. Il est temps de rentrer. Je demande un demi-tour à Thunder, non sans songer une fois encore que je ne vois décidément pas les minutes passer quand je suis à cheval dans mes verdoyantes collines.

Seulement voilà... une grosse journée m'attend et je dois rebrousser chemin.

Dès que nous discernons le ranch, Thunder presse le pas, trottinant gaiement sur le sentier. Il est dans un de ses bons jours. Arrivée à l'entrée du paddock, je mets pied à terre, traverse et referme derrière moi. J'avance lentement vers l'écurie quand j'aperçois mon père dans la cour, une tasse de café à la main, son chapeau de cow-boy vissé sur la tête. Il vient à ma rencontre alors que j'attache Thunder à l'un des anneaux fixés devant les portes de la grange. Après avoir fait glisser ses doigts sur l'encolure de mon cheval, il lui tapote l'épaule.

— Comment s'est passée la balade ? demande-t-il avant de prendre une gorgée de sa boisson.

Je lui souris par-dessus le dos de ma monture.

— C'est Thunder, m'esclaffé-je en dessanglant ce dernier qui m'observe du coin de l'œil.

— Vu ton humeur, j'en conclus qu'il est plutôt bien disposé ce matin.

J'acquiesce en déposant ma selle devant la porte de la grange.

— J'ai mis Aramis dans le manège rond tout à l'heure. Je sais que tu dois descendre jeter un coup d'œil sur les bêtes d'Henry... bien que je n'aie rien vu d'anormal depuis le dernier pâturage.

— J'irai plus tard dans la journée. En fait, j'attends du monde. Et je dois aller faire un saut en ville avant leur arrivée.

Je le dévisage un instant. Habituellement, nous parlons de tout, alors pourquoi ne m'a-t-il pas prévenue que nous attendions des visiteurs ? Je retire la bride de Thunder pour lui passer son licol, sans quitter mon père du regard.

— J'espère que tu n'as pas pris un nouveau pensionnaire, Papa.

Je n'ai pas de place pour un autre cheval dans mon emploi du temps.

— Non.

Il boit une autre gorgée de café. Je le connais trop bien, il essaie de se dérober.

— Dis-moi qui on attend, alors ! Eric n'a pas prévu de passer avant le week-end, affirmé-je.

Il pose sa tasse vide sur le sommet du poteau près duquel est attaché Thunder, retire son chapeau et glisse une main dans ses courts cheveux châtains à peine grisonnants sur les tempes. Lui aussi sait très bien que mon frère aîné n'a aucun projet de visite cette semaine… alors que me cache-t-il ?

— J'ai engagé de la main-d'œuvre pour l'été. Jusqu'à l'automne, en fait, répond-il enfin avec un air gêné.

Je lève les yeux vers lui, abasourdie qu'il ne m'ait pas consultée avant de prendre une telle décision.

— Mais Papa, on n'a pas les moyens de payer de la main-d'œuvre !

Il sait parfaitement que je fais référence aux problèmes financiers que le ranch traverse depuis quelque temps. C'est à cause de cela que l'on a dû accepter plus de pensionnaires que l'écurie ne peut en accueillir, et pour cela aussi que mon père travaille pour Henry. Je suis surmenée par une foule de chevaux qui doivent être remis en condition après un hiver durant lequel ils n'ont pas travaillé, et d'autres encore qui ont besoin de soins suite à une blessure, ou qui rencontrent un quelconque problème dans leur dressage. Pas vraiment le genre de cas que je préfère avoir dans l'écurie, mais l'argent doit continuer à rentrer pour nous permettre d'entretenir la propriété.

— Becca, tu ne peux pas continuer à te tuer au travail comme tu le fais depuis des mois déjà. Et moi non plus, d'ailleurs, ajoute-t-il.

— Mais…

— J'ai engagé trois cow-boys qui ont suivi le circuit américain. Ils cherchaient un endroit où gagner un peu d'argent tout en gardant l'opportunité de participer aux rodéos du secteur durant la saison estivale. Deux d'entre eux vont me donner un coup de main avec le bétail, et le troisième t'aidera ici avec les chevaux, m'explique mon père d'une voix plus ferme en remettant son chapeau.

— Je n'ai donc pas mon mot à dire ?

— Non. Ce ranch m'appartient encore à ce que je sache !

— Très bien. Seulement ne t'avise pas de mettre un incompétent sur mon chemin !

Je m'éloigne d'un pas rageur vers le pâturage, suivie de Thunder au petit trot.

— Tu n'auras qu'à choisir celui qui travaillera avec toi, suggère mon père en m'emboîtant le pas, Roper sur ses talons.

Il ouvre la porte du paddock et me laisse passer avec mon cheval. Une fois bien avancée dans le champ verdoyant, je retire son licol à Thunder et le regarde partir au grand galop vers sa mangeoire où sa ration de grains matinale l'attend. Je croise les bras sur la clôture et me focalise sur mon père. Il est plus distant qu'à son habitude. Ses yeux fuient mon regard, il observe les pâturages au loin, par-dessus mon épaule.

— C'est nous qui fournissons les chevaux ? le questionné-je.

Il fixe ses bottes, aussi usées que les miennes, et je devine sa réponse.

— Combien ?

— Cinq, me révèle-t-il.

— Papa !

Il me regarde en se grattant la nuque, toujours aussi mal à l'aise, mais sans rajouter un mot.

— Et comment se fait-il que trois types possèdent cinq montures d'abord ? m'insurgé-je.

— Je n'en sais rien, Becca.

— Tu leur feras monter des parcs temporaires sur les pâturages. Je ne céderai pas nos box à de parfaits inconnus.

Mitch me gratifie d'un vif salut militaire, visiblement soulagé par cet accord masqué.

— Compris, Chef !

— Maintenant tu m'excuseras, Papa… j'ai du boulot qui m'attend, asséné-je avec aigreur.

Il acquiesce en silence tandis que j'enjambe la barrière pour regagner les écuries. Je ramasse mon matériel devant les portes et le range dans la sellerie. Tout est calme dans la grange, et l'atmosphère apaise mes nerfs déjà mis à rude épreuve alors que la journée débute tout juste. J'entends à peine le son du pick-up qui démarre. Que peut-il bien aller faire en ville de si bon matin ? Déconcertée, je me dirige vers la stalle d'un petit cheval bai du nom de Picasso, ici depuis peu à cause de son refus catégorique de passer la plus simple barre au sol, alors qu'il enchaînait les concours de saut d'obstacles l'été dernier avec sa jeune cavalière. Le vétérinaire qui s'occupe de lui m'a certifié que l'on pouvait exclure toute cause physique à son attitude. Aussi est-ce à moi désormais de trouver et de résoudre le problème de ce garnement. Après l'avoir brossé et sellé, je le conduis dans le grand manège où j'ai disposé quelques petits sauts et des barres au sol la veille au soir. Je pose mon pied dans l'étrier et monte aisément sur son dos. Je prends le temps de bien me positionner dans sa selle anglaise, tout en songeant que je préfère de loin le confort de ma western.

Pendant une demi-heure, je lui fais enchaîner des exercices d'assouplissement, inquiète de constater qu'il ne se détend que légèrement. Puis je le mène dans un grand cercle que je restreins de plus en plus autour d'une barre au sol. Jusque-là, tout va bien. Je tourne autour de la barre blanche et rouge, reviens sur la piste, puis me rapproche à nouveau de l'obstacle. Ma monture est enfin plus fluide et agréable à monter. Je poursuis ce petit manège un moment. Après un énième aller-retour, je décide d'essayer de le faire passer au-dessus de la barre. J'entame un grand tour du manège au trot et m'apprête à aborder l'obstacle, quand je perçois du coin de l'œil l'arrivée d'un camping-car qui semble avoir bien vécu et traîne derrière lui une remorque à quatre places. Il était resté hors de ma vue avant de passer le coin de la maison. On ne peut plus voir le chemin qui mène au ranch, tant il est désormais masqué par de hauts buissons jusqu'à la route.

Je guide malgré tout mon pensionnaire vers la barre au sol. Juste avant d'arriver bien en face de celle-ci, j'en détourne malencontreusement le regard une fraction de seconde en entendant s'éteindre le moteur du véhicule.

Mauvais choix.

Je ne peux anticiper le refus catégorique de Picasso. Surprise par la rudesse de son arrêt, je bascule vers l'avant et vide les étriers. Je me retrouve allongée dans le sable, avec un petit cheval on ne peut plus calme qui m'observe comme si rien de significatif ne s'était passé. Puis, devant mes yeux ulcérés, l'effronté enjambe la barre au sol et se rapproche paisiblement de la porte du manège, là où il sait pouvoir trouver quelques brins d'herbe à grignoter.

D'accord ! Ainsi ce garnement a aussi peur des barres au sol que moi des bébés chiens !

Une forme se profile au-dessus de moi alors que je suis toujours au sol à fixer ce fichu canasson qui se moque clairement de ma personne. Je lève les yeux vers le ciel pour ne rencontrer qu'une paire de jeans délavés, l'ombre d'une casquette et une main tendue.

— Rien de cassé ? s'inquiète la silhouette d'une voix grave.

Je soupire en me relevant d'un bond, ignorant volontairement la poigne tendue, et récupère mon chapeau couvert de sable. Une vieille douleur se réveille sous mon nombril et je laisse échapper un soupir en grimaçant.

— Non. C'est surtout l'orgueil qui trinque dans des cas pareils.

L'homme rit.

— Cole McKnight, se présente-t-il en me tendant à nouveau sa main, tatouée jusqu'aux jointures des doigts, tandis que je dépoussière mon jean. J'ai rendez-vous avec Mitch Parker.

— Becca Parker.

Cette fois, je lui serre la main en retour.

— Je suis la fille de Mitch.

— Alors, enchanté, Becca. Et voici Joshua, poursuit Cole en pointant quelqu'un derrière moi.

Le deuxième arrivant tient Picasso par la bride et le ramène vers nous.

— Heureuse de faire ta connaissance, Joshua. Et merci d'avoir récupéré ce petit plaisantin.

Je souris nerveusement avant de reprendre les rênes de mon pensionnaire.

— Je croyais que vous étiez trois ?

— Notre compagnon de route a dû s'arrêter pour faire une course en ville. Il ne devrait pas tarder à arriver, m'assure Joshua.

— D'accord.

Je découvre alors mon père qui se dirige vers nous. Quand est-il rentré de sa virée à River Creek ?

— Becca, est-ce que tout va bien ? me questionne-t-il en apercevant la poussière qui, malgré mes efforts, recouvre encore une bonne partie de mon dos. Je désigne Picasso.

— Super ! Je viens de découvrir à mes dépens que ce n'est qu'avec un cavalier sur le dos que *Monsieur* ne veut pas passer les barres.

— Quoi ?!

— Laisse tomber, Papa. On en reparlera plus tard.

Les rênes de mon cheval bien en main, je salue les spectateurs de ma cascade involontaire.

— Je vous laisse discuter entre vous.

Et je m'éloigne avec ma monture.

Une fois dans l'écurie, je desselle le hongre en tentant de recouvrer mon calme. Je suis couverte de sable, aussi retiré-je ma veste avant de la balancer sur l'une des portes de box avec mon chapeau de cow-boy. Je vais porter le harnachement dans la sellerie, passe un coup de brosse sur le galopin et le remets dans sa stalle.

— Décidément, cette journée commence mal, grommelé-je par-devers moi en sortant de la grange.

Je m'arrête près de mon père et de ses deux nouveaux employés, alors qu'un moteur se fait entendre depuis le chemin. Un pick-up et une remorque à chevaux, d'où provient un tapage d'enfer, apparaissent dans l'allée.

Mon souffle se bloque dans ma gorge et je me fige, soudain glacée jusqu'aux os malgré le soleil déjà haut dans le ciel.

Je ne connais que trop bien ce pick-up rouge à l'aile arrière enfoncée, puisque c'est moi qui suis responsable de ces dégâts. C'est ce même véhicule qui a disparu au bout du chemin un beau matin, me laissant en larmes et le cœur en miettes, il y a cinq ans de cela…

Si je trouvais que ma journée avait mal débuté, cela ne s'arrange pas !

Chapitre 2

Will

C'est étrange de parcourir à nouveau cette route qui m'était autrefois tellement familière. Aujourd'hui, je pourrais presque avoir l'impression de traverser une énième ville, pourtant mon esprit, lui, sait très bien que nous sommes de retour à la maison. Depuis ce matin, j'avance sur les larges routes des environs de River Creek, cette petite ville de l'Alberta qui s'étend au pied des Rocky Mountains, entre la cité thermale de Banff et la glorieuse métropole de Calgary. Cette petite ville, aux commerces locaux bâtis le long d'une seule rue principale et qui compte plus de têtes de bétail que d'habitants… et où il fait néanmoins si bon vivre. Tout le monde connaît la vie de tout le monde dans cette petite communauté. Quand on se rend au centre-ville, où se trouvent le magasin général – celui qui propose aussi bien des vêtements féminins que des accessoires pour chevaux –, mais également l'unique petit café-restaurant de l'agglomération, on peut apprendre les moindres faits et gestes de telle ou telle personne… il suffit de poser la bonne question. River Creek me rappelle étrangement les petites localités du sud des États-Unis.

Et je m'attends à ce que mon retour ici ne se fasse pas sans vagues…

Sans parler de mes retrouvailles avec la famille Parker.

Je stoppe mon pick-up sur le bord de la route, prenant garde à ne pas freiner trop brusquement par égard à la remorque attelée derrière moi, et surtout, à ses occupants. Elle bouge beaucoup trop à mon goût depuis quelques heures. Je plains le compagnon de voyage de mon nouvel étalon, de devoir ainsi supporter le cirque d'un tel démon. Quelle idée j'ai eue d'accepter cette offre ! Cela m'apprendra à n'écouter que moi ! En regardant en avant, je peux voir le chemin qu'il me reste à parcourir jusqu'au pied des Rocheuses. Les ranchs qui s'y trouvent sont nombreux, toutefois un seul d'entre eux m'intéresse, un seul focalise toute mon attention et mes pensées depuis des kilomètres…

Décidément, faire de longs trajets, ce n'est plus mon truc. Seize heures que l'on roule, depuis l'Idaho jusqu'à l'Alberta, soit un peu plus de mille quatre cents kilomètres parcourus. Une chance que la musique country que passe la radio locale soit capable de couvrir le vacarme que le cheval fait dans la remorque.

Cela fait déjà près de cinq ans que j'ai quitté l'Alberta et la petite ville qui m'a vu grandir. Et je suis resté nostalgique de son ambiance si particulière, je l'avoue. Ce ne sont pas les grandes prairies verdoyantes du Canada qui m'ont le plus manqué durant mon périple à travers les États-Unis, mais les vallons uniques qui entourent ces lieux. Les collines éclatantes semblent saluer mon retour au bercail.

Le menton posé sur le volant, je me focalise sur cette route, qui m'est très vite redevenue familière, comme si je l'avais parcourue pour la dernière fois à peine quelques heures auparavant.

Le moment présent se rappelle à moi quand mon portable sonne sur la console du pick-up. J'abandonne l'idée d'une énième vaine tentative d'apaisement de ma monture et décroche.

— Ouais ?

— Tu es où ? On entre sur le chemin qui mène à…

Mon interlocuteur hésite un moment. Il doit sans doute regarder les indications de son GPS.

— *Parker's Ranch*, terminé-je pour lui. Vous êtes au bon endroit, Josh.

— Oui, je sais, merci ! Je suis encore capable de lire un GPS… Mais toi, où es-tu passé, nom de Dieu ?!

Je soupire en éloignant le smartphone de mon oreille.

— Je me suis arrêté pour souffler un peu, ce maudit canasson va finir par détruire ma remorque. Ça te gêne ?!

— Non, seulement nous, on ne connaît pas les lieux, ni le futur patron… contrairement à toi.

— Je suis là dans une quinzaine de minutes, mon pote. Détends-toi !

Et sans lui laisser le temps de me répondre, je coupe la communication. Ce type et ses angoisses m'épuisent à la longue…

Jetant un dernier coup d'œil au ruban d'asphalte devant moi, j'inspire profondément et remets mon pick-up en route, tanguant à nouveau sous les assauts de la furie dans la remorque. Il est plus que temps qu'il sorte de là, il me fait perdre les pédales depuis des kilomètres déjà. Je roule toutefois lentement, prenant plaisir à observer les enseignes des ranchs, qui n'ont pas changé d'un poil depuis mon départ. Ici, tout semble éternel. C'est l'une des raisons qui m'ont fait quitter cette région à l'époque… avide de nouvelles aventures.

Je n'ai pas besoin d'un GPS, contrairement à mes deux compagnons de route, pour trouver l'entrée du chemin qui mène chez les Parker. Je ralentis plus que nécessaire avant de franchir l'arche de bois où s'affichent les armoiries du ranch, ce *P* dos au *R*, et les trois étoiles en triangle juste en dessus. Combien de fois suis-je passé sous cette immense arcade dans ma vie ? Je ne saurais le dire. Elle annonce l'entrée de l'allée en terre battue, encadrée de hauts buissons, qui aboutit au *Parker's Ranch*. Je n'aperçois pas de bétail dans les pacages que je longe, seulement quelques chevaux. Les bêtes de Mitch doivent paître plus haut sur la propriété. Alors que je m'engage dans la dernière courbe qui mène à la cour principale, je constate qu'ici non plus, rien n'a changé. En tournant au coin de la maison, je découvre Cole et Josh qui semblent discuter avec Mitch.

Elle, je ne l'aperçois que lorsque je mets mon pick-up au point mort. Elle se tient debout, non loin de son père. Je sens son regard posé sur moi, même si je ne suis pas certain qu'elle me fixe réellement. Ses cheveux accrochent les rayons du soleil ; bien qu'attachés, ils me semblent plus courts qu'autrefois, plus courts que sur la photo que je trimballe partout avec moi. Sinon elle n'a pas changé et je reste hypnotisé…

J'ouvre enfin la portière de mon véhicule quand Cole vient cogner du poing contre ma vitre, me ramenant aussitôt à la réalité.

— Thompson, sors de ce camion !

Je quitte l'habitacle du pick-up après avoir glissé mon portable dans la poche arrière de mon jean, vissant mon chapeau de cow-boy sur ma tête. Mitch s'approche de l'étrange trio que Cole, Josh et moi-même formons au milieu de sa cour. *Elle* reste sur place, sans bouger d'un pouce, simple spectatrice.

— William, heureux de te revoir au bercail, Fiston, me lance Mitch Parker dans une accolade virile.

— Je suis content d'être rentré, Mitch. Et j'apprécie vraiment que tu aies accepté de nous accueillir jusqu'à l'automne.

Ce matin, quand nous nous sommes rencontrés dans le petit restaurant du centre-ville, j'avais encore un doute sur le fait qu'il accepte vraiment ma demande de revenir travailler sur le ranch.

— Ton offre tombait à point nommé, William. On est à bout de souffle, Becca et moi. Et l'été va être très chargé, comme chaque année. Il y a tellement de travail !

Pendant un instant, je lève les yeux vers Becca, toujours immobile près de la porte de l'écurie. Elle ne s'approche pas de notre petit groupe, elle ne dit rien, n'esquisse pas le moindre geste. Cependant, le vacarme provenant de ma remorque ne me permet pas de prolonger mon observation.

— Il s'agite comme ça depuis longtemps ? s'inquiète Josh.

Je soupire en avançant vers la porte.

— Depuis l'Idaho. Il n'a pas cessé depuis qu'il est monté là-dedans, de toute façon ! Il fait tanguer le pick-up depuis presque seize heures.

— Je t'avais dit de ne pas accepter cette offre. Tu te retrouves avec un problème de plus de cinq cents kilos sur les bras, mon gars !

— Merci pour cette fine observation, McKnight !

— On devrait les sortir de là, non ? intervient Mitch.

De nouveau, je souffle un grand coup avant d'opiner en silence, songeant que cela ne sera pas une partie de plaisir !

— On va commencer par la remorque de Cole, dis-je finalement.

D'un commun accord, nous nous dirigeons vers le camping-car et son lourd fardeau. Des hennissements s'élèvent du van au moment où Josh en déverrouille le loquet pour ouvrir la porte. Trois chevaux piaffent à l'intérieur. Cole grimpe dans la remorque et fait reculer le premier vers l'extérieur, tenant sa longe d'une main sûre. Le hongre gris pommelé descend sans encombre. Cole regarde autour de lui et ses yeux se posent sur Becca qui s'est rapprochée en silence de mon pick-up, où résonne encore un tapage infernal.

— Où je peux le mettre ? la questionne-t-il.

Elle se tourne vers lui, m'ignorant royalement.

— Donne, je vais le mettre dans un box libre pour le moment, vous n'aurez qu'à monter les enclos temporaires plus tard, quand vous serez installés. Comment s'appelle-t-il ?

— Dexter, confie Cole en caressant le chanfrein de son cheval.

— D'accord.

Sans un mot de plus, elle saisit la longe et s'éloigne avec le cheval. Fasciné par la grâce naturelle qui se dégage de chacun de ses mouvements, je ne porte pas attention à ce qui se passe autour de moi et me fais bousculer par la monture de Josh, Fire, qui vient de quitter la remorque et me pousse l'épaule du nez. Le hongre couleur de feu frotte sa tête imposante contre moi. Mitch s'empare de sa longe pour le mener vers la grange, tandis que Josh lui emboîte le pas. Il ne reste plus dans la remorque que ma dernière monture. Je monte en vitesse détacher mon cheval qui, maintenant qu'il est tout seul dans la prison de tôle, trépigne d'impatience. Je le fais reculer en lui parlant calmement, connaissant son petit côté caractériel. Une fois sorti de la remorque, je me retrouve face à Becca, appuyée sur le côté. Avant que je puisse l'en empêcher, mon cheval donne un furieux coup de tête dans sa direction, ce qui l'oblige à reculer prudemment d'un pas.

— Désolé. Je te présente Keeper, annoncé-je en désignant le hongre à la robe presque noire.

Distraitement, elle lui caresse le nez du bout des doigts.

— Où est Red ?

Sa voix est abrupte, son regard impersonnel.

— À moins que tu ne l'aies laissé sur le bord de la route, lui aussi, ajoute-t-elle avant que j'aie le temps de répondre à sa question.

— Je…

Rien.

Aucun mot ne me vient en tête alors qu'elle m'arrache littéralement la longe des mains. Elle s'éloigne de moi comme si j'avais la peste, et ce traître de Keeper la suit sans broncher. Cole et Josh sortent au même moment de l'écurie. Becca leur sourit timidement, puis disparaît dans la grange.

Cole doit voir que quelque chose vient de me déstabiliser, car il assène une chiquenaude à mon chapeau. Surpris, je me tourne vers lui.

— Quoi ?

— On dirait que tu viens de voir un fantôme, Mec. Change de tête, s'exclame-t-il.

— C'est le voyage. Je suis crevé, c'est tout.

Absolument pas bluffé par le piètre menteur que je suis, il me lance un regard suspicieux, à l'instant où un coup plus violent que les autres fait trembler ma remorque.

— Va falloir les sortir de là, tu sais ?! annonce Josh. Red doit être en train de devenir fou avec ce monstre à ses côtés.

— Allons-y, qu'on en finisse.

Nous avançons tous les trois vers le van qui tressaute sans discontinuer sous les raclements incessants du compagnon de voyage que mon brave Red a dû supporter. Moi, j'ai les idées un peu ailleurs.

— On va sortir Red en premier et refermer immédiatement.

— Josh a rais… commence Cole en ouvrant la porte d'un coup.

Je n'ai pas le temps de le prévenir.

Pas une seconde pour avertir Cole que ce n'est pas Red qui se trouve de ce côté, mais le destrier qui provoque tout ce vacarme. Il a déjà défait le loquet et la porte s'ouvre à la volée, percutant mon camarade de plein fouet. Cole bascule en arrière et tombe violemment sur le coccyx, la respiration coupée. La remorque est à nouveau secouée un instant, avant qu'un grand étalon noir, couvert de sueur et aux naseaux dilatés par la fureur, ne saute hors de celle-ci après avoir brisé sa longe.

Dans la cour, l'animal dément se cabre, avant de charger dans ma direction. Je me jette hors de son chemin de justesse. Il galope ensuite droit vers l'écurie d'où proviennent quelques hennissements, mais fait demi-tour sur ses postérieurs en voyant Mitch sortir du bâtiment, Becca dans son sillage. Le cheval entame alors des allers-retours effrénés entre la clôture du paddock, où les autres chevaux s'énervent peu à peu, et la porte de l'écurie.

Tandis que Josh et moi essayons de le renvoyer vers la grange, j'aperçois Becca qui se faufile par la porte de côté, une longe en main. Tout comme moi, l'étalon se fige un instant au centre de la cour. Il observe la nouvelle venue du coin de l'œil. De son sabot, il racle le sol poussiéreux et secoue violemment la tête, faisant voltiger sa crinière en tous sens. Puis le cheval se met en position d'attente, aux aguets. Becca fait un pas dans sa direction. Il recule. Elle fait alors un mouvement vers la droite, le forçant à la suivre du regard, puis un autre à gauche, ce qui l'oblige à maintenir ses yeux et son attention fixés sur elle. Son petit manège dure d'interminables minutes, néanmoins l'étalon à la robe d'ébène ne tente plus de reprendre sa course folle. Mitch exhorte sa fille à s'éloigner, mais comme toujours, elle n'en fait qu'à sa tête. Elle murmure au démon noir des paroles que lui seul peut entendre, de douces mélopées qu'aucun de nous ne peut distinguer de là où l'on se trouve. Elle se place peu à peu presque dos à lui, alors qu'il cesse de secouer la tête pour l'observer avec plus d'attention. Tous les deux restent là, à attendre le prochain signe que fera l'autre. Et à ma grande stupéfaction, c'est l'étalon qui fait le premier pas. Il avance vers elle, tandis que Becca tend lentement sa main dans sa direction. Au fond de moi, je suis terrorisé que ce monstre ne lui arrache un doigt !

Mais non, il vient poser doucement le bout de son nez contre sa paume, tendue vers le haut, et fait un nouveau pas vers elle.

— Comment est-ce qu'elle fait ça ? murmure Cole derrière moi, incrédule, après s'être remis silencieusement sur ses deux pieds.

Je ne peux détourner mon regard de la scène qui se joue sous nos yeux. Elle, si petite, si frêle, immobile à un pas de cet immense destrier noir. Combien de fois ai-je déjà observé un tel spectacle ?

Ce don qu'elle semble posséder de deviner à quoi pense l'animal devant elle et d'attirer les chevaux tel un aimant.

— Je l'ignore, Cole. C'est juste… *Les mots me manquent*. C'est juste… Becca.

Nous la regardons se retourner sans mouvement brusque et passer une main le long du chanfrein de l'étalon, avant d'attacher la nouvelle longe à son licol. Tout le monde dans la cour se détend lorsque résonne le petit *clic* que produit l'attache métallique en se fermant.

Becca, ma monture en main, avance vers nous.

— Auquel de vous trois, il appartient ? demande-t-elle.

Josh et Cole me désignent de concert.

Génial !

Elle a un petit rire amer en me fixant.

— J'aurais dû m'en douter, lance-t-elle d'une voix acide. Fais plus attention à ton cheval à l'avenir. Je n'ai pas que ça à faire… Si ce cirque se reproduit, vous vous débrouillerez pour le rattraper tout seuls, quitte à courir derrière sur toute la propriété.

Son ton est dur, je pourrais même dire glacial, et je ne parle même pas de son regard. Elle se tient là, raide et hostile. Ses yeux, aussi verts que les collines de notre belle Alberta, ne brillent pas comme autrefois quand ils se posaient sur moi. Ils sont froids et distants, dénués de toute compassion. Sans réfléchir, je fais un pas dans sa direction pour tenter de la faire réagir. Je suis stoppé net dans mon élan, quand l'étalon toujours à ses côtés fait claquer ses dents en avançant violemment sa tête vers moi. Je recule aussitôt, frustré par leur attitude. Becca se détourne alors, et pour la première fois de toute ma vie, je vois l'implacable Becca Parker récompenser le mauvais comportement d'un cheval en lui flattant doucement l'encolure, tandis qu'elle s'éloigne avec lui vers l'écurie où l'attend son père.

Mais qu'est-ce qui m'a pris de me pointer ici, après cinq années d'absence, nom de Dieu ?!

Chapitre 3

Becca

Le simple fait de poser mon regard sur lui me fait monter la bile aux lèvres, et une panique incontrôlable m'envahit. Quand le cheval noir tente de le mordre, je me sens presque soulagée que quelqu'un prenne enfin ma défense dans cette cour. Je tourne le dos à Will et ses deux comparses. Une main posée sur l'encolure trempée de sueur de l'étalon, je fixe avec hargne mon père qui m'attend devant l'écurie. À cet instant précis, je crois que si mes yeux pouvaient lancer des éclairs, il serait foudroyé sur place.

Trahie par mon propre géniteur...

Je me sens si mal.

Je passe près de lui sans un mot. Il doit bien se douter que quelque chose ne tourne pas rond, car il m'emboîte le pas pour me suivre dans l'allée. Il m'ouvre la porte d'un box libre, dans lequel je fais entrer le nouvel arrivant en lui parlant toujours avec douceur. Je referme derrière moi, avec un peu trop de violence peut-être, et fais coulisser le loquet en forme de fer à cheval. C'est bien la première fois que mon père reste impassible face à mes réactions de colère. En y songeant bien, cela me paraît même un peu étrange... Néanmoins, que pourrais-je bien trouver dans cette matinée qui ne soit étrange...?

Moi qui pensais que la pire chose qui me soit arrivée aujourd'hui avait été de me faire humilier par Picasso devant des étrangers, de futurs employés de mon père de surcroît, je m'étais lourdement trompée.

Lorsque je m'adosse à la demi-porte, le grand étalon noir vient me sentir les cheveux, et je fixe Mitch sans qu'aucun son ne parvienne toujours à franchir mes lèvres. Non seulement, il ne m'a pas fait part de sa décision d'engager de la main-d'œuvre, mais en plus, il a engagé mon ex petit ami en sachant très bien ce que j'en penserais… c'est le bouquet !

Il sait pourtant que Will m'a abandonnée ici alors que j'étais prête à partir avec lui. Bon sang, j'ai même supplié ce type de ne pas s'en aller, ou alors de me laisser l'accompagner. J'avais enfin réussi à le convaincre que j'étais prête à prendre la route avec lui. Mes bagages étaient bouclés, ma jument parée à faire de longues heures de remorque. Et malgré cela, Will a quitté le ranch avant l'aube, ce matin-là. J'ai à peine eu le temps de quitter sa chambre au-dessus de l'écurie et de courir pieds nus dans la cour pour l'apercevoir qui disparaissait dans l'aube naissante. Il m'a quittée sans une explication, me laissant juste un mot sur son oreiller, où il me disait qu'il allait revenir et qu'il garderait le contact.

Cinq ans se sont écoulés depuis ce jour, et je n'ai jamais eu le moindre signe de vie de sa part… avant aujourd'hui.

Il s'est passé tant de choses durant les deux années qui ont suivi son départ. Certains évènements dont mon père lui-même n'est pas au courant. Et franchement, je n'ai aucune envie de lui expliquer pourquoi, en cet instant, je voudrais aller chercher son fusil de chasse et truffer de plomb le fessier de William Thompson !

Mitch a toujours été très pudique quant à ses sentiments et ses ressentis. En cela, nous sommes identiques, rien de nouveau sous le soleil. Toutefois il n'a pas eu l'opportunité de constater à quel point le départ de Will m'a affectée, car il était déjà parti gérer un ranch dans le Manitoba pour dix-huit mois. Mon frère Eric, mon meilleur ami Lucas, un aide de ranch des environs, et moi-même nous sommes occupés de gérer *Parker's Ranch* pendant son absence.

Seul Eric, de quatre ans mon aîné, m'a vue défaillir après des mois de lutte, pour finalement m'écrouler malgré tous mes efforts. C'est sous ses yeux que ma chute s'est amorcée… puis que la noirceur a envahi mon âme meurtrie.

J'observe mon père, qui me fixe en retour sans sembler comprendre mon attitude. Je vois bien qu'il ne sait pas trop sur quel pied danser. Après tout, je ne suis ni une vache ni un cheval ! Je suis donc, par ce simple fait, bien trop complexe à analyser pour lui. Il y a tellement de choses qu'il ne saisit pas… Pourtant comment lui en vouloir, puisque c'est moi, et moi seule, qui suis à l'origine d'une telle situation, c'est moi qui ai voulu le garder dans l'ignorance de mon plus terrible secret.

Je me redresse avant de faire un pas dans sa direction. Je devrais peut-être tout lui raconter au final. Ici et maintenant, pour qu'il fasse repartir Will d'où il vient ! Mais, alors que je m'apprête à ouvrir la bouche et à me livrer sans doute pour la première fois de ma vie, Will et Joshua entrent dans l'écurie avec la dernière monture. Je reconnais Red à sa robe palomino. Red, le quarter horse avec lequel mon ancien amour est parti, cinq ans plus tôt. J'abandonne alors toute tentative de confession et me contente de les fusiller tous les trois du regard. Je sors de l'écurie en prenant soin de me tenir aussi loin que possible de Will. Alors que je franchis les portes, j'entends ruer dans les box et Mitch qui m'interpelle.

Et pour la première fois de ma vie, je le laisse se débrouiller seul. Après tout, c'est lui qui a accueilli William tel le fils prodige enfin de retour au bercail, qu'il se dépêtre avec les tracas qu'il a rapportés avec lui… dont ce cheval ingérable.

En sortant de la grange, je percute littéralement Cole qui allait entrer à son tour. Ce type est un véritable colosse. Il fait au bas mot un mètre quatre-vingt-cinq et possède les épaules les plus larges qu'il m'ait été donné de voir. C'est sans aucun doute pour cette raison qu'il doit me retenir pour que je ne termine pas sur les fesses après notre collision. Je m'excuse pour mon inattention, encore perturbée par le vacarme de l'écurie. Sous la casquette de baseball noire, je croise ses yeux en amande d'un vert semblable aux miens, soulignés d'une barbe noire de quelques jours, alors qu'il me retient d'un bras contre son torse. Je peux le voir esquisser un sourire en coin par-dessus mon épaule, tandis qu'il nous fait sortir de la grange en reculant d'un pas.

— Une chance pour toi que ça n'ait pas été la porte ! s'exclame-t-il dans un éclat de rire. Tu aurais fini par terre, aussi sûrement que moi tout à l'heure par la faute de ce fichu canasson.

— Tu étais au mauvais endroit au mauvais moment, c'est tout.

Je lui réponds posément, avec une certaine nonchalance, même si je sens toujours la colère gronder en moi. Je me dégage de son bras, un peu gênée par la proximité qu'il m'impose. Il doit s'en rendre compte, car il s'éloigne aussitôt et quitte ainsi ma zone de confort.

— Désolé. Je suis quelqu'un de plutôt tactile, se justifie-t-il, mal à l'aise.

Je soupire en me frottant la nuque.

— Ce n'est rien. J'ai juste passé une sale matinée, murmuré-je enfin, plus pour moi-même sans doute qu'à son intention.

— Ta chute a peut-être été plus rude que tu ne le croyais. Tu devrais aller t'asseoir un peu.

J'observe le sol quelques secondes, fixant bêtement le bout de mes bottes poussiéreuses.

— Effectivement, la chute a été beaucoup plus brutale que je ne le croyais.

Je m'éloigne sans un mot de plus en direction du paddock. J'ai besoin de me retrouver un peu seule. Tout semble se mélanger dans ma tête quand j'enjambe la clôture qui me sépare du pré. J'avance droit devant, sans regarder où je vais. Au bout d'un temps qui me paraît infini, je sens un nez se poser sur mon épaule et je ralentis ma progression avant de pivoter pour faire face à ma jument. D'une main, je caresse tendrement son encolure pommelée. Étrangement, Angel sait toujours lorsqu'elle doit venir me trouver, elle est toujours là au bon moment, comme si elle captait les instants où j'ai le plus besoin de soutien.

Comme elle n'est pas aussi grande que Thunder, j'empoigne sa longue crinière blanche d'une main, et d'un seul élan, je fais passer ma jambe par-dessus son échine pour atterrir en douceur sur son dos, où je me laisse aller jusqu'à poser ma tête sur sa croupe rebondie. Jamais je n'ai trouvé place plus agréable pour contempler le ciel et les nuages. Je n'ai pas besoin de me tenir, je sais qu'elle ne fera rien de plus que brouter l'herbe devant elle.

Mes mains caressent ses flancs, et je cesse de penser.

Je ne sais pas combien de temps je reste là, enfin capable de ne plus songer à cette matinée désastreuse. Un bon moment sans doute, car le soleil est beaucoup plus haut dans le ciel quand je me décide à quitter son dos. À peine les pieds posés sur la terre ferme, l'anxiété m'assaille à nouveau et m'oppresse comme si j'étouffais de l'intérieur. Je dépose un baiser entre les doux naseaux d'Angel et regagne l'entrée du paddock. Les trois gaillards sont en train de prendre leurs aises. Ils ont garé les remorques près de l'écurie, et leur camping-car déglingué sur le côté de la maison. En ouvrant la barrière, je remarque qu'Aramis n'est plus dans le manège circulaire, mon père doit être parti jeter un coup d'œil sur le bétail de notre voisin. Je vais pouvoir reprendre ma journée là où je l'ai abandonnée.

Sans un coup d'œil pour les trois hommes qui installent leurs quartiers en bordure de notre cour, je pénètre dans l'écurie d'où provient toujours un vacarme infernal. Le cheval noir rue dans son box, tournant rageusement sur lui-même. Quand je passe devant lui, il cesse tout mouvement et me fixe. Malheureusement, j'ai décidé de rester à bonne distance de tout ce qui se rapporte de près ou de loin à William Thompson. Je poursuis donc mon chemin pour aller m'arrêter devant une petite jument alezane de trois ans. Gipsy est ici afin de débuter son dressage en selle. Sa propriétaire est une amie de la famille, alors je n'ai pas eu le cœur de lui dire que je n'avais plus de temps pour un nouveau pensionnaire. Décidée à nous offrir une petite séance de travail en liberté, je lui passe son licol et la sors de son box. Alors que je me dirige vers les portes de la grange, l'étalon noir reprend son vacarme, mécontent.

Je me fige quand j'aperçois Will qui passe le seuil. Gipsy s'arrête derrière moi et commence à explorer les alentours, renversant un seau avec fracas, ce qui a pour effet de me faire sursauter et de faire ruer la tornade noire plus fort encore.

Will reste un instant à m'observer. Je me passe une main sur le visage, espérant de toutes mes forces qu'il ne soit plus là quand j'ouvrirai les yeux.

Évidemment, mon souhait n'est pas exaucé !

— Tu crois que tu pourrais faire quelque chose pour lui ? me demande-t-il en désignant son cheval d'un geste de la tête.

Franchement, je crois que si c'était physiquement possible, ma mâchoire tomberait sur le sol. Mes yeux s'écarquillent en le dévisageant, et je voudrais lui balancer au visage le seau que Gipsy a fait tomber.

Il est sérieux, là ?! Un éclat de rire amer m'échappe.

— Tu te fous de moi, j'espère ?

— Enfin, Becca… tente-t-il en faisant un pas dans ma direction, les mains levées en signe d'apaisement.

Je le coupe aussitôt.

— Reste loin de moi, Thompson. Je veux dire, vraiment loin, comme durant les cinq putains d'années qui viennent de passer ! Et débrouille-toi avec ton canasson, hurlé-je sans pouvoir me contenir davantage tant la réapparition de ce type m'horripile. J'ai déjà bien assez de la merde qui me tombe sur la tête avec votre arrivée !

J'ajoute cette dernière phrase en le désignant clairement du regard. Il reste planté là, devant la porte, l'air complètement perdu, comme s'il venait d'atterrir dans la quatrième dimension. Je dois sûrement avoir l'air d'une furie, moi qui d'ordinaire n'élève jamais le ton. Mais cette fois, je me fous royalement que ses potes et lui croient que je suis complètement cinglée. Je veux juste que Will disparaisse à nouveau, et ne plus jamais le recroiser de toute ma vie.

— Maintenant dégage de ma route, j'ai mieux à faire.

Je suis glaciale à un point qui me surprend moi-même.

Probablement encore surpris par mon ton de voix, il s'écarte pour me laisser passer, la petite jument à ma suite. À l'extérieur, je tombe nez à nez avec Joshua. Le cow-boy se contente de me saluer d'un hochement de tête alors que je déboule devant lui, rouge de honte à l'idée d'avoir eu un auditoire lors de mon accès de colère. Tant pis ! Après tout, je ne connais ces types ni d'Ève ni d'Adam, qu'ils pensent ce qu'ils veulent de moi, je n'en ai rien à faire !

J'ai pu poursuivre ma journée sans croiser les nouveaux arrivants, qui ont enfin fini d'élire domicile dans notre cour. À mon retour, ils ont même monté les enclos temporaires près de l'écurie pour leurs chevaux. Seul l'étalon noir est encore à l'intérieur. Les heures ont défilé bien trop vite à mon goût, cependant, j'ai presque réussi à rattraper mon retard du matin.

Mon père rentre en fin de journée. C'est moi qui m'occupe d'Aramis tandis qu'il retourne dans la maison pour s'occuper du repas du soir. Je suis prête à parier qu'il va nous faire des hamburgers, c'est quasiment la seule chose qu'il sache préparer sans rien faire brûler au passage.

Je commence à distribuer la ration de grains du soir alors que le soleil descend peu à peu sur l'horizon. Des bruits de pas résonnent dans la cour. J'interromps un instant ma tâche lorsque Cole apparaît dans l'encadrement de la porte que j'ai laissée ouverte.

— Mitch m'envoie te chercher, le dîner est presque prêt, m'informe-t-il.

Je désigne les récipients de rations posés à mes pieds.

— D'accord. Je termine ça et j'arrive.

— Je peux te donner un coup de main ?

Je suis un peu surprise qu'il m'offre ainsi son aide. Ses camarades et lui ont travaillé dur toute l'après-midi, de ce que j'ai pu voir depuis le manège, et ils avaient fait auparavant de longues heures de route.

— Merci, accepté-je avec un sourire. Les noms sur les seaux correspondent à ceux sur les fiches agrafées devant les box.

Il acquiesce en silence et s'attelle à la tâche.

Quand je passe devant l'étalon noir, je songe que je ne sais même pas comment il s'appelle.

— Et lui, c'est quoi son nom ?

— Aucune idée, admet Cole. Je crois que Will ne lui en a pas donné encore. Et franchement, j'espère qu'il ne le gardera pas. Cet animal a tout le temps l'air en colère.

J'observe l'étalon, me rappelant soudain sa sortie de la remorque. Je ne dis rien et me contente de finir ma tournée. Une fois les seaux vides rassemblés, nous sortons de l'écurie. Cole ferme la porte derrière nous avant de m'escorter sur le chemin de la maison. Je ne m'étonne même pas que mon père les ait invités pour dîner.

Le repas est un véritable calvaire. Retrouver Will dans notre foyer, c'est comme être en présence d'un fantôme ressurgi du passé. Je ne dis pas un mot et laisse Cole entretenir la conversation pour nous tous. Il a dû remarquer que je me figeais dans un silence obstiné chaque fois qu'on me demandait de prendre la parole ou me posait une question. Je dois bien admettre que ce jeune homme est extrêmement doué pour dévier tout type de discussion. Je passerais presque pour une pièce du mobilier, et ce soir, cela me convient parfaitement. Je suis à nouveau perdue dans mes pensées, quand Mitch s'adresse à mon ex petit ami.

— Will, au lieu de vous entasser à trois dans le camping-car, tu n'as qu'à reprendre ton ancienne chambre au-dessus de l'écurie. Les meubles sont au grenier par contre, il faudra les remettre en place, ajoute-t-il avec un sourire d'excuse.

Je me glace en entendant Will accepter la proposition. Comme si devoir le croiser tous les jours sur la propriété ne suffisait pas, voilà maintenant que s'y rajoutait le privilège de voir sa tête tous les matins en allant nourrir les chevaux !

Je n'ai plus faim tout à coup ! Furieuse, je me lève de table et pars m'isoler dans la pièce voisine.

J'ai besoin de me retrouver seule.

Chapitre 4

Will

Becca disparaît brusquement dans la cuisine comme si le diable en personne était à ses trousses. Josh et Cole me dévisagent... on dirait presque que c'est moi qui l'ai poussée hors de sa chaise ! Et je dois avouer ne pas trop savoir quoi dire devant leurs mines stupéfaites. Quant à Mitch, il continue de manger comme si rien ne s'était passé. J'ignore même s'il s'est rendu compte de quoi que ce soit.

Josh se lève et commence à débarrasser la table, me retirant mon assiette alors que je tiens toujours mon hamburger entre mes doigts. Il part ensuite dans la même direction que Becca. En voilà un qui a dû comprendre ! Il est évident que Becca préférerait me voir piétiné par un étalon enragé, plutôt qu'assis à la table de sa salle à manger !

Cole et moi terminons notre repas sans un mot, puis nous montons au grenier chercher les quelques meubles de mon ancien logement.

— Tu sais ce qu'elle a, Becca ?

La question tombe alors que nous tentons de faire passer le matelas une place par la minuscule porte du grenier. Je ne réponds pas, me concentrant juste sur ma tâche pour éviter de débouler les escaliers à pic qui mènent au premier étage. Ce serait bien le comble !

— Thompson, je te parle là ! insiste mon compagnon.

Je m'arrête et lève les yeux vers lui.

Que lui répondre ?

Que j'ai abandonné Becca sur le parking du ranch cinq ans plus tôt alors qu'elle me suppliait de l'emmener dans mon périple aux États-Unis ?! Que j'ai bousillé la seule belle relation que je n'ai jamais eue ?! Je ne suis pas stupide ! Je suis parfaitement conscient qu'elle m'en veut d'être parti sans elle, comme un voleur disparaissant avec le magot avant le lever du jour. Pourtant, je ne pensais pas que mon retour provoquerait une telle fureur…

Bon, d'accord ! Je ne m'étais pas vraiment attendu à ce qu'elle me saute au cou non plus ! Mais toute la rage que j'entrevois dans son regard chaque fois qu'elle le pose sur moi me glace le sang. J'ai tout de même tenté d'arranger les choses après mon départ… est-ce ma faute si elle a refusé de me répondre ? Ce n'est pourtant pas faute d'avoir insisté…

J'ai tenu parole après tout, c'est elle qui m'a effacé de sa vie sans essayer de comprendre mon mal-être du moment ! Laissant tant de questions sans réponse…

— Je n'en sais rien, Cole. Je n'en sais vraiment rien, répété-je comme pour moi-même.

Il cesse finalement de parler et descend les marches grinçantes avec moi.

Rapporter ce foutu matelas dans mon ancienne chambre n'a pas été une partie de plaisir… Cole et moi y sommes pourtant parvenus, bien qu'à bout de souffle. Épuisés par notre journée de route et d'installation, nous avons finalement décidé qu'il serait le seul à rejoindre la pièce au-dessus de l'écurie pour ce soir. Le reste des meubles pourraient bien attendre un jour ou deux.

En sortant de la grange, je laisse Cole regagner le camping-car et pénètre de nouveau dans la maison des Parker. J'avance sans bruit dans le couloir qui relie la salle à manger à la cuisine, tout est resté comme dans mon souvenir. En entendant un rire familier, je m'arrête. Immobile dans l'ombre, j'observe Becca et Josh qui font la vaisselle. Ils semblent en pleine conversation. Elle a les deux mains dans l'eau de l'évier, tandis que mon ami, adossé au comptoir, attend les couverts à essuyer. Il fait tournoyer son torchon devant lui en la fixant du coin de l'œil. Il dit alors quelque chose et elle éclate à nouveau de rire, avant de lui envoyer un peu de mousse au visage. Josh esquisse un sourire, et pour la première fois de la journée, je vois Becca se détendre vraiment. Ce garçon a le don de rallumer la flamme dans les yeux de n'importe qui, quelle que soit la situation. Il n'y a que son propre regard qui ne scintille plus.

Becca est heureuse et je n'y suis pour rien… L'électrochoc me surprend et me coupe un instant la respiration.

Il y a cinq ans, c'est moi qui me tenais là, près d'elle. Moi, qui la faisais sourire dans ses moments de détresse, de doute et de peine. Combien de fois avons-nous fini trempés et couverts de mousse en nous chamaillant ainsi ?!

J'ai un sourire inconscient qui s'estompe aussitôt.

Parce qu'aujourd'hui, je suis là, seul dans l'ombre d'un mur, ne pouvant même pas franchir les quelques mètres qui nous séparent sous peine de voir ce beau sourire disparaître de nouveau. Je me remémore sa brusque sortie de table quand j'ai accepté l'offre de son père de reprendre mes anciens quartiers. Et je ne peux oublier les mots glacials qu'elle m'a hurlés au visage cet après-midi. Je ne l'avais jamais vue élever ainsi la voix de toute ma vie. Et même si cette rage envers moi peut paraître légitime, elle semble cacher tellement plus derrière son regard dur.

Des milliers de questions se bousculent dans ma tête, et je compte bien obtenir des réponses à chacune d'entre elles ! Ce n'est clairement pas le moment, car je risque au mieux de me prendre un coup de poêle à frire en plein visage ; néanmoins, tôt ou tard, elle devra répondre à mes interrogations. Tout est peut-être resté intact dans cette maison, mais la femme qui se tient devant moi n'est plus que l'ombre de celle que j'ai aimée jadis.

Et je me refuse à croire que je suis le seul responsable de ce changement.

Tournant les talons, je quitte la maison avec la même discrétion que lorsque j'y suis entré. La nuit est déjà bien installée et l'air frais me surprend dès que j'arrive à l'extérieur. Je marche jusqu'aux enclos temporaires que nous avons assemblés cet après-midi pour nos chevaux.

Malgré la pénombre, je distingue sans difficulté la silhouette de Red qui mange paisiblement son foin. Je murmure son nom et m'assois près de son enclos. J'appuie mon dos contre le métal froid. Ma tête retombe un peu vers l'arrière, tandis que je soupire en scrutant le ciel. Aucune étoile. Juste la noirceur infinie. Je ne ressens que le froid de la terre au printemps et la chaleur du souffle de mon cheval dans mon dos. Agile, Red passe sa tête par-dessus la barrière et vient la poser tout près de mon épaule. Je le caresse un long moment en songeant que, pour lui aussi, c'est le retour au bercail après des années de cavale.

— Tu as reçu un meilleur accueil que moi, mon pote, murmuré-je sans cesser de flatter son chanfrein.

Ce cheval et moi avons parcouru tellement de route et traversé tant d'épreuves ensemble que jamais je ne me verrais le remplacer. L'achat de Keeper n'a été pour moi que le moyen d'accéder à un plus grand nombre de disciplines. Je n'ai pas encore avec lui ce lien unique qui lie une monture et son cavalier pour toujours, comme avec Red. On ne trouve qu'une seule fois le cheval de toute une vie.

Soufflant dans mon oreille, il me soulage de ma douleur par sa seule présence. Je n'ai besoin de rien d'autre pour me sentir un peu plus léger après cette journée éprouvante.

Je n'ose même pas imaginer l'état de Becca. J'avais espéré que Mitch l'aurait informée de mon coup de fil, de notre rencontre ce matin et de l'accord que nous avions signé. Je lui ai pourtant bien expliqué la raison de mon retour en ville, et étonnamment, il n'a pas eu l'air très surpris. Il a juste insisté sur le fait que sa fille avait quelque peu changé depuis mon départ.

Je ne m'étais toutefois pas attendu à une telle métamorphose…

J'ignore combien de temps j'ai passé assis dans l'herbe à caresser mon cheval. Cependant, quand je me remets sur pied, mes jambes sont engourdies et toutes les lumières de la maison sont éteintes. Je passe ma main une dernière fois sur l'encolure de Red, puis me dirige vers mon pick-up pour prendre une couverture sur la banquette arrière avant de rejoindre mon ancienne chambre et son lit sommaire, posé à même le sol. D'un coup de pied, j'envoie valser mes bottes de cow-boy dans un coin, et dans le noir, je m'écroule sur le matelas et sombre dans un sommeil sans rêves.

Le matin arrive beaucoup plus vite que je ne l'aurais espéré. Quand le soleil perce par la seule fenêtre de la pièce, il me semble que je viens à peine de fermer les paupières. Je me défais de l'étreinte de ma couverture en grognant et marche lourdement vers la porte à ciel ouvert, positionnée juste au-dessus de celles coulissantes de la grange. Mon pied heurte un carton et je remarque seulement alors qu'il y en a plusieurs éparpillés dans toute la chambre. Génial, mon ancien repère sert désormais de débarras ! Tant bien que mal, j'essaie d'ouvrir le battant. Impossible, il me résiste, sans doute coincé sur ses gonds. Je ne m'y attarde pas et enfile mes bottes pour descendre par l'écurie.

Dans la grange, Becca s'active déjà à remettre de l'eau aux chevaux. Sans un mot ni un regard, elle passe devant moi comme si je n'étais rien d'autre qu'un ballot de foin tombé sur sa trajectoire. Je meurs d'envie de lui parler, seulement j'ai besoin de café en intraveineuse avant d'affronter l'ouragan de sa colère. En l'état actuel, je risque de me faire moucher tel un gamin de trois ans.

Sans rien tenter, je traverse l'écurie.

L'étalon que j'ai ramené avec moi charge dans ma direction et essaie de me mordre au passage, faisant trembler la porte de son box sous l'impact de son poitrail massif. Heureusement assez réveillé pour l'esquiver, je ne manque pas le ricanement qui s'élève de l'endroit où Becca a disparu !

Il est temps pour moi de rejoindre mes compagnons dans le camping-car. Même de loin, on peut entendre le boucan qui provient de l'habitat de Cole McKnight. Malgré la musique rock qui m'agresse les oreilles de bon matin, j'entre à la recherche de ma dose de caféine. Comme d'habitude, le chaos règne dans le petit espace repas. Cole est assis à la table de cuisine devant son cahier à dessin, un crayon entre les doigts, un second entre les dents, balançant la tête en rythme avec la mélodie assourdissante. Aucun signe de vie de Josh qui doit être parti courir. L'objet de tous mes désirs se trouve à trois pas devant moi. Je me saisis d'une tasse en métal avant d'y verser le nectar brûlant. Mon ami m'aperçoit enfin et me fait la grâce de baisser un peu le volume.

Dieu merci !

Je vais m'asseoir en face de lui, armé de ma dose de carburant.

— Tu es obligé de mettre une musique pareille à cette heure ?

Cole retire le crayon qu'il tient entre ses dents pour me répondre en haussant les épaules.

— Elle m'aide à travailler.

Il tourne son cahier à dessin vers moi.

— Tu vois ce chef-d'œuvre, mon pote ?!

En effet, je dois dire que l'image est d'une précision inégalable. Dans un amas de ronces formant une arche se tient une femme aux longs cheveux d'un rouge flamboyant, seule touche de couleur de la composition d'ombres et de contrastes. Mon camarade ne tenait pas l'une des meilleures et plus réputées boutiques de tatouage de Chicago pour rien. Il a énormément de talent. Sans quoi, jamais je ne lui aurais confié mon dos, cela va sans dire !

— Je crois que ce qui me surprend le plus, c'est que tu arrives à dessiner un truc pareil avec cette musique de fou dans les tympans ? soupiré-je en avalant une première gorgée de café.

Cole rit de ma remarque et rassemble ses outils de dessin en une petite montagne sur la table.

— Josh a nourri les chevaux avant de partir courir, m'annonce-t-il en se levant pour visser une casquette sur sa tête et enfiler un sweat léger qui recouvre les tatouages de ses bras.

— D'accord. Comment va-t-il ?

Mon ami se tourne vers moi.

— Nuit difficile. Plus que d'habitude, en fait. Il semblait vraiment sous tension ce matin avant de partir.

J'acquiesce en silence.

Je termine ma tasse en vitesse et récupère mon chapeau de cow-boy qui, je ne sais trop comment, a atterri dans le minuscule évier du camping-car. Quand nous sortons, j'aperçois Becca sur la galerie de la maison, en pleine discussion avec Josh. Elle lui sourit gentiment, prenant grand soin de ne pas regarder dans notre direction.

Je ne l'avais jamais vue afficher le moindre ressentiment envers quiconque. Enfin… jusqu'à hier ! Et je dois reconnaître que je n'apprécie que très moyennement d'être le cobaye dans cette affaire…

Mitch sort de la maison, et rapidement, nous formons un petit comité devant l'escalier qui mène à son porche.

— Je dois aller vérifier les clôtures du bétail dans les pâturages arrière, nous explique le patron. L'un d'entre vous restera ici avec Becca pour l'aider aux travaux d'écurie. Les deux autres m'accompagnent.

Génial ! Nous allons donc devoir passer la journée dans un froid polaire à nous occuper des chevaux… Mais bon, d'un autre côté, je tiens peut-être enfin l'occasion de lui poser quelques questions concernant mes lettres incessantes, restées sans réponse durant cinq ans. À peine cette pensée a-t-elle traversé mon esprit que Becca se tourne vers Josh.

— On a du boulot alors ! En route, lui annonce-t-elle.

Ce dernier acquiesce et se dirige vers le camping-car, sans doute pour changer de vêtements, ce que je n'ai même pas pris la peine de faire moi-même. Mitch et Cole partent vers l'écurie pour seller les chevaux. Et moi, je reste planté là comme un idiot.

— C'est quoi, ce bordel ?!

L'exclamation a jailli de mes lèvres sans même que j'en aie conscience. Becca se retourne vers moi, ses yeux lancent des éclairs.

— Qu'est-ce que tu veux dire ? rétorque-t-elle d'un ton beaucoup trop calme.

— Pourquoi ce n'est pas moi qui t'aide au ranch ? Tu sais que c'est ce que je fais de mieux. Nous avons toujours travaillé ensemble avec les chevaux, putain !

Elle éclate d'un rire sarcastique que je ne lui connaissais pas.

— Je travaille seule depuis cinq ans, William. Alors si tu es venu ici pour nous jouer le môme qui pique une crise parce qu'il n'a pas été choisi dans l'équipe, fiche le camp ! Les chevaux voleront avant qu'on travaille de nouveau ensemble.

Elle tourne les talons sans un mot de plus, me laissant planté au milieu de la cour comme un idiot. Son ton aussi mordant que le givre de décembre a réussi à me donner des frissons.

Puis je me secoue et laisse la fureur me gagner à son tour. Très bien !

Mon cheval est sellé en deux temps trois mouvements, et nous voilà partis, Mitch, Cole et moi pour aller vérifier les clôtures du bétail. Alors que nous prenons le sentier qui mène aux pâturages arrière, je distingue la silhouette de Becca devant la porte de l'écurie. Elle tient un grand cheval rouan en main. Je sais qu'elle m'observe, car elle ne bouge plus. Je fixe alors mon attention sur elle tandis que Red continue d'avancer au pas, suivant Cole et Dexter.

« *Les chevaux voleront avant qu'on travaille de nouveau ensemble.* » Ses mots me traversent l'esprit, et je souris dans l'ombre de mon chapeau.

C'est ce que nous verrons, Becca !

Chapitre 5

Becca

Je suis sortie de la maison beaucoup plus tôt que d'habitude. Le sommeil m'a fuie toute la nuit et se refusait toujours à moi lorsque l'aube a point. Après m'être habillée, je rejoins l'écurie sans bruit, me glissant par la porte de côté pour ne pas réveiller le locataire indésirable qui dort sans doute encore au-dessus de ma tête. Les chevaux s'agitent et me regardent comme s'ils se demandaient ce que je fais là à une heure pareille. Il est beaucoup trop tôt pour leur donner la ration du matin, ils devront patienter encore un peu. J'approche en silence du box d'Angel qui m'observe, sa tête grise passée par-dessus la demi-porte. Prenant appui sur mes mains, je me hisse pour m'asseoir sur sa tranche, laissant mes jambes pendre à l'intérieur de la stalle. Ma jument vient alors fouiller entre mes paumes vides, répandant une traînée de poils blancs et gris sur mon jean. Elle pousse mes pieds d'un coup de naseaux et pose ensuite son front tout contre mes genoux.

La journée est à peine entamée et je suis déjà dans un état lamentable. Mes doigts passent distraitement dans le toupet de ma douce monture, avant de venir la gratter entre les oreilles, et je me perds dans mes pensées. Dans tous ces souvenirs douloureux qui remontent à la surface depuis hier et m'ont harcelée durant la nuit. M'appuyant contre une poutre, je ferme les yeux quelques instants. Je suis épuisée. Rien de plus normal après avoir passé les dix dernières heures adossée au mur de ma chambre à me remémorer toutes ces choses que j'aurais tant aimé oublier. Je compte pourtant bien faire en sorte qu'elles restent enfouies en moi jusqu'au départ des trois cow-boys, à l'automne.

Je n'ai pas d'autre option pour ne pas sombrer de nouveau…

Will…

Je vais devoir prendre sur moi et me faire à l'idée de sa présence dans les parages durant quelques mois. En aucun cas, je ne veux que mon père ait connaissance des faits qui me hantent encore. Je n'ai pas à être aimable avec Will, juste à le tolérer. Juste faire comme s'il n'était pas vraiment là. De toute façon, il travaillera avec Cole et Mitch, puisque j'ai décidé hier soir, durant notre conversation, que Joshua allait s'occuper des chevaux avec moi. Il est désormais clair pour tout le monde que je n'aurais jamais pu faire équipe avec Will. Pas avec tout le mépris que je ressens à son égard.

La colère, la tristesse ou bien la haine ne sont pas des sentiments qui font bon ménage quand on travaille avec les chevaux. Je vais devoir faire le vide et oublier le tumulte qui règne en moi. Je cale donc ma respiration sur celle d'Angel et je tente de chasser les ombres du passé. Je prends un instant pour recentrer mes idées sur ma tâche et m'apprête à affronter cette nouvelle journée, et les futures… avec l'espoir qu'elles ne seront pas toutes comme celle d'hier. La main posée sur le front de ma jument, je sens mon corps se détendre peu à peu. Puis, comme tous les matins, j'entends cette petite voix dans ma tête qui me dit que le travail ne se fera pas tout seul !

Je descends de mon perchoir pour aller chercher les seaux et préparer les rations. Les chevaux s'impatientent au son de l'avoine qui tombe dans les récipients de plastique. Passant devant chaque stalle, je distribue le petit-déjeuner de nos pensionnaires et jette un coup d'œil aux seaux d'eau attachés dans les box. Je m'applique ensuite à remplir de nouveaux ceux des chevaux qui resteront à l'intérieur. Le grand étalon noir frappe durement le sol avec son sabot, secouant la tête de droite à gauche. Je fronce les sourcils. Il était pourtant très calme, il n'y a pas deux secondes. Je comprends soudain sa colère en entendant des pas dans l'escalier au-dessus de ma tête. Un instant plus tard, avant même que j'aie pu réagir et quitter les lieux, Will apparaît dans l'allée, portant encore les vêtements de la veille. Vu son air endormi, lui n'a pas passé une nuit blanche !

Après avoir fermé l'arrivée d'eau, je le dépasse avec mon seau rempli sans lui accorder la moindre attention… bien que je me contienne pour ne pas lui en balancer le contenu au visage, histoire de bien le réveiller ! Je veux lui parler et le voir le moins possible, aussi me concentré-je sur ma tâche. Toutefois, du coin de l'œil, j'aperçois l'étalon qui essaie de l'attaquer quand il passe devant sa stalle. Malgré moi, je ricane.

Dès que les chevaux sont nourris, je retourne vers la maison en passant devant le camping-car des nouveaux arrivés. Surprise par le martèlement de foulées régulières derrière moi, je me retourne et aperçois Joshua qui court dans l'allée menant au ranch. Il me fait un signe de la main en se rapprochant, tandis que je m'installe au coin de la galerie et l'attends. Le soleil est levé, j'ai dû passer plus de temps que je ne le croyais dans l'écurie, ce qui veut dire que j'ai déjà pris du retard sur ma journée. Joshua arrive près de moi. Il est en sueur et son tee-shirt est trempé, pourtant il ne semble pas le moins du monde essoufflé par l'exercice matinal. Cet homme a vraiment un charme incontestable, arrogant et perturbant à la fois avec son regard tourmenté et ses courts cheveux brun clair, qui encadrent un visage parfaitement ciselé.

— Tu aurais dû me mettre au parfum hier soir, j'aurais nourri vos chevaux en même temps que les nôtres, me salue-t-il en soufflant. Tu as une petite mine ce matin !

— L'idée ne m'a pas traversé l'esprit. Je ne pensais pas que vous seriez levés si tôt, après la grosse journée d'hier. Et en effet, le sommeil a décidé de me faire faux bond cette nuit.

Il me sourit, avant de passer le bas de son tee-shirt sur son visage en nage. Je remarque alors la moitié d'un tatouage que je ne distingue pas bien et plusieurs cicatrices éparpillées sur une partie de son flanc droit. Je me sens indiscrète et regarde aussitôt vers le camping-car, d'où sortent Cole et Will. Ce dernier pose les yeux sur moi et je me détourne ostensiblement, profitant de l'apparition de mon père sur le perron de la maison. Perdue dans mes pensées, je ne l'écoute pas vraiment donner ses directives aux trois hommes. Je prends juste la parole pour leur annoncer que c'est Joshua qui travaillera les chevaux avec moi. Celui-ci part aussitôt vers le camping-car pour changer de vêtements, et Cole et mon père disparaissent dans la grange. Je leur emboîte le pas avant d'être stoppée net par le grondement de *sa* voix.

— C'est quoi, ce bordel ?!

Je me retiens pour ne pas hurler et serre les poings tandis que je tourne vers Will un visage aussi neutre que possible.

— Qu'est-ce que tu veux dire ?

— Pourquoi ce n'est pas moi qui t'aide au ranch ? Tu sais que c'est ce que je fais de mieux. Nous avons toujours travaillé ensemble avec les chevaux, putain !

Et je me demande un court instant s'il est vraiment sérieux.

À son expression, je comprends que oui. J'avoue que je ne m'étais pas attendue à ce soudain caprice, et je suis prise de court. C'est plus fort que moi, j'éclate de rire. Un rire rempli de sarcasme, mais aussi de douleur. Puis je le fixe froidement.

— Je travaille seule depuis cinq ans, William. Alors si tu es venu ici pour nous jouer le môme qui pique une crise parce qu'il n'a pas été choisi dans l'équipe, fiche le camp ! Les chevaux voleront avant qu'on travaille de nouveau ensemble.

Je me tourne vers l'écurie et y pénètre sans un mot ni un regard de plus en arrière.

Les trois hommes ne tardent pas à quitter le ranch avec leurs montures. Immobile sur le seuil de la grange avec Thunder, je les regarde s'éloigner. C'est comme un tableau revenu à sa place après cinq années d'oubli dans un grenier poussiéreux. Joshua apparaît derrière moi, ma jument en main, et me ramène à la réalité.

— Dans quel pré va-t-elle ? me questionne-t-il.

— Celui du fond. Suis-moi.

Nous marchons en silence, encadrés par les deux chevaux. Je concentre mon esprit sur le bruit des sabots sur le sol, sur la respiration un peu nerveuse de Thunder. Arrivé devant l'enclos, je passe en premier et laisse Joshua traverser avec Angel avant de fermer la porte. Nous retirons les licols aux deux compagnons qui partent au loin sans plus de cérémonie. Repassant de l'autre côté de la barrière, je prends le licol d'Angel des mains de Joshua et le dépose sur un crochet. Nous n'avons plus le temps de chômer.

C'est sur le retour vers l'écurie qu'il me pose la question que je redoutais tant.

— C'est quoi exactement, ton histoire avec Will ? me lance-t-il alors qu'il s'est arrêté un instant pour flatter son cheval dans l'enclos temporaire.

Je me fige.

— Il nous a expliqué que nous allions venir passer l'été dans un ranch où il avait longtemps travaillé avant de quitter le Canada pour les routes des États-Unis. C'est tout ce que je sais… Mais il semble évident que vous étiez plus que de simples partenaires de travail. Tu peux me stopper si je me trompe, ajoute-t-il en me fixant de ses yeux noisette.

Je soupire en secouant la tête, nerveuse.

— Ça se voit tant que ça ?

Il a un sourire en coin, avant d'acquiescer et de me scruter, tranquillement appuyé à la barrière.

— Nous étions beaucoup plus en effet. Seulement je n'ai pas très envie de parler de mon passé en ce moment, Joshua.

J'ai du mal à articuler ces quelques mots tant je suis à cran.

— Très bien. Mais si un jour, tu veux en discuter, je suis ton homme. Et appelle-moi Josh. Il n'y a que ma mère qui m'appelle encore Joshua, conclut-il dans un rire.

Puis il reprend le chemin de l'écurie et, souriante à mon tour sans que je puisse m'expliquer vraiment pourquoi, je le suis.

Une vingtaine de minutes plus tard, presque tous les chevaux sont à l'extérieur. Nous sommes tous les deux postés devant le box du grand étalon noir, qui nous observe telle une statue. Brisant le silence, j'interroge alors Josh.

— Tu sais comment William l'a fait monter dans la remorque ?

— Il a dû faire une allée avec des barrières de sa stalle jusqu'au van.

Je le regarde d'un air ahuri. Le découragement doit se lire sur mon visage.

— T'inquiète. On n'a qu'à faire la même chose en se servant de la grange comme couloir jusqu'au petit manège que j'ai repéré derrière, hier.

J'analyse en quelques secondes le trajet que le cow-boy veut faire prendre au cheval. Si l'on ferme bien toutes les portes, l'étalon n'aura effectivement qu'une seule issue.

— D'accord. Mais avant, on doit lui trouver un nom.

Il me dévisage, quelque peu étonné.

— Quoi ?! m'exclamé-je en riant. On ne peut pas l'appeler indéfiniment le cheval noir !

Josh rit de bon cœur avec moi.

— D'accord. Que proposes-tu alors ?

C'est une bonne question !

— Lightning ? suggéré-je.

D'un hochement de tête et d'une grimace, il me signifie son désaccord.

— On ne peut décemment pas l'appeler Polochon, m'esclaffé-je.

Homme et animal me regardent d'une drôle de façon. *Très bien ! Ce ne sera pas Polochon. J'ai saisi !* Je roule des yeux en observant l'étalon. Sa robe d'ébène doit être éclatante au soleil. Sa crinière, bien qu'elle soit emmêlée, est longue et sans doute fluide lorsqu'elle est bien entretenue ; là, elle dépasse son encolure. Il est musclé et nous a déjà démontré combien il peut être puissant et agile.

Cole m'a dit la veille au soir que ce cheval semblait perpétuellement en colère. Moi, je trouve qu'il a l'air amer et dur. Une vraie brute.

— Styx. Nous l'appellerons Styx, décidé-je alors, saisie d'une brusque inspiration.

Josh me lance un coup d'œil qui semble approbateur. Et l'étalon fixe son attention sur moi. Nous sommes d'accord !

Mon assistant et moi fermons tous les accès pouvant offrir une échappatoire à Styx et ne laissons que la large porte de derrière ouverte. Après quoi, Josh déverrouille enfin le box et la puissante créature galope jusqu'à la sortie, nous abandonnant pour le petit espace de plein air qui s'offre à lui. Je marche jusqu'à la porte et l'observe qui se roule dans le sable avec bonheur. Il se relève ensuite sur ses pattes et me fixe à nouveau. Je referme derrière moi et vais retrouver Josh qui a commencé à nettoyer les stalles. Je m'appuie sur le mur d'en face et prends la parole.

— On ne pourra faire ça qu'un temps, il faudra bien tôt ou tard qu'on puisse l'approcher comme un cheval normal.

Il acquiesce sans interrompre son travail. Je prends moi aussi une fourche, et ensemble, nous nettoyons les box en silence. Cela sera sans doute notre routine matinale pour les quelques mois à venir.

La fin de la journée arrive sans que j'aie vu le temps passer. Travailler avec Josh est vraiment très agréable. Il sait ce qu'il fait et semble très bien connaître les chevaux. Ce n'est que lorsque nous voyons les trois cow-boys partis ce matin revenir au ranch que nous prenons conscience combien le soleil est bas sur l'horizon.

Chapitre 6

Will

Trois jours se sont écoulés depuis notre arrivée, c'est déjà le week-end. La routine s'est vite installée au ranch, mais aussi avec Becca.

Nous partons chaque matin dès que le soleil est levé. Nous parcourons les vastes pâturages à l'arrière de la propriété et tentons de réparer au mieux les clôtures endommagées, car dans trois semaines, nous devons déplacer le troupeau d'Henry de ses terres à celles de Mitch. Un convoyage qui durera probablement deux bonnes journées. Alors autant s'assurer avant le transfert que les bêtes ne pourront pas s'évader du nouveau domicile qu'elles occuperont jusqu'à l'hiver.

Avec Becca, j'en suis toujours au même stade. À l'aube, nous nous croisons dans l'écurie, et je n'ai droit qu'à un imperceptible hochement de tête. C'est déjà mieux que de me faire hurler au visage… enfin, je crois ? Pas de bonjour, et encore moins la plus petite parole échangée depuis ma crise ridicule au sujet de Josh travaillant avec elle et les chevaux. J'avoue avoir été puéril sur ce coup-là. Je me sens vraiment stupide maintenant que j'y repense. Mais voilà, malgré mes efforts pour garder le contact avec elle durant ces cinq dernières années, j'ai l'impression désagréable d'avoir été balayé et rejeté de mon ancienne vie. Sa colère envers moi est sans doute méritée, j'en ai conscience. Jamais je n'aurais dû partir comme un voleur ce matin-là. Durant ces cinq années, je l'ai amèrement regretté. Seulement je devais chercher ce que j'attendais de la vie. Et je devais le faire seul ! Malheureusement pour moi, je ne sais toujours pas si j'ai trouvé… Pourtant, j'ai tenu la promesse laissée sur l'oreiller ce jour-là. Combien lui ai-je envoyé de lettres pendant mon absence ? J'ai arrêté de compter après les quarante-neuf de la première année… mais comme aucune d'entre elles ne m'a jamais été retournée, j'en ai conclu qu'elle les avait bien reçues.

Comment alors ne pas éprouver de rancœur face à son comportement ? C'est elle qui a décidé de me rayer de son existence !

Toutefois, aussi incroyable que cela puisse sembler, personne ne pourra m'enlever le sentiment grisant d'avoir retrouvé mon chez-moi, d'être rentré à la maison. D'accord, mon ancienne chambre est un véritable capharnaüm, bien pire que le camping-car de Cole. J'ai dû empiler tout un tas de cartons les uns sur les autres pour me faire un peu de place, et je vais devoir les descendre pour aller les ranger dans le grenier de la maison. Mais grâce à l'aide de Josh et Cole, mes anciens meubles sont désormais tous revenus dans mon petit logement. C'est un vrai délice de retrouver mon foyer, et surtout, de ne plus devoir subir la musique assourdissante de Cole quand il dessine. *Le bonheur absolu ! Ou presque…*

Même le samedi, les soins du bétail et des chevaux n'attendent pas. Il est six heures du matin quand je descends. Aucun bruit dans l'écurie, les portes sont toujours fermées. Becca n'est donc pas encore passée. C'est moi qui en viens à tout faire pour éviter la froideur et la distance que ces cinq années de silence de sa part ont instaurées entre nous. Je sors rapidement par la porte de côté et m'éclipse de la grange pour rejoindre les enclos temporaires de nos quatre montures. C'est moi qui suis de corvée aujourd'hui. L'étalon que j'ai ramené a quant à lui toujours droit à sa stalle à l'intérieur. Comme quoi certains sont récompensés, malgré leur mauvais comportement !

Red me gratifie d'un doux hennissement dès qu'il m'aperçoit. Au moins, mon fidèle compagnon est toujours heureux de me voir. Même Roper, le chien de Becca semble m'avoir renié.

Encore une fois, tout est une question d'habitudes. Donner la ration de grains, le foin, nettoyer les quatre enclos, remettre des copeaux de bois frais et remplir les seaux d'eau. Une heure plus tard, tout est terminé.

Je sors à peine de l'enclos de Keeper quand Cole et Josh émergent du camping-car. Le tatoueur avec son éternelle casquette vissée sur sa tête, et Josh, les mains enfoncées dans les poches de son jean. Il semble à bout de nerfs. Cole et moi échangeons un long regard, alors que les deux hommes s'arrêtent devant Keeper. Mon ami me tend une tasse de café noir que je m'empresse de boire. Sortant une étrille d'un sac posé sur le sol, je commence à brosser la robe sombre de mon deuxième cheval. Depuis trois jours, je travaille avec Red et je crois qu'il mérite bien une petite journée de congé. Aujourd'hui, ce sera donc Keeper qui m'accompagnera avec Cole et Fire, la monture de Josh qui a également besoin d'exercice. Mon camarade s'active d'ailleurs à le préparer pour notre sortie, alors que Josh caresse distraitement Dexter, perdu dans ses pensées. Et, par tous les dieux qui existent sur cette Terre, je n'aimerais pas être à sa place ni voir ce qui se déroule sous ses yeux quand il est absent comme à cet instant. C'est la voix de Becca s'élevant depuis la cour qui le sort de ses sombres réflexions dans un sursaut. Il chuchote quelque chose avant de partir vers l'écurie, la démarche lourde et fatiguée.

— Il va falloir que l'un de nous lui parle, Thompson... me souffle Cole en sellant Fire.

— Je sais, mon vieux, mais on sait aussi tous les deux qu'il le prend toujours mal. Surtout quand c'est à ce stade.

C'est tout ce que je trouve à répondre en observant mon ami qui disparaît dans la grange où l'attend Becca.

— Tu pourrais en parler à Becca, dans ce cas, me suggère Cole avec un demi-sourire.

Je le fusille du regard en serrant la sangle de Keeper.

— Mais oui Cole, ou pourquoi pas aller me jeter devant un troupeau de buffles en panique ? Tu n'as sans doute pas remarqué que Becca semble vouloir me tuer presque autant que ce stupide étalon dans l'écurie ! m'exclamé-je.

— J'avoue qu'elle ne semble pas franchement t'apprécier.

— Oh... toi aussi, tu as remarqué alors ?!

J'éclate de rire en menant Keeper par la bride hors de son box temporaire. Je resangle, passe mes rênes de part et d'autre de l'encolure de mon cheval et mets le pied à l'étrier. Franchement, pour aujourd'hui au moins, j'aime mieux rire de la situation avec Becca. Je n'ai pas eu à la croiser ce matin, donc pas de regard glacial. Je suis de ce fait plutôt de bonne humeur. Et c'est bien la première fois depuis mon retour à River Creek !

Mitch nous rejoint avec sa monture et nous partons tous les trois vers les pâturages qu'il nous reste à vérifier, nos outils dans les sacoches de nos selles. Keeper et moi fermons la marche. J'observe Fire et Cole qui progressent devant nous. En vérité, au premier abord, Cole n'a rien à voir avec un cow-boy. Entre sa casquette, ses jeans et sweats de marque, les innombrables tatouages qui lui couvrent les deux bras et une grande majorité du corps, on s'éloigne très vite du style western ! Pourtant, il a une aisance naturelle avec les chevaux qui m'a toujours étonné et il est surprenant dès qu'il met le pied à l'étrier. La première fois que je l'ai vu, il était assis sur un taureau dans un rodéo du Colorado. Je n'ai toujours aucune idée de ce qu'il faisait là-bas, mais nous avons poursuivi notre route ensemble à compter de ce jour-là. Même s'il s'était bien amoché durant les huit secondes qu'avait duré la monte du taureau, il avait tenu bon, une détermination féroce dans le regard.

Le paysage défile rapidement, toujours aussi verdoyant, et nous arrivons bientôt sur les lieux pour nous mettre au travail. La journée passe à une vitesse folle et ce n'est que lorsque le soleil commence tranquillement à descendre dans le ciel, annonçant la fin de l'après-midi, que nous remontons en selle pour rentrer au ranch. Arrivés dans la cour, Cole et moi attachons nos montures près des portes ouvertes de l'écurie et commençons à les desseller. Mitch confie son cheval à Becca qui se trouvait dans le bâtiment avec Josh, puis il monte à bord de son pick-up et disparaît dans l'allée.

Josh sort de la grange et vient saluer Fire. Il bavarde un peu avec Cole tandis que je jette un coup d'œil à l'intérieur. Becca est en train de retirer la selle d'Aramis dans l'allée, tandis qu'un vacarme infernal se fait entendre. Pas besoin de me poser de questions, je sais que c'est encore mon étalon fou qui fait des caprices. Comme chaque fois qu'il sent ma présence…

Le son d'un véhicule qui entre dans la cour me fait tourner la tête alors que je défais la sangle de mon cheval. Une Jeep blanche avec deux passagers se gare près de l'écurie dans un léger nuage de poussière. Becca sort en courant et s'approche tandis que le conducteur s'apprête à descendre du véhicule. Je ne vois pas qui c'est, car Becca me cache son identité en se tenant devant la portière. À l'instant où je soulève la selle du dos de Keeper, je remarque toutefois que le ton monte près de la Jeep. En une fraction de seconde, la jeune femme est propulsée contre l'aile du véhicule, et un homme se jette sur moi comme un diable sortant de sa boîte. Je n'ai pas le temps d'esquisser le moindre geste qu'une puissante droite vient me percuter la mâchoire. Avec le poids de la selle, je bascule vers l'arrière et chute entre les pattes de Fire qui panique. Son fer cogne contre mon crâne, et pendant quelques instants, des points noirs voltigent dans mon champ de vision. Keeper semble s'énerver également, aussi Cole s'empresse-t-il de le détacher et le dégage de mon chemin quand je roule hors de portée de Fire.

Celui qui vient de m'envoyer valser crie maintenant sur Becca qui tente de le retenir, et elle lui hurle au visage de la même manière. Je projette ma selle au loin et me relève. Dans un élan, je me précipite sur mon agresseur, le saisissant à bras-le-corps, et le fais tomber sous moi. Nous roulons dans la poussière et échangeons bon nombre de coups violents. Jusqu'à ce qu'une voix de femme s'élève dans la cour.

— Eric, ça suffit !

C'est comme un coup de fouet qui claque dans l'air.

Je me fige en entendant le nom de celui qui m'a envoyé au tapis. Je vois alors apparaître une paire de bottes en cuir noires tout près de nous. Eric se relève en me plaquant rageusement au sol une dernière fois. Josh vient vers moi et me tend la main en prenant soin de se placer entre l'individu et moi. Comme si j'avais besoin de protection !

— Tu saignes, me dit-il alors sans pour autant me regarder.

En effet, ma chemise est tachée, et en passant une main dans mes cheveux, je sens un liquide poisseux sous mes doigts.

— Mais t'es complètement malade ! hurlé-je en direction de l'arrivant.

55

Eric, le frère aîné de Becca, se tourne brusquement vers moi, une lèvre fendue et une balafre sous l'œil gauche, avant de se mettre à hurler.

— Qui t'a permis de remettre les pieds sur ce ranch ?! De t'approcher de nouveau de ma sœur ?! Tu n'es qu'une sous-merde, Thompson. Tu devrais foutre le camp d'ici comme tu sais si bien le faire et disparaître pour toujours cette fois.

Une telle rage se consume dans ses yeux que j'en ai le souffle coupé.

— Tu n'imagines même pas tout ce que tu lui as fait endurer, ajoute-t-il en faisant encore un pas vers moi.

Sa sœur passe devant lui et plaque ses mains contre son torse, alors qu'Allison, sa petite amie que je viens juste de reconnaître, le retient par le bras.

— Arrête, Eric, je t'en prie ! le supplie Becca. Je gère la situation…

Elle se rapproche de son frère et lui murmure quelque chose si bas que je n'entends pas un traître mot de ce qu'elle peut bien lui confier. Une chose est sûre, néanmoins cela l'arrête net. Il part alors vers la maison, Allison dans son sillage. Elle tourne la tête vers notre petit groupe un instant et me sourit avec gentillesse, comme pour me demander pardon.

Du dos de la main, j'essuie rageusement le sang qui coule de mon nez. Je peux sentir ma lèvre commencer à enfler, en plus de la douleur causée par ma plaie à la tête. Mes côtes sont également un peu sensibles d'avoir amorti la chute de ma selle. Sans un mot, Cole s'éloigne avec Keeper et Fire en direction des enclos et Josh me fait un signe de la tête.

— Va m'attendre dans le camping-car, je récupère la trousse dans ton pick-up et j'arrive, me lance-t-il en s'éloignant vers mon véhicule.

J'acquiesce en silence et me dirige vers la caravane. Difficilement, je monte les deux marches, pénètre dans l'habitacle et me laisse choir sur un des bancs de la cuisine, une main appuyée sur mon flanc gauche. Je soupire et laisse ma tête partir vers l'arrière. Les yeux fermés, j'entends la porte du camping-car s'ouvrir puis se refermer.

— Où se trouve l'évier ? demande alors la voix froide de Becca.

Je sursaute en ouvrant les paupières. Elle est bien là, debout devant moi, la trousse de premiers soins entre les mains. Je pointe du doigt le petit espace cuisine derrière moi. Elle s'y rend sans un mot et a un mouvement de recul quand elle ouvre le robinet, à cause du vacarme qui se fait entendre sous nos pieds.

— C'est normal, ne t'occupe pas ! La tuyauterie n'est plus toute jeune, grogné-je à peine, tant j'ai mal au crâne maintenant. Ce qui l'est moins, c'est toi, ici.

Elle soupire derrière mon dos, et j'entends l'eau couler dans un récipient. L'instant d'après, elle se tient devant moi. Je me tourne vers elle, les jambes en travers de l'étroit passage du camping-car. Becca pose le bol d'eau chaude sur le sol et s'accroupit. Nous sommes à présent face à face, les yeux dans les yeux.

— Je ne voulais pas faire perdre son temps à Josh, alors que c'est mon frère qui t'a amoché de la sorte, répond-elle enfin.

— Tu gères la « situation ».

Je prends grand soin de mettre le mot entre guillemets. On sait tous les deux qui est ladite situation. Pourtant, j'avoue ne pas comprendre, elle aurait dû retourner à ses occupations et laisser Josh se charger de mes blessures. Alors pourquoi est-elle là ?

Elle trempe une serviette blanche dans l'eau, l'essore minutieusement et l'approche de mon visage pour nettoyer avec douceur mon arcade sourcilière. Je ne la sentais pas jusqu'ici, toutefois le tissu est couvert de sang et la douleur soudaine qui me vrille les tempes ne ment pas. Je grimace et serre mon poing posé sur la table alors qu'elle s'active avec délicatesse et méthode.

— Je ne me souviens même plus combien de fois j'ai dû faire ça, chuchote-t-elle en levant son regard sur moi.

— Quoi donc ?

Ma voix est basse, je ne voudrais surtout pas la faire fuir.

— Nettoyer tes plaies. Quand tu rentrais du bar, ou quand tu provoquais une bagarre en pleine soirée de rodéo.

— Tu oublies toutes les fois où je me suis pris une raclée sur un taureau ou un bronco, plaisanté-je en grimaçant lorsqu'elle atteint la plaie derrière mon oreille.

— Je ne les oublie pas, non. Tu as toujours été inconscient, William, me reproche-t-elle.

— Tu seras heureuse d'apprendre que je suis maintenant passé à la prise au lasso et au terrassement du bouvillon. Je m'assagis comme tu peux le constater.

Elle essore de nouveau la serviette humide et la passe sur ma lèvre enflée.

— C'est ce qu'on écrira sur ta pierre tombale. « Il s'était pourtant assagi ».

Je ne peux dire ce qui me désempare le plus, le doux contact de ses mains sur mon visage tuméfié, ou le sourire qu'elle esquisse. Quand elle prend ma main dans la sienne pour nettoyer mes jointures à vif, son regard change et son autre main se met à trembler. Pourtant, elle ne dit rien. Dès qu'elle a terminé, elle range en vitesse les bandages dans la trousse, vide le bol contenant l'eau rougie et jette la serviette souillée de sang dans la poubelle.

— Mon père a ramené de quoi dîner, mais je crois que tu devrais rester allongé ici. Tu as reçu un sacré coup à la tête, William, et puis, je n'ai pas trop envie d'expliquer tout ça à Papa. Pas aujourd'hui, ajoute-t-elle dans un soupir. J'enverrai Cole ou Josh avec de quoi manger, d'accord ?

J'acquiesce en silence. De toute manière, elle a raison, je n'aurais même pas la force de me lever pour le moment.

Elle part sans un mot de plus et je me laisse aller contre le mur derrière moi, me questionnant sur cette étrange étincelle que j'ai vu passer si vite dans ses yeux. Quelques minutes plus tard, Josh me rejoint avec trois parts de pizza. Je souris et le remercie sans oser lui avouer que pour l'instant, la seule idée de manger me donne la nausée. Je passe le reste de la soirée à somnoler. Josh me réveille toutes les demi-heures afin de contrôler qu'il n'y a pas de complications suite au coup de sabot que j'ai reçu à la tête. Quant à lui, il en profite pour lire tranquillement dans son coin.

Bien plus tard, alors qu'il fait déjà sombre et que je sens que je peux marcher sans m'effondrer, je regagne l'écurie pour la nuit. J'entre sans faire de bruit, étonné de découvrir les lumières encore allumées. Je me rends compte alors que Red a retrouvé son ancien box. En silence, pendant quelques secondes, je regarde Becca parler doucement à mon cheval, la tête appuyée contre son front.

Je ne veux pas interrompre ce moment de communion entre eux, alors je monte à pas de loup les escaliers jusqu'à mes appartements et referme la porte derrière moi avant de me laisser glisser contre elle.

Chapitre 7

Becca

Le film de la soirée de samedi ne cesse de repasser dans ma tête. Comme si mon subconscient était coincé dans une boucle temporelle. Je me demande encore pourquoi j'ai pris la trousse de premiers soins des mains de Josh pour ensuite aller rejoindre Will dans le camping-car.

J'avoue avoir été choquée par la réaction de mon frère, lui qui n'a jamais été bagarreur, contrairement à Will. Je suis restée figée sur place, ne sachant trop comment agir devant sa fureur incontrôlable. Je n'ai qu'une certitude, mon cœur s'est serré dans ma poitrine quand j'ai aperçu le sang qui coulait sur la tempe de Will. Autrefois, j'avais l'habitude de soigner ses plaies aux mains, aux jambes, au visage, après une monte de bronco ou de taureau ardue, ou bien à la suite d'une bagarre bien arrosée. Mais cette fois, c'était plus que tout cela, un peu comme s'il n'avait pas vraiment cherché à rendre les coups qu'Eric faisait pleuvoir sur lui, ce qui m'étonne encore. Will a toujours été le premier à se lancer dans une altercation, et bien souvent, il était le dernier debout.

Une semaine s'est déjà écoulée depuis que je l'ai retrouvé dans leur caravane pour nettoyer ses blessures. Je me souviens être restée près de la porte un moment à me demander ce que je faisais là, avant de m'avancer vers lui avec la trousse. Sa chemise était maculée de sang et déchirée à plusieurs endroits. Il avait la tête renversée vers l'arrière et les yeux clos. À ce moment précis, j'ai eu l'impression de revenir cinq ans en arrière. Comme s'il n'était jamais parti, que la distance de ma colère n'existait pas entre nous.

Toutefois, l'illusion n'a pas tenu longtemps face aux sombres souvenirs de ces dernières années et à sa surprise de me découvrir debout devant lui. Je n'ai pas beaucoup parlé, étouffée par la gêne de cette proximité entre nous alors que je l'avais tenu si sèchement éloigné depuis sa soudaine réapparition. Échanger quelques phrases sur le passé m'a fait du bien pourtant et je reconnais avoir dû retenir un rire en évoquant sa témérité de l'époque. Mais quand sa paume un peu calleuse s'est retrouvée entre les miennes alors que je nettoyais ses jointures fendues, un flot d'émotions trop longtemps contenues a commencé à me transpercer. Et mes mains se sont mises à trembler.

Il était là !

Sa peau était chaude et vivante entre mes doigts. Je sentais son pouls sous la chair fine de son poignet, son souffle dans mes cheveux. Même son odeur si familière était décuplée. C'était trop pour moi. Trop de fantômes étaient remontés à la surface en un instant, me bloquant la respiration comme un coup de poing dans l'estomac. J'ai donc terminé ma tâche à la va-vite et suis sortie du camping-car pour enfin respirer et repousser le cauchemar de ces cinq années d'absence.

Aujourd'hui, les trois garçons et mon père sont partis débarquer un chargement de foin chez Henry, je suis donc seule au ranch, à ressasser cette soirée encore et encore tout en exécutant ma tâche avec des gestes mécaniques.

Le dîner ne s'est malheureusement guère mieux déroulé que la bagarre dans la cour. La tension était à son comble dans le petit salon de la maison. Entre Cole et Josh qui dévisageaient mon frère comme s'il avait la rage – et j'avoue que sur ce coup-là j'étais du même avis qu'eux –, et Eric loin d'être calmé qui se tenait sur ses gardes tandis qu'Allison nettoyait les quelques plaies superficielles que Will lui avait infligées, je ne savais plus où me mettre. Quand mon père est arrivé avec les pizzas, déjà froides vu la distance à parcourir entre le centre-ville et la maison, il n'a d'abord rien remarqué... jusqu'à ce que l'on passe à table. Il a alors posé la question fatidique en remarquant la lèvre fendue de mon frère, et peut-être aussi, à cause de l'absence de Will. Quoique ce dernier point reste toujours à prouver. À mon grand étonnement, c'est

Allison qui s'est chargée de désamorcer la grenade que Mitch venait de dégoupiller. Elle a jeté un regard furieux à mon frère, qui s'apprêtait sans doute à repartir avec véhémence sur le sujet du retour de Will, et lui a posé durement une main sur l'avant-bras avant de lancer :

— Vous savez comment sont les hommes, Mitch. Will retirait la selle de son cheval, quand Eric l'a surpris en arrivant derrière lui sans prévenir. L'un des chevaux a paniqué. Will est parti vers l'arrière et votre fils a reçu l'étrier en plein visage, avait-elle répondu avec un sang-froid que je ne lui connaissais pas.

Tout le monde a retenu son souffle, tandis qu'Allison dévisageait toujours mon frère, le défiant du regard de donner une autre version que celle qu'elle venait d'inventer.

— J'espère que Will ne s'est pas trop fait mal, on a du boulot demain.

C'est la seule phrase à ce sujet que mon père a prononcée pendant le court laps de temps qu'a duré le dîner.

Comme il avait l'air lessivé et que Josh veillait sur Will, c'est Cole et moi qui avons débarrassé la table et fait la vaisselle, alors qu'Eric et Allison quittaient la maison. Mon frère semblait toujours en colère contre moi, il me dévisageait avec un air qui disait clairement que nous allions bientôt devoir parler de tout ceci, lui et moi. Quand enfin j'ai pu sortir, mes pas m'ont dirigée tout naturellement vers les box temporaires. Red a levé la tête à mon approche, et son œil a brillé à la lumière de la lune. Je lui ai passé son licol et je l'ai ramené dans son ancienne stalle. Ma tête collée contre la sienne, j'ai laissé les larmes fuser pour la première fois. Ces larmes douloureuses que je me refusais de laisser échapper depuis l'arrivée des trois garçons. Celles-là mêmes que je retenais depuis tant d'années qu'elles me semblèrent être de l'acide glissant sur mes joues. Longtemps, je suis restée accrochée au cou de Red ce soir-là, à sangloter doucement sur tout ce que j'avais perdu.

J'attends toujours de revoir Eric, et déjà une semaine s'est écoulée sans la moindre nouvelle de lui. Le connaissant, il doit sans doute être de très mauvaise humeur. Mon frère est resté présent pour moi quand Will m'a quittée. Il connaît mes moindres secrets et m'a aidée à traverser l'enfer que j'ai vécu, alors que mon père n'est au courant de rien puisqu'à son retour, j'avais si bien remonté la pente qu'il ne me posa pas de questions. Des liens comme le nôtre, il en existe peu entre frère et sœur. Alors bien sûr, je m'étonne de n'avoir encore eu aucun signe de vie de sa part. Lui qui est si protecteur envers moi depuis cinq ans…

Ces sept derniers jours sont passés sans que je m'en rende vraiment compte. Le travail avec Josh est toujours aussi agréable ; même si parfois, il semble être parti sur une autre planète. Nous avons pu établir un horaire d'entraînement quotidien pour chacun des chevaux en pension au ranch, ce qui ne m'était pas arrivé depuis au moins deux bonnes années. Une petite heure de balade a même été mise en place, ce qui me fait le plus grand bien. Plus besoin de me lever aux aurores pour avoir le temps de m'octroyer une randonnée matinale.

C'est lors d'une de ces sorties que j'ai demandé à mon assistant pourquoi ni Cole ni lui n'étaient intervenus lors de l'altercation entre Will et mon frère.

— Will nous a ordonné de ne jamais nous impliquer dans les bagarres auxquelles il pouvait se trouver mêlé. Il disait toujours qu'il avait déjà eu bien trop de remarques sur le fait d'entraîner les autres dans son merdier…

Je me demande s'il faisait référence à moi dans ces propos. Car combien de fois lui ai-je reproché d'attirer mon frère dans les rixes qu'il avait tendance à déclencher durant les rodéos ?

Will et moi ne nous sommes pas parlé de toute la semaine, malgré notre léger rapprochement dans le camping-car. Je me dois de le tenir à distance… Même si je crois qu'en fait, c'est moi qui veux me tenir à l'écart de ce que je pourrais ressentir.

Mon esprit ne cesse de bouillonner alors que je termine enfin de récurer les stalles. Je m'approche de la porte arrière et j'observe Styx. J'en suis toujours au même point avec lui. Incapable de le manipuler comme un cheval normal. Il se laisse nourrir, permet à Josh ou moi d'ouvrir la porte de son box pour lui remplir son eau, mais rien d'autre. Aucun progrès. Nous devons encore utiliser le système de couloir pour qu'il puisse sortir un peu. Quand mes yeux se posent sur lui, les siens en font autant. Sa robe est terne, couverte de sable et de terre, sa crinière et sa queue sont incrustées de foin, et il semble avoir besoin d'un nouveau ferrage. Mais tant et aussi longtemps qu'il ne me laissera pas l'approcher, je ne pourrai rien faire pour lui.

Comme mon travail dans l'écurie est terminé, je range un peu la sellerie dans l'espoir de me changer les idées. Peine perdue. Je décide donc d'aller à la recherche de mon frère puisqu'il semble décidé à s'en tenir au silence radio chaque fois que j'essaie de lui téléphoner.

Dans la cour, je prends conscience que les garçons et mon père sont partis avec notre pick-up. Il ne reste que celui de Will. Je hausse les épaules en me dirigeant vers son véhicule. Il me doit bien ce petit service après tout ! J'ouvre la portière, m'assois sur le siège conducteur et baisse le pare-soleil. Les clés me tombent dans la main. Décidément, il n'a pas changé d'un poil ! Je démarre le pick-up et prends la nationale qui mène vers le centre-ville. Le chemin est long, pourtant j'avoue que faire un peu de route me permet de penser à autre chose. Les arbres défilent de chaque côté du pick-up et les Rocheuses s'élèvent bientôt dans mon rétroviseur. La musique country emplit l'habitacle, le temps semble suspendu. Le trajet se termine finalement beaucoup plus vite que je ne l'avais escompté. Je me gare devant l'enseigne de Tim dès que j'aperçois la Jeep de mon frère. J'arrête le moteur de ma voiture. River Creek n'est pas une ville très touristique, et les petites rues ne sont pas très encombrées. Je traverse sans même prendre la peine de vérifier le trafic, puisqu'il est inexistant, et entre directement par la grande porte toujours ouverte. Tim est assis dans le bureau qui jouxte son garage et me fait signe par la vitre que mon frère se trouve sous la voiture sur ma gauche. Comme si je n'avais pas assez de jugeote pour apercevoir ses bottes de travail qui dépassent. Je lève discrètement les yeux au ciel en le saluant à mon tour.

Je m'appuie sur l'aile du véhicule d'à côté et balance à Eric un coup de pied dans les chevilles.

— Non, mais c'est quoi cette connerie ?! grogne-t-il en retirant sa jambe.

— Celle à qui tu ne retournes aucun appel.

Il soupire et s'extirpe péniblement de sous le moteur, couvert de cambouis.

— On ne t'a pas appris à travailler proprement ? lui demandé-je, narquoise.

Eric marmonne un truc dans sa barbe tout en se remettant debout. Il me fait face, les bras croisés sur le torse. Ses cheveux noirs, qu'il tient de notre mère, retombent devant ses yeux noisette alors qu'il me toise.

— Tu es venue ici pour vérifier la propreté de mes tee-shirts ?

— Je crois qu'on doit discuter d'une chose ou deux…

Il crispe les poings en me fixant longuement.

— Pourquoi est-il revenu ?

Son ton est dur.

— Je n'en ai aucune idée. Papa les a engagés tous les trois pour travailler au ranch jusqu'à l'automne. Ensuite, ils repartent. Je n'en sais pas plus, ajouté-je en fixant le sol devant moi.

Mon frère ne dit pas un mot. La communication n'a jamais été notre fort dans la famille, surtout depuis la mort de notre mère.

— Eric, il va repartir loin, d'accord ? Ta réaction de samedi était totalement exagérée. Il aurait pu se faire tuer en tombant sous ce cheval…

— Il n'aurait eu que ce qu'il mérite, me coupe-t-il avec colère.

C'est à mon tour de soupirer et de perdre patience.

— Tu ne comprends donc pas ! Je ne veux pas qu'il sache ce qui s'est passé ! Tout ça, c'est entre Allison, Lucas, Abby, toi et moi. Nous nous sommes même mis d'accord pour ne pas en parler à Papa. Alors s'il te plaît, ignore-le, le supplié-je finalement. Si je peux prendre sur moi, tu dois pouvoir en faire autant ! Je veux que le passé reste là où il est. Je me suis bien fait comprendre, Eric ?

Il acquiesce en silence et m'attire contre son chandail plein de graisse de moteur. Je le laisse faire, car j'ai besoin de cet instant de réconfort qu'il m'offre, même si je sais que je viens de bousiller mon sweat.

Alors que je reprends la route et qu'Eric me salue depuis le seuil du garage, je suis soulagée que nous ayons pu trouver un accord. Je ne veux en aucun cas me mettre mon grand frère à dos, pas après tout ce qu'il a fait pour moi par le passé. Tous ces évènements me donnent le vertige. J'arrête donc le pick-up sur le bas-côté, descends les vitres et laisse l'air frais pénétrer dans l'habitacle. À cet instant précis, je ne souhaite qu'une seule chose. Que l'automne arrive très vite cette année, et que l'été reparte en entraînant avec lui tous mes démons…

Seulement pour le moment, je vais devoir marcher sur ma peine et tenter de gérer cette situation au mieux.

Chapitre 8

Will

Je ne peux pas dire que les choses se soient vraiment améliorées, pourtant elles ne se dégradent pas non plus ; ce qui, je trouve, est plutôt bon signe. Mes blessures commencent à disparaître, n'ayant laissé que quelques ecchymoses sur leur passage. Seule l'attitude de Becca ne m'a laissé que de nouvelles interrogations.

J'ignore toujours ce qui l'a poussée à prendre soin de moi ce soir-là. Que ce soit son frère qui m'ait malmené de la sorte n'est pas une excuse valable. Et je ne peux oublier son regard et le tremblement de ses mains qui entouraient la mienne à ce moment-là. Ni cette foutue distance qu'elle s'applique encore et toujours à mettre entre nous. Pas une seule phrase prononcée depuis cette soirée. Seulement un vague salut le matin, c'est tout. Quand je lui ai demandé pourquoi Red avait retrouvé son ancien box, elle a juste haussé les épaules et continué son chemin.

Les journées défilent et se ressemblent, j'en avais perdu l'habitude depuis cinq ans. Quand on passe son temps à traverser les États pour aller d'un boulot à un autre, on apprend à s'adapter rapidement, et surtout, on ne s'ennuie jamais. J'avais même réussi à aimer ce rythme de vie. J'ignore cependant s'il est toujours fait pour moi. Il me semblait alors que, tant que je pouvais passer du temps en selle, participer à quelques rodéos pour payer les soins des chevaux, tout m'allait. Seulement j'ai pris conscience depuis peu que je n'avais pas besoin d'être à des milliers de kilomètres de ma ville natale pour avoir tout cela…

J'ai laissé tellement de choses derrière moi pour vivre cette aventure, que je me demande parfois si cela en valait la peine. Oui, bien sûr, j'ai fait des rencontres formidables, j'ai saisi des opportunités qui n'arrivent qu'une seule fois dans toute une vie. Et puis, j'ai un nouveau cheval – enfin deux, si je compte l'étalon fou dangereux que j'ai accepté en guise de dernier paiement de mon employeur dans l'Idaho. Pourtant, j'ai quitté deux familles en partant de River Creek. Celle des Parker et ma mère, que je n'ai d'ailleurs pas encore pris la peine d'aller voir depuis mon retour. Que vais-je bien pouvoir lui dire en débarquant sur le pas de sa porte après l'avoir laissée cinq années sans aucune nouvelle ? Je n'avais que dix-huit ans lorsque Mitch et sa femme m'ont proposé de venir vivre sur le ranch pour y travailler à plein temps. Je n'ai pas refusé, les choses se déroulaient beaucoup trop mal chez ma mère à ce moment-là. Je suis donc passé du statut d'employé de week-end à celui d'employé permanent. Becca et moi étions déjà en couple depuis presque un an à cette époque. Plus de dix ans se sont écoulés depuis ce jour.

Et dire que j'ai pensé reprendre facilement ma place ici… ce que je n'avais pas prévu, c'est que cette fois-ci, je ne serais pas accepté comme je l'avais été auparavant, loin de là. La situation est si déroutante pour moi qui me suis toujours senti comme chez moi sur ce ranch. J'ai désormais l'impression d'être un rongeur indésirable dans un grenier !

Tant de questions se bousculent dans ma tête que je me demande comment j'arrive à travailler sans me couper un bout de doigt au passage. Car même si l'arrière de mon crâne me fait toujours un peu souffrir après le coup de sabot de la semaine dernière, je n'ai pas cessé de bosser. Au moins, durant cette partie de la journée où je suis dans les pâturages, l'indifférence de Becca ne me remet pas en question à tout va. La cohabitation est toujours assez rude sur le ranch entre elle et moi. Cole et Josh, *eux*, la trouvent drôle et sympathique, alors que pour moi, elle n'est qu'acerbe et indifférente. D'un autre côté, à quoi devais-je m'attendre après les cinq années de silence qu'elle m'a imposées…? Pourquoi son attitude aurait-elle changé juste parce que je réapparaissais dans sa vie, alors que c'est elle qui a coupé les ponts en refusant de donner suite à mes lettres.

Pour couronner le tout, ce matin, rien ne va comme je voudrais !

Pour la énième fois en quatre ans, je suis allongé dans l'espace minuscule où se trouve le chauffe-eau du camping-car, une clé anglaise en main. Mais je crois bien que c'est la première fois que je prends une telle douche ! L'eau se déverse sur moi avant d'inonder le sol, trempant mes vêtements au passage. Bien évidemment, c'est le moment précis que choisit Cole pour regagner son antre... alors que l'eau dévale le plancher jusqu'à ses bottes.

— Bordel, y se passe quoi là ?! s'exclame-t-il en se précipitant vers moi pour tenter de colmater le trou qui ne cesse de s'élargir au-dessus de ma tête.

— J'en sais rien ! Il est en train de se fendre en deux.

Je laisse tomber ma clé anglaise pour m'essuyer le visage d'une main. L'eau fuit en trombes de la cuve en métal par un trou gros comme une pièce d'un dollar.

— Passe-moi le gros scotch, et ferme l'arrivée d'eau au passage !

Mon camarade me lance le ruban adhésif et sort du camping-car comme une furie, laissant la porte claquer derrière lui. Je grogne en songeant que l'arrivée d'eau se trouve juste au-dessus de moi et non à l'extérieur de ce taudis ambulant. Nom de Dieu, si j'avais voulu prendre une douche je l'aurais fait ailleurs ! Je tente d'enrouler le scotch autour du cumulus, seulement, l'incessant débit d'eau l'empêche d'adhérer à la paroi. Je me dis que je devrais peut-être laisser la cuve se vider avant de tenter la moindre réparation... vu les dégâts déjà causés, on n'y verra aucune différence de toute manière. Je soupire et me relève en grimaçant pour fermer moi-même l'arrivée d'eau principale.

Je suis trempé de la tête aux pieds, mes vêtements me collent à la peau et mes bottes font des clapotis sur le sol imbibé d'eau. Découragé par tout ce désordre, je me dirige vers la porte en prenant un torchon au passage pour m'essuyer le visage. En sortant, je percute Josh et Cole qui s'apprêtaient à remonter à bord. Mes compagnons me dévisagent avec stupéfaction tandis que je les contourne en marmonnant et m'assois dans le carré d'herbe devant chez Becca. Ils entrent à leur tour prendre la mesure du désastre. J'entends presque aussitôt Cole jurer de l'intérieur.

— Mais merde, Thompson, je t'ai demandé de résoudre le problème d'eau chaude, pas d'éventrer le chauffe-eau ! hurle-t-il par une fenêtre.

— Il devait en avoir marre de t'entendre lui crier dessus chaque soir, sans parler de tes coups de pied répétitifs.

Le tatoueur objecte depuis son antre.

Je me remets sur mes pieds, toujours dégoulinant, et essaie par tous les moyens de retirer mon tee-shirt, aussi moulant et collant qu'une combinaison de plongée ! La moitié du vêtement collé sur la figure, je parviens enfin à sortir un bras tout en reculant dans ma bataille. Je percute alors quelqu'un.

— Putain Cole, aide-moi au lieu de te mettre dans mes pattes, l'invectivé-je, la tête toujours coincée, à la limite de l'asphyxie.

Des mains viennent à mon secours pour retirer le vêtement trempé et je me fige… Je ne les connais que trop bien, ces mains, et je peux dire sans la moindre hésitation que ce ne sont pas celles de Cole.

— Tu as vraiment l'air d'un idiot, s'esclaffe Becca en secouant mon haut après que je sois enfin sorti du tissu étouffant.

Un peu surpris de la voir me donner un coup de main – et avec bonne humeur de surcroît –, je me laisse retomber sur l'herbe. Mes cheveux détrempés pendent lamentablement devant mes yeux, laissant des gouttelettes d'eau s'éparpiller sur mes joues et mon torse. Je lève la tête pour remercier ma bienfaitrice en souriant.

— Disons juste que ce n'est pas mon jour… merci quand même.

Ce sont les seuls mots qui me viennent à l'esprit. Je me passe les mains dans les cheveux, un peu trop longs, pour les ébouriffer tandis qu'elle tord mon tee-shirt dégoulinant. Je déteste les lundis, et cette scène ridicule de si bon matin ne fait que me donner raison. Becca s'installe près de moi et se met à rire de nouveau quand les garçons sortent du camping-car, les bottes trempées.

— Il a rendu l'âme alors ? me questionne Josh en passant une main sur son visage fatigué.

— Oui. Depuis le temps que je te le répète, Cole, tu aurais dû le changer.

Ce dernier marmonne dans sa barbe, se laissant choir dans l'herbe à son tour, et soupire.

— Je vais m'occuper d'en trouver un autre, mon pote.

— Il va falloir retirer toute la moquette, annonce Josh. Sinon le sol ne séchera jamais comme il faut. Et adieu la douche pour un moment, ajoute-t-il en nous rejoignant par terre.

Assise près de nous, Becca ne parvient plus à contrôler son fou rire. Nous la regardons tous, un peu ahuris. Surtout moi, car elle n'a encore jamais ri aussi librement en ma présence depuis mon retour, et c'est la deuxième fois que cela arrive en moins de quelques minutes.

— Désolée, mais franchement vous avez l'air de trois hippies qui viennent de survivre à une tornade. Il ne manque plus que la guitare et la chanson *kumbaya* en fond sonore.

J'éclate de rire le premier en nous dévisageant tour à tour. Elle a raison, nous avons vraiment l'air ridicule. Et encore, le mot est faible. Nos mines dépitées valent le détour.

— C'est vrai, il n'y a pas mort d'homme, les gars, décidé-je finalement de temporiser en me relevant. Comme Mitch est chez Henry pour la journée, on a le temps de sortir les meubles et la moquette du camping-car, et tout mettre à sécher.

Mes acolytes acquiescent en se levant de concert.

— Je vais mettre des vêtements secs et je reviens, indiqué-je en m'éloignant vers l'écurie.

Aujourd'hui devrait être une belle journée. Le soleil, bien qu'encore bas dans le ciel, brille déjà fort sur les collines. Nous allons devoir changer une grande partie de notre emploi du temps pour retaper ce camping-car, mais cela pourrait être pire ! Il pourrait pleuvoir… ou neiger !

Je grimpe les marches qui mènent à ma chambre deux par deux et me dépêche de retirer mes bottes trempées en sautillant d'une jambe sur l'autre. Alors que je détache ma boucle de ceinture, Becca entrouvre la porte, qui signale sa présence en grinçant sur ses gonds usés. Surpris, je me fige. Elle me sourit timidement en me rendant le tee-shirt mouillé qu'elle tient toujours à la main.

— Tu aurais pu le laisser dehors… dans l'état où il est, lui dis-je en riant.

Elle hésite un instant puis lève timidement les yeux vers mon visage, comme si elle hésitait dans la démarche à suivre. Puis elle soupire et ferme le battant derrière elle avant de s'avancer dans la pièce pour s'asseoir sur mon lit défait.

— Je... Je voulais te parler en fait, murmure-t-elle.

Décidément, les surprises fusent aujourd'hui !

— Je suis tout ouïe, déclaré-je en m'adossant au mur, les bras croisés sur mon torse.

Becca fixe nerveusement ses doigts qu'elle triture un moment, avant de prendre une grande inspiration et de me regarder en face.

— Je suis injuste avec toi depuis ton retour, j'en suis consciente, commence-t-elle.

Je hausse les sourcils. Pourtant, je suis d'accord avec elle. Et si elle tient réellement à parler de ce froid polaire qu'elle a instauré entre nous, je lui dévoue volontiers mon attention ; toutefois j'ai un besoin urgent de changer de vêtements au risque d'attraper une pneumonie. Elle semble surprise de me voir poursuivre en sa présence l'effeuillage qu'elle a interrompu. Sans tenir compte de son air stupéfait, je retire mon jean que je balance plus loin avec mon tee-shirt et me retrouve planté devant elle en chaussettes et boxer. Ce n'est pas comme si je m'étais transformé en cinq ans, et ce n'est certainement pas la première fois non plus qu'elle me voit dans cette tenue après presque huit ans de relation ! Je lui épargne toutefois la totale en me glissant derrière le rideau de la fenêtre, un boxer sec à la main.

— Je t'écoute, l'encouragé-je depuis ma cachette.

Elle bredouille quelque chose d'incompréhensible avant de reprendre.

— Mets-toi un peu à ma place, William ! Tu es parti sans respecter mon choix, en me laissant tout juste quelques mots d'explication... me rappelle-t-elle. Pourtant, je veux bien être compréhensive et mettre les choses à plat, d'une certaine façon. Je ferai des efforts cet été pour être plus...

— Aimable ? Souriante ? Sociable ?

Je lui coupe la parole en sortant de derrière mon paravent de fortune pour aller récupérer un jean propre dans mon sac de voyage. Elle approuve en me gratifiant d'un vague geste de la main.

— Tout ça, oui. Voilà ! Je voulais aussi te dire que Josh, Cole et toi, vous pouvez utiliser la salle de bains dans la chambre d'Eric, et utiliser la machine à laver ne serait pas un luxe non plus à ce que je peux voir, déclare-t-elle en se levant finalement.

— C'est très aimable de ta part !

Mon ton un peu trop enjoué sonne terriblement faux. Becca lève les yeux au ciel en se dirigeant vers la porte. Je l'intercepte au dernier moment. Mon corps la plaque contre le battant, tandis qu'une main ferme au-dessus de sa tête l'empêche de l'ouvrir.

— Je dois moi aussi te parler d'un truc, chuchoté-je à son oreille.

Un frisson la parcourt au son de ma voix, et je me recule d'un pas pour qu'elle puisse se tourner face à moi.

— Quoi ? demande-t-elle.

— Je voudrais que tu laisses Josh souffler un peu.

Elle me fixe sans comprendre.

— Je ne le pousse pas à travailler d'arrache-pied, William. Il le fait tout seul.

— Nous en sommes conscients avec Cole, seulement Josh n'a aucune limite. Et il ne dort plus depuis des jours. Alors je te demande de l'épargner un peu. Donne-lui n'importe quel prétexte pour qu'il ne se surmène pas. Je ne veux pas devoir réparer les dégâts une fois de plus, conclus-je dans un souffle.

— Il est malade ?

Becca me dévisage avec inquiétude, dans l'attente d'une réponse. Cependant, ce n'est pas à moi de la lui donner. Je me détourne pour m'emparer d'un sweat qui traîne sur la petite commode.

— Je te demande juste de le ménager, Becca. C'est tout.

Plus un mot ne vient troubler le silence qui s'abat dans la pièce chargée de souvenirs et de tensions. J'ouvre la porte et lui fais signe de passer devant, comme j'en ai toujours eu l'habitude. Nous traversons l'écurie sans échanger une parole. Ce n'est pas le moment de lui poser des questions concernant son refus de répondre à mes lettres… et d'ailleurs, je me demande tout à coup si elle a seulement pris le temps de les lire ou si elle les a juste mises à la poubelle. Néanmoins, elle vient de faire un grand pas en avant, alors peut-être devrais-je juste me faire à l'idée que tout ceci est derrière nous désormais et me concentrer sur mon avenir au ranch des Parker.

À peine sortie, elle s'éloigne vers le parc d'Angel. Je l'observe qui enjambe la clôture et marche vers la jument grise qui lève la tête à son approche. Une conversation sans cris, sans bagarre et sans effusion de sang… la journée n'a peut-être pas si mal commencé après tout. J'esquisse un sourire en coin avant de rejoindre Josh et Cole qui ont commencé à vider le mobilier du camping-car pour que l'on puisse retirer la moquette sans encombre.

Une longue tâche nous attend…

— Alors, on commence par quoi ? m'exclamé-je en tapant dans les mains.

Chapitre 9

Becca

Avant d'enjamber la clôture du pré, je saisis les licols de mes chevaux puis me dirige vers ma jument. Je songe à ces instants que je viens de vivre dans la chambre de Will. Dans cet endroit chargé de huit années de souvenirs et de sentiments. J'avoue être encore troublée par la proximité qu'il a osé m'imposer.

J'ignore toujours pourquoi il est parti sans moi, ce matin-là. Seulement, je ne suis même plus certaine de vraiment vouloir connaître la réponse à cette question… qui pourtant m'a hantée durant presque trois longues années, avant que je ne relève la tête et décide de continuer à avancer, sans lui. Ma vie ne se résumait qu'à Will et aux chevaux, à cette époque. Maintenant, elle ne tourne qu'autour des chevaux. Ils ne vous déçoivent jamais, *eux*, contrairement aux êtres humains.

Angel vient à ma rencontre, suivie de Thunder. Je passe à chacun son licol, et en m'agrippant à la crinière de ma jument, je me hisse sur son dos, la longe de Thunder dans une main et celle d'Angel dans l'autre pour la guider. D'un claquement de langue, je fais avancer ma monture au pas et le hongre nous suit docilement. J'adore la sensation de liberté totale que je ressens quand je suis assise sur un cheval, sans aucune contrainte, même si chaque fois, le dos de ma monture s'imprime sur mon jean en une trace peu élégante. Nous descendons jusqu'à la barrière que j'ouvre sans même mettre pied à terre. Toujours juchée sur Angel, j'approche des garçons qui essaient de faire passer la petite table du camping-car par sa minuscule porte d'entrée. Je suis presque certaine que l'un d'eux va y laisser un doigt. Thunder fait un léger écart, inquiété par le raffut des trois cow-boys.

— Doucement, mon grand, lui soufflé-je d'une voix apaisante quand nous sommes tout près du méchant monstre bruyant.

En nous entendant approcher, Will se tourne vers moi. Les deux autres sont toujours coincés derrière la table à l'intérieur de la caravane.

— Besoin d'un coup de main ?

À défaut d'avoir le choix, je lui tends la longe de Thunder. J'ai dit que j'allais faire des efforts, alors autant commencer tout de suite. Il laisse tomber le bout de table qu'il tenait et vient saisir la longe. Inévitablement, le meuble abandonné sort comme un boulet de canon du camping-car, Josh et Cole à sa suite. Thunder fait un nouvel écart vers Will et lui écrase au passage le pied de son fer.

— Je crois que c'est toi qui barrais le passage en fait, me moqué-je gentiment en l'entendant jurer.

Josh me demande si j'ai besoin d'aide à son tour, mais je le remercie en lui disant qu'il a déjà bien assez à faire avec ces deux rigolos. Will me suit jusqu'à l'écurie avec Thunder. Devant la porte ouverte de sa stalle, il s'arrête et fait face à mon cheval qui le jauge du regard, les oreilles couchées dans le crin.

— C'est moi ou il n'a pas l'air très sympa, celui-là ?

— Thunder est le poulain d'Angel, ne t'étonne pas trop qu'il ne t'apprécie pas, lancé-je en balançant ma jambe de l'autre côté de ma jument pour mettre pied à terre. Tu peux le mettre dans son box ? Je vais aller faire une balade avec elle.

Je ne le regarde pas quand je lui parle, occupée à caresser le chanfrein de ma monture avant de lui passer sa bride. En silence, il s'exécute, et Thunder claque des dents derrière lui au moment où il ferme la porte de la stalle. Will avance d'un bond, l'évitant de justesse.

— Apparemment, tous les chevaux me détestent ici ! s'exclame-t-il en me fixant d'un drôle d'air.

Je suis consciente que je n'ai aucune classe avec mon jean couvert de poils gris et de poussière, mais franchement, cela m'est bien égal.

— Même ta jument m'a toujours réservé un accueil hargneux,

ajoute-t-il en passant une main sur la croupe de cette dernière qui couche automatiquement les oreilles.

— Elle est meilleure juge que moi, il faut croire.

Je lui flatte doucement l'encolure en fixant Will. Il marmonne quelque chose d'incompréhensible, et je ne relève pas. Alors que je m'apprête à me hisser sur le dos de ma monture, il entrelace ses doigts et se baisse à hauteur de mon genou. Je le regarde un instant, avant d'accepter l'aide qu'il m'offre. Je place ma botte dans le creux que forment ses mains, et il me propulse sur Angel.

— C'est tout de même plus agréable quand tu es pas trop chiante, susurre-t-il avec un sourire en coin.

Faisant pivoter ma monture, je lui donne un léger coup de botte dans les côtes au passage, avant de m'éloigner vers le sentier. Il ne faudrait tout de même pas qu'il abuse de mon offre de paix.

— Je vais m'occuper d'aller vérifier les pâturages, prenez votre temps avec le camping-car.

— Seule et à cru ? me questionne-t-il avec inquiétude.

Je lève les yeux au ciel.

— Prudence est mon deuxième prénom, Thompson. Alors ne t'en fais pas, et surtout, ne m'attendez pas !

— Je connais ton deuxième prénom, Becca, et ce n'est certainement pas Prudence ! s'écrie Will alors que je m'éloigne au petit trot.

Le soleil réchauffe mon visage et je me laisse bercer par le rythme de ma jument, sentant les muscles puissants de ses épaules et son dos se mouvoir sous moi. Avec elle, c'est le calme absolu. Aucun besoin d'être à l'affût des bruits alentour, je sais qu'elle ne fera pas d'écart et n'accéléra pas la cadence sans que je le lui demande.

Je repense à la discussion que Will et moi avons eue dans sa chambre et à la décision que j'ai prise un peu plus tôt ; je ne pouvais pas passer tout l'été en colère contre lui. Ce n'est pas pour autant que j'accepte avec joie sa présence sur le ranch, néanmoins je dois faire avec, que je le veuille ou non. J'en suis donc arrivée à envisager de mettre de l'eau dans mon vin. Et puis cette cohabitation forcée ne se passe pas si mal, alors pourquoi m'embêter à être désagréable avec lui alors que je m'entends plutôt bien avec Cole et Josh ? Prendre sur moi est de loin la meilleure solution pour ne pas me rendre malade. Ce n'est pas comme s'il allait rester dans ma vie de toute manière. Si tout se passe sans encombre, il reprendra la route à l'automne, sans qu'aucune de mes mésaventures ne lui ait été dévoilée, et je ne le croiserai plus jamais. Il ne sera qu'un mauvais souvenir de plus à ajouter à la longue liste qu'il a lui-même générée.

Je dois aussi apprendre à me préserver dans cette histoire. Ne plus laisser un moment d'intimité comme celui de ce matin se reproduire. Les mauvaises habitudes peuvent vite ressurgir, et ce n'est pas ce que je veux. Devoir me relever d'une telle situation à nouveau causerait ma perte, et je n'aurais personne pour me soutenir cette fois-ci.

Pour fuir l'élan de tristesse qui m'emporte, je recule ma jambe droite et demande un départ au galop à ma monture. Sa crinière vole dans la douce brise tandis que je ne peux empêcher des larmes de dévaler sur mes joues. Ma vision devient trouble. Pourtant, je laisse Angel dévaler la prairie dans une confiance aveugle. Elle devient mon guide et j'autorise enfin mon esprit à voguer vers le passé. Laissant les souvenirs de huit années de relation passionnée avec cet homme bouleverser tout mon être. Tout ce que je croyais avoir finalement enfoui au plus profond de moi ressurgit comme un ouragan balayant un château de cartes. Un simple geste de sa part, et tout remonte à la surface.

Je stoppe ma jument au milieu de la plaine verdoyante, et je me laisse choir dans son encolure, passant mes bras autour de son cou massif et si réconfortant. Et je pleure… encore et encore. J'ignore pourquoi toutes ces larmes surgissent maintenant, pour quelle raison elles m'assaillent de la sorte, toutefois je ne peux les réprimer. La tête enfouie dans la crinière d'Angel, je profite d'être loin du ranch pour laisser la peine, la haine et le chagrin quitter mon corps une bonne fois pour toutes.

Je perds le fil du temps et n'ai aucune idée de l'heure qu'il est quand je reprends ma route. Je dois avoir une mine affreuse après une telle crise de sanglots, aussi décidé-je de vérifier le bétail de mon père avant de rentrer, ce qui permet à mes idées de se remettre en place et à mes yeux de dégonfler.

Ma jument marche avec entrain dès qu'elle aperçoit l'écurie au loin. Mes jambes se balancent doucement, selon son rythme dansant. Je finis par mettre pied à terre devant la grange. Le reste de la journée, je m'applique à faire travailler Aramis et Gipsy en séance de longe en liberté, sans rechercher la compagnie des garçons toujours très occupés avec leur tas de tôles inondé. Le soleil est déjà bas dans le ciel quand je pénètre dans la grange avec Gipsy. Josh m'attend devant les portes.

— Ça va aller, le camping-car ? lui demandé-je tandis que je pénètre avec lui dans le bâtiment pour y retrouver ses deux camarades.

Will brosse Red, tandis que Cole distribue les rations du soir.

— Disons que le sol va mettre quelques jours à sécher, répond mon assistant en me prenant la longe de Gipsy pour la conduire jusqu'à son box.

J'ai l'impression de me retrouver dans la quatrième dimension. Retrouver mon ex petit ami qui s'occupe de son cheval, exactement au même endroit qu'il y a cinq ans. Voir Cole nourrir les chevaux à ma place, et Josh qui m'épargne de passer un coup de brosse à mon dernier pensionnaire de la journée alors que, selon les dires de Will, je devrais le ménager. Ma parole, c'est à n'y rien comprendre !

Je dîne seule ce soir-là, Mitch m'a prévenue qu'il ne rentrerait que très tard de chez Henry. J'ai l'impression de somnoler quelques minutes à peine sur le canapé inconfortable du salon, et pourtant, lorsque j'ouvre de nouveau les yeux, l'heure de faire la dernière ronde dans l'écurie est déjà largement passée, et j'entends mon père ronfler à l'étage. Dehors la nuit est bien installée. Je marche en silence vers la grange, guidée par une faible lumière en provenance du camping-car de Cole. Quand je passe par la porte de côté, je sursaute violemment en apercevant une ombre assise dans le coin des escaliers.

Après avoir allumé, je constate que ce n'est que Josh. Mon rythme cardiaque se calme. En observant mon assistant, je m'étonne de son manque de réactions. Il semble si loin de la réalité en cet instant qu'il ne cligne même pas des yeux quand la lumière fuse sur lui. C'est le raffut de Styx dans son box qui le sort de sa transe. Je suis plus surprise encore de son regard quand il lève les yeux vers moi, c'est comme s'il n'y avait aucune âme à l'intérieur. Je ne m'aperçois que je me suis rapprochée de lui qu'à l'instant où il me plaque violemment contre le mur, un bras appuyant avec force sur mon cou, me forçant à relever la tête et, par la même occasion, à m'étouffer.

— Josh, articulé-je avec peine, tentant en vain de tirer sur son avant-bras.

Il ne dit rien, c'est comme s'il n'y avait personne aux commandes de la montagne de muscles qui se tient devant moi. Difficile à croire alors qu'il m'étouffe sous son joug. J'essaie à nouveau de défaire sa prise sous ma gorge, seulement il lève le bras un peu plus haut, mes pieds ne touchent plus le sol. Je tousse en me débattant sous l'effet de la panique. Je ne comprends rien de ce qui se passe.

C'est le moment que choisit Will pour apparaître en haut des escaliers. Il pousse un juron dès qu'il aperçoit la scène, avant de dégringoler les marches et, d'un mouvement rapide, de passer son bras sous le menton de Josh, le ramenant vers l'arrière pour le bloquer de son autre main et le forcer à reculer d'un pas. Comme s'il avait senti que la menace n'était plus face à lui, Josh me relâche. Je m'écroule sur le sol de l'écurie en reprenant difficilement ma respiration.

Josh fait alors basculer Will en arrière, mais ce dernier ne lâche pas sa prise. Quand les deux hommes heurtent durement le sol en béton, Josh semble enfin sortir de sa transe et se relève aussitôt en observant son environnement avec angoisse. Un peu comme s'il ignorait où il se trouvait. Son regard se pose sur Will en premier, puis sur moi. Il semble analyser la scène et passe rageusement ses mains sur son visage et se détourne de nous pour quitter l'écurie sans un mot d'excuse.

Je retrouve mon souffle peu à peu. Will s'est agenouillé devant moi, inquiet. Il me relève la tête en posant un doigt sous mon menton. Puis il scrute mon cou et passe sa main sur ma trachée. Je ne peux m'empêcher de frissonner à son contact.

— Tu as mal ? me questionne-t-il, la voix tremblante.

J'acquiesce silencieusement. Je suis certaine de m'en sortir avec, au mieux, une ravissante ecchymose en travers du cou.

— C'était quoi, ce délire ? murmuré-je alors d'une voix cassée.

Will m'avait mise en garde concernant le fait que Josh était fatigué et qu'il ne dormait plus depuis des jours, seulement de là à penser qu'il pourrait attaquer quelqu'un comme il venait de le faire, il y avait quand même une certaine marge ! Je fixe longuement mon ancien compagnon. Mon regard plonge dans le puits sans fond de ses yeux bleus. Des mèches de cheveux châtains lui retombent sur le visage, et je remarque enfin qu'il n'a pas changé depuis son départ.

— Je ne voulais pas t'en parler. Enfin… pas sans sa permission, avoue-t-il en s'asseyant sur la dernière marche, face à moi.

— Me parler de quoi, William ?

Un silence s'installe entre nous durant quelques secondes.

— Josh est un ancien militaire. Il passe la plupart de ses nuits à faire des cauchemars sur ce qui s'est passé durant ses deux dernières missions… en Afghanistan. Un peu comme s'il se retrouvait de nouveau là-bas, à l'infini… m'explique-t-il enfin.

— C'est la première fois qu'un truc comme ça se produit ?

Will baisse la tête un instant. Je comprends alors que non, ce n'est pas la première fois, il a maîtrisé la situation avec beaucoup trop de facilité pour que cela ne se soit jamais produit auparavant. Je soupire quand il me tend une main pour m'aider à me remettre sur pied.

Moi qui pensais avoir une vie abominable, je me rends compte combien je suis loin du compte ! Mes petits tracas ne sont rien comparés à ce que Josh doit affronter chaque nuit. Je m'en veux de n'avoir rien vu, de n'avoir rien perçu de son mal-être.

Suis-je donc si nulle à juger la nature humaine ?

Peut-être bien après tout… Les chevaux sont plus faciles à décrypter.

Chapitre 10

Will

Convaincre Becca de retourner à la maison et de me laisser faire la dernière tournée dans l'écurie après son agression par Josh n'a pas été une mince affaire. Elle tremblait pourtant encore de la tête aux pieds, sous le choc de l'attaque, aussi violente qu'involontaire, de mon ami.

Josh doit sans doute s'être réfugié dans le camping-car, à moins qu'il ne soit parti courir pour se vider la tête. Même en pleine nuit, ce type n'arrête jamais de cogiter. J'ignore ce qu'il a pu vivre en Afghanistan, et franchement je ne suis pas certain de vouloir le savoir un jour. Il n'en parle jamais. Il nous a seulement tenus au courant de ses *épisodes de délire*. C'est le nom qu'il leur donne, même si l'on sait tous que ce qu'il endure est le résultat d'un syndrome post-traumatique dû à ses affectations en zones de guerre, et qu'il devrait faire soigner.

Ce qui est arrivé cette nuit avec Becca n'est rien comparé à d'autres attaques paranoïaques dont j'ai pu être témoin. Quand le sommeil lui fait défaut depuis plusieurs nuits, il tente du mieux qu'il peut de s'isoler pour somnoler un instant. Il devait sans doute penser que la dernière vérification de l'écurie avait été accomplie ce soir, et avait décidé de s'installer au bas de mes escaliers. Je déteste le voir dans un état pareil, même si ce n'est malheureusement pas la première fois que cela lui arrive depuis qu'il est monté avec nous à bord du camping-car, il y a déjà plus de quatre ans.

La première fois que cela s'est produit, Josh s'est réveillé en criant en pleine nuit avant de se faufiler sous la petite table, les mains sur les oreilles, comme si un vacarme assourdissant nous entourait alors que le plus grand silence régnait. Cole et moi avons été tellement surpris que rien ne nous est venu à l'esprit pour l'aider, à part attendre qu'il revienne à lui, qu'il émerge de son cauchemar, tout en prenant garde à ce qu'il ne se blesse pas.

Nous nous étions rencontrés lors d'un rodéo au Texas, dans la ville natale de Josh. J'avais fait équipe avec lui pour l'épreuve de prise au lasso, car il n'avait pu trouver de partenaire à temps. Je m'étais donc proposé sans trop y croire, moi qui n'avais jamais pratiqué cette discipline en tandem auparavant. Seul, je me savais néanmoins de bon niveau, alors pourquoi pas ? Avec Josh comme coéquipier, nous nous sommes révélés tout simplement imbattables. C'est vite devenu notre discipline de prédilection, nous étions l'équipe à vaincre sur le circuit.

Cole et Josh sont peu à peu devenus ma famille. Sur les routes des États-Unis, nous avons créé des liens qui, je le sais, ne pourront jamais être détruits. Le même genre de relation que celle que j'avais autrefois avec les Parker.

Alors que je m'allonge enfin dans mon lit avec l'espoir de terminer au calme la nuit déjà bien entamée, je songe au fait que je ne retrouverai peut-être jamais la moitié des liens uniques qui m'unissaient aux habitants de ce ranch.

Eric, qui était mon meilleur ami et mon compagnon de bagarre, semble bien décidé à me réduire en bouillie ; et il y est presque parvenu quand j'y songe. Je ne parle même pas de l'accueil de Becca. J'avoue d'ailleurs être surpris qu'elle ait soudain décidé d'enterrer la hache de guerre, je me demande pourquoi elle l'a fait. Elle semble avoir tellement changé depuis mon départ que j'ai du mal à reconnaître la femme que j'ai aimée… Mitch paraît être le seul qui ne fasse aucune différence entre aujourd'hui et il y a cinq ans. Pour preuve, il a pris la décision de m'embaucher à nouveau sur son ranch. Je ne peux m'empêcher de penser qu'il manque forcément des pièces au puzzle, et je ne sais plus trop comment interpréter la situation…

Tout ceci est d'un pathétique !

Je n'ai pas seulement *aimé* Becca, je l'aime toujours ! C'est pour moi une évidence et j'espérais avoir fait ce qu'il fallait ces cinq dernières années pour qu'elle en reste persuadée... je l'espérais malgré son silence et la distance qui nous séparait. Reprendre ma place dans sa vie a été la seule et unique raison de mon retour en Alberta. Et je ne suis pas prêt à baisser les bras... même si son frère doit me défigurer ! Sur cette ultime pensée, je ferme les yeux, histoire d'avoir quelques heures de sommeil à mon actif avant d'affronter la nouvelle journée qui se profile.

L'alarme de mon téléphone retentit beaucoup trop tôt à mon goût. D'un geste vif, je l'envoie valser au milieu du tas de linge sale qui patiente près de la porte que je daigne faire une machine. Le soleil pénètre déjà largement par la fenêtre, éclairant la pile de cartons que je dois aussi songer à transférer dans le grenier de la maison avant que tout ne s'écroule. Je décide enfin de sortir de sous les couvertures quand l'alarme gronde une seconde fois. Assis sur mon lit, je cherche du regard un jean propre. Je n'ai plus de vêtements dans mon sac de voyage, ce qui signifie qu'une lessive s'impose. Dans ma chambre chaotique, je retrouve mon pantalon de la veille et un tee-shirt qui me semble potable pour la journée. Je remplis mon sac d'affaires sales et enfile mes bottes avant de descendre.

Becca est en train de nourrir les chevaux. Je la salue en coup de vent et quitte les lieux, mon lourd fardeau nauséabond sur une épaule. Je dépose le sac devant le camping-car où sont assis Cole et Josh.

Ce dernier n'ose pas me regarder. Je sais qu'il a honte de lui, néanmoins Becca a eu l'air de comprendre la situation la nuit dernière et je sais qu'elle ne lui en tiendra pas rigueur. Et franchement, je n'ai pas l'intention de le laisser s'apitoyer sur son sort, nous ne pouvons pas nous permettre de chômer. Dans moins d'une semaine, nous allons devoir conduire le troupeau d'Henry sur les terres de Mitch. Nous devons donc, en plus des vérifications en cours, établir d'ici là sur les terres d'Henry, le campement où nous passerons la nuit et un enclos pour le bétail en transit. Nous avons projeté d'installer dès ce matin les clôtures pour les bêtes, et Mitch a réquisitionné Josh pour l'aider à transporter les lourdes barrières de métal en pick-up jusqu'à l'emplacement choisi hier avec Henry. Cole et moi les rejoindrons à cheval après nous être assurés que le troupeau de Mitch se porte bien et que le dernier tronçon de palissades est intact. Aussitôt qu'il voit le patron sortir de la maison, Josh se lève en silence et le rejoint. Quelques minutes plus tard, le pick-up du ranch et la remorque où sont empilées depuis hier soir les barrières pour l'enclos quittent la cour dans un nuage de poussière.

J'ai toujours adoré ces journées de convoi de troupeaux, peu importe l'endroit où je me trouvais. Je suis fait pour travailler avec le bétail et d'autant plus heureux de me retrouver à convoyer enfin chez moi, après si longtemps.

— Thompson ! On se réveille, mon vieux, me lance Cole en claquant des doigts devant mon visage. On doit se bouger ! Enfin… surtout toi, Dexter est déjà sellé, je t'attends près des enclos.

Mon ami se lève et visse son éternelle casquette sur son crâne. Je remarque que c'est la première fois qu'il ne porte pas un sweat pour travailler et qu'il expose donc la multitude de tatouages qui ornent ses bras.

— Putain, mais qu'est-ce qui empeste comme ça ?! grimace-t-il en faisant mine de me renifler.

Je l'éloigne de moi en plaquant une main sur son épaule.

— Ça, répliqué-je en désignant le sac de vêtements. Je ferai une machine en rentrant.

— Elle s'impose, Mec !

Je retourne en vitesse vers l'écurie et manque de percuter Becca qui en sort au même moment, Red harnaché en main. Elle me colle de force les rênes de mon cheval entre les mains.

— Tu es en retard, William, me dit-elle en riant avant d'enfoncer mon chapeau de cow-boy sur mon crâne.

— Désolé M'dame !

Je lui lance cette phrase sous l'ombre de mon chapeau avec un sourire en coin, puis me détourne avec Red et mets le pied à l'étrier alors que ma monture continue d'avancer. J'avoue être soulagé que la selle ne tourne pas sous mon poids, Becca aurait très bien pu ne pas resserrer la sangle, juste pour me voir me ramasser comme un débutant. Tandis que je rejoins Cole devant les enclos, je relève mon couvre-chef. Le tatoueur se moque de moi, quand j'arrive à sa hauteur.

— Tu t'es fait gronder pour ton retard, vilain garçon ? s'esclaffe-t-il en talonnant Dexter.

— La ferme, McKnight.

Nous progressons lentement, car Mitch nous a demandé de jeter un œil sur ses bêtes avant d'aller chez Henry. Un étonnant silence règne jusqu'à ce que Cole trouve le courage de me questionner... à sa façon.

— Josh n'avait pas l'air bien, ce matin...

Depuis quatre ans, nous avons toujours été aussi francs que possible les uns envers les autres. Seul le passé de chacun reste sa propriété privée, son espace inviolable, et aucun d'entre nous n'a jamais cherché à connaître autre chose de celui des autres que ce qu'ils ont bien voulu raconter. Ce n'est donc pas aujourd'hui que je vais commencer à garder pour moi des informations concernant l'état de Josh.

— Il a plus ou moins agressé Becca dans l'écurie, très tard hier soir.

— Tu délires ?!

— Elle l'a involontairement surpris alors qu'il s'était endormi au pied des escaliers. Tu sais comment il est dans ces cas-là, lui expliqué-je, tentant de minimiser sa réaction.

Cole soupire.

— Tu lui as dit quoi, à Becca ?

— La vérité, Cole. Tu voulais que je lui dise quoi ?! Que tenter d'étrangler les gens, c'est sa façon à lui de faire un câlin ?

Il me regarde en roulant les yeux avant de reprendre sur un terrain tout aussi hasardeux.

— Sinon...? Tu vas enfin me raconter ce qui s'est passé entre elle et toi ? Il me paraît assez clair que vous n'avez pas juste *travaillé* ensemble...

Je le dévisage en silence. Jamais en plus de quatre ans, je n'ai parlé d'elle à mes compagnons. Elle est restée mon unique secret.

Même s'ils se doutaient bien qu'il y avait une femme derrière toutes ces lettres écrites le soir, dans le camping-car. Cole me fixe en retour, avant de tourner sa casquette à l'envers, signe indicateur qu'il ne me lâchera pas, tant et aussi longtemps qu'il n'aura pas obtenu de réponse satisfaisante à sa question. Je ne sais pas comment il a pu se retenir de me la poser depuis trois semaines.

— C'est mon ex-petite amie, Cole. C'est aussi simple que ça.

J'essaie d'en dire le moins possible tout en lui fournissant de quoi apaiser sa curiosité.

— On ne me la fait pas à moi, Thompson.

Il me fixe toujours. *Quel emmerdeur !*

— Depuis quand tu es psychologue, toi ?

— Je suis tatoueur, mon vieux, c'est la même chose.

J'acquiesce en serrant les poings. *Il n'a pas vraiment tort !*

— Très bien. Nous devions partir ensemble, il y a cinq ans. Seulement je me suis enfui avant le lever du jour, la laissant seule dans mon lit, avec une note où je lui promettais qu'elle aurait de mes nouvelles et que j'allais revenir.

Je ferme les yeux un instant et me laisse bercer par le rythme de mon cheval.

— Je l'ai laissée derrière moi après huit années d'une relation sans nuage, Cole…

Le silence retombe entre nous, à peine interrompu par le souffle de nos montures qui avancent de concert.

— Je comprends un peu mieux pourquoi elle agissait comme une garce avec toi les premiers temps, et aussi pourquoi son frère a failli te démolir, finit par lâcher mon ami.

— Je t'interdis de dire que c'est une garce !

J'ai objecté violemment, sans même y avoir réfléchi, et je suis moi-même surpris de prendre sa défense avec une telle spontanéité.

— Mec, tu l'as abandonnée derrière toi comme une merde, après huit ans ! Tu ne t'attendais tout de même pas à ce qu'elle se réjouisse de ton retour ?!

Je passe une main sur mon visage. J'ignore à quoi je m'attendais en fait.

— Je me demande juste pourquoi son père ne t'a pas collé une branlée monumentale au lieu de te donner l'accolade, s'interroge mon ami.

J'avoue que je me suis posé la question les premiers jours. Mitch a toujours été très nonchalant, surtout après le décès de sa femme, mais de là à me laisser réintégrer sa famille alors que j'avais abandonné sa fille ? Toutefois, j'ai appris par expérience que Mitch Parker est souvent plus malin qu'on ne l'imagine…

— Comme tu m'as l'air encore mordu, j'imagine que c'est chasse gardée du côté de Becca… toussote Cole à mes côtés. Elle est très attirante, alors j'aimerais juste être certain que…

Je retire mon étrier et lui balance un coup de pied dans la jambe gauche.

— Non, mais t'es malade !

— Tu l'approches, je t'étrangle ! Ça te convient comme réponse ?

Il me regarde en souriant, convaincu que je serais bien incapable d'appliquer les menaces que je viens de lui lancer à la figure. D'accord… il a peut-être raison. Principalement parce qu'il est quand même beaucoup mieux bâti que moi. Pourtant, j'ai une botte secrète ! Alors je reformule ma mise en garde.

— Tu l'approches, je demande à Josh de t'étrangler !

— C'est déjà plus flippant, tu m'as presque convaincu !

Notre conversation s'éteint peu à peu alors que nous arrivons à mi-chemin de notre futur trajet, sur les terres d'Henry, là où le bétail sera rassemblé pour la nuit durant le déplacement du troupeau. Nous retrouvons Josh et Mitch qui ont déchargé le matériel. Une fois nos montures attachées à une clôture, nous nous mettons tous au travail. Les heures défilent, toutefois nous travaillons avec méthode et rapidité, et notre tâche est finalement accomplie alors que le soleil n'en est qu'à son zénith. Josh semble plus détendu que ce matin, et il évoque même l'idée d'aller s'expliquer avec Becca dès son retour au ranch.

Alors que nous arrivons dans la cour de l'écurie en milieu d'après-midi, une chose étonnante se produit, qui me permet enfin d'espérer reprendre ma place auprès de Becca… au moins dans un domaine.

Si je joue bien les cartes que j'ai en main !

Chapitre 11

Becca

Je les regarde s'éloigner du ranch, discutant comme deux pipelettes. Je tente d'expédier le nettoyage des stalles au plus vite, mais je ne peux éviter la matinée d'entraînement de certains de mes pensionnaires. J'ai pourtant attendu ce moment avec impatience depuis l'arrivée des garçons sur le ranch : être enfin seule pour tenter quelque chose avec Styx, qui du coup est exceptionnellement resté dans son box ce matin et me le fait savoir à grand renfort de ruades contre sa porte.

Enfin, en tout début d'après-midi, je suis débarrassée de mes obligations et peux me consacrer à la mise en œuvre de mon idée. Alors que je déplace avec difficulté une barrière à l'extérieur de l'écurie, un bruit de moteur résonne dans l'allée qui mène au ranch. Je relève la tête, non sans réprimer une grimace en ressentant la vive douleur qui perdure dans mon cou. J'aperçois un nuage de poussière et un pick-up noir attelé d'une remorque à chevaux. J'attends que le véhicule soit à l'arrêt pour m'avancer. Quand le conducteur sort enfin de l'habitacle, je laisse lourdement tomber la barrière dans mon empressement à rejoindre la furie rousse qui accourt vers moi.

— Oh mon Dieu ! m'écrié-je en me jetant dans ses bras.

Cela doit faire plus de deux mois que je n'ai pas vu Abby, ma sœur de cœur. Elle était partie en Colombie Britannique pour rendre visite à de la famille. C'est de loin la plus belle surprise que j'aie eue depuis trois semaines ! Ses longs cheveux flamboyants me collent au visage, tandis qu'elle me serre dans ses bras à m'en étouffer.

— Tu m'as tellement manqué, Becca, me souffle-t-elle à l'oreille.

— Tu es au courant que le téléphone fonctionne dans les deux sens, ma chère.

Je ris en m'écartant un peu, et Abby me fait tourner sur moi-même dans un pas de danse.

— Ce n'est pas ma faute si un superbe barman m'a distraite de mes obligations, s'amuse-t-elle à me taquiner.

Abbygael Hamilton est la personne la plus désinvolte que je connaisse sur cette Terre, même si je sais qu'elle cache ainsi les cicatrices que de trop nombreuses personnes lui ont laissées. Avec sa crinière de feu, son petit mètre soixante-deux, et ses yeux aussi brillants que des émeraudes, elle adore faire tourner les têtes. Un art qu'elle maîtrise aussi bien que la course de barils dans les rodéos.

— Tu as mauvaise mine, ma belle, m'assène-t-elle – *comme si je ne le savais pas*. Hey, mais c'est un suçon que tu as dans le cou ?

Je retiens un gémissement de douleur alors qu'elle me tourne la tête sur le côté. Comme toujours chez elle, le geste manque de la plus élémentaire douceur.

— Merde Becca ! Quelqu'un a tenté de t'étrangler ou quoi ?!

— C'est à peu près ça, oui…

Elle me fixe un instant, interloquée. Voyant que je ne semble pas décidée à développer, elle se détourne et marche jusqu'à sa remorque.

— Alors c'est donc vrai… il est revenu ! explose-t-elle en apercevant le pick-up de Will.

J'acquiesce en silence.

— Et tu le vis comment ?

— J'ai décidé de passer au-dessus de tout sentiment destructeur. Je me tuais à petit feu tant j'étais en colère contre lui. Je tente juste de lâcher prise. Je ne veux surtout pas que les choses deviennent compliquées pour tout le monde. Et de toute façon, ce n'est pas comme si je pouvais y faire quoi que ce soit, alors… ajouté-je tandis qu'elle commence à ouvrir les portes du van.

Abby se tourne vers moi et me sourit avant de m'avouer.

— Je t'amène une nouvelle énigme.

— Ghost ?

— Dans le mille. Ce cheval va me rendre folle, Becca ! Encore une chance qu'Athéna soit en pleine forme pour les rodéos, parce que lui… c'est une cause perdue !

— Tu ne crois pas que tu en fais un peu trop ?

— Becca, je me débrouille assez bien avec les chevaux habituellement, mais là, c'est juste incompréhensible. Tu es ma dernière option avant la vente.

Je reste immobile, à regarder avec attention le hongre alezan descendre de la remorque. Ghost vient poser le nez dans ma main et reste paisiblement devant moi aux côtés de sa maîtresse.

— Je suis heureuse d'apprendre que je suis ta dernière solution, lancé-je, sarcastique.

— Tu es la meilleure ! s'écrie mon amie en passant un bras par-dessus mes épaules.

Elle sait surtout que je ne peux rien lui refuser quand elle me fait une tête pareille. Abby use de son regard de velours aussi sournoisement que le *chat potté* dans *Shrek* ! Nous installons le cheval dans une stalle vide et retournons dans la cour afin que ma camarade sorte ses affaires du pick-up. Je m'esclaffe en découvrant la taille de sa valise.

— Tu comptes rester combien de temps ?

Elle me fixe puis hausse nonchalamment les épaules tout en s'expliquant.

— Vous allez avoir besoin d'un coup de main pour déplacer le troupeau d'Henry, la semaine prochaine, non ? Ma mère m'en a parlé quand je suis passée chercher Ghost au ranch.

— OK ! Tu peux prendre la chambre d'Eric. Fais comme chez toi.

Elle se dirige déjà vers la maison. Ma meilleure amie est une vraie pile électrique ! Elle ne s'arrête jamais… avec elle, tout devrait être terminé avant même que quoi que ce soit n'ait débuté. Nous sommes les deux parfaits contraires, c'est sans doute pour cela qu'elle est la seule fille que je compte parmi mes proches, hormis Allison bien sûr, qui fait partie de la famille. Abby et moi avons toujours su nous équilibrer.

Sa mère, Tara, tient un ranch d'élevage à une petite heure de route d'ici. Toutefois, Abby n'y reste jamais très longtemps. En cela aussi, elle a toujours été différente de moi. Tandis que je me plais à vivre sur les terres de ma famille, elle n'aspire qu'à voyager et découvrir le monde. Je n'ai eu ce désir qu'une fois dans ma vie, et quand je vois par quel échec monumental cela s'est terminé, je ne suis guère pressée de renouveler l'expérience.

Pendant que mon amie s'installe, je me dirige vers la barrière que j'ai laissé tomber au beau milieu de la cour et continue de la traîner vers le manège circulaire. Je renouvelle le processus avec une seconde barrière, puis une autre… Alors que je m'échine à verrouiller la quatrième, Abby vient enfin me donner un coup de main. Sans un mot, elle me suit dans la grange afin de m'aider à transporter la suivante. Il n'est pas difficile de comprendre où je veux en venir avec mon cirque. Maintenant que nous sommes deux, mon couloir prend rapidement forme, du manège jusqu'aux grandes portes de l'écurie. Même si je me garde bien d'en faire la remarque, je suis surprise de ne pas avoir encore eu droit à un interrogatoire en règle au sujet du vieux camping-car qui trône en bordure de la cour.

— C'est pourquoi en fait, ce corridor de la mort ? me demande finalement mon amie.

Je pointe Styx du doigt.

— William l'a ramené de son périple. Personne ne peut l'approcher assez pour le manipuler. Je n'ai réussi qu'une seule fois à le tenir en main, au moment de sa descente de la remorque. Je ne te raconte même pas tout le cirque que Môssieu nous a fait, après avoir tout de même renversé Cole, conclus-je en le fixant.

— Qui c'est, ce Cole ?

Évidemment, c'est la seule information qu'a retenue Abby : un nouveau spécimen mâle se trouverait-il sur le ranch ?! Je décide de la faire marcher quelques heures.

— Le grand convoyeur tout moche et grassouillet avec qui William a fait la route, Abby. Rien de bien intéressant pour toi.

Je ne vais certainement pas lui avouer que Will est revenu avec deux apollons dans ses valises, deux apollons qui montent à cheval comme des dieux de surcroît ! Je sais qu'elle ne pensera plus qu'à son prochain défi.

— Donc, tu m'aides avec Styx ?

— Bien sûr, Becca, je suis là pour ça. Non, en fait je suis ici pour faire front commun avec toi contre cette enflure de William Thompson ! clame-t-elle.

Un long soupir m'échappe.

— Si je suis arrivée à mettre de l'eau dans mon vin pour endurer sans trop de bobos cette cohabitation débile…

— Tant que tu ne décides pas de mettre autre chose « dans ton vin », *elle mime des guillemets avec ses doigts en prononçant ces derniers mots*, tout ira pour le mieux. Je sais à quel point tu aimais ce type, Becca Parker, et je vois de nouveau cette petite étincelle briller dans le fond de tes yeux aujourd'hui, alors ça m'inquiète.

J'éclate de rire. C'est plus fort que moi !

— Tu crois vraiment qu'après qu'il m'ait larguée comme une moins que rien, je pourrais seulement penser à me remettre avec lui ?! Pourquoi ? Pour le voir reprendre la même route qu'il y a cinq ans, répliqué-je plus violemment que je ne l'aurais voulu. Je ne suis pas débile à ce point.

— Ouh… Sujet sensible.

— Je ne veux pas l'aborder, c'est tout !

Je me détourne en boudant et reporte mon attention sur l'étalon noir.

— Très bien ! Alors, on fait quoi avec ton cheval diabolique ? me questionne mon amie en haussant les sourcils.

— On doit le faire passer par le couloir de barrières et le mener jusqu'au manège circulaire. Comme les clôtures sont trop hautes pour qu'il songe à les sauter, c'est l'endroit le plus sûr pour tenter une première approche.

— Chef, oui Chef !

Elle exécute un salut militaire en riant, ce qui me fait aussitôt penser à Josh et porter la main à mon cou meurtri. Quels cauchemars terribles peuvent bien hanter un homme à ce point, si ce n'est ceux relatifs à l'horreur de la guerre ? Je n'imagine même pas ce que ce pauvre garçon a dû vivre.

Abby entre dans l'écurie et se dirige vers la stalle de Styx, qui trépigne d'impatience à l'idée de sortir. J'ai pris grand soin de fermer les portes des autres box et celle de derrière, par laquelle il a eu jusqu'ici l'habitude de sortir. Je me devais de tenter cette nouvelle expérience sans la présence des autres qui m'en auraient sans doute empêchée. Abby, elle, m'a déjà vu faire des trucs beaucoup plus délirants que celui-là ! Une fois son box ouvert, l'étalon sort en trombe et, après une seconde d'hésitation en découvrant les portes arrière closes, repart au galop vers la seule sortie possible. Lancé à pleine vitesse, il longe les barrières et entre directement dans le manège. Dès l'instant où il s'y trouve, je ferme l'immense barrière de bois. Il galope comme un forcené, faisant voler du sable dans toutes les directions, y compris sur Abby qui vient de me rejoindre.

— Tu veux faire quoi de cet étalon, au juste ?

— Seulement tenter de l'approcher pour le moment, déclaré-je en observant mon nouveau sujet d'expérience.

— Pourquoi n'est-ce pas Will qui s'en occupe, puisqu'il est à lui ?

— Styx tente de l'attaquer chaque fois qu'il le voit.

— Je commence à l'apprécier, ce cheval. Tu es un bon garçon, Styx !

En attendant Abby le féliciter depuis la barrière, l'étalon stoppe son élan et nous observe. Nous restons ainsi durant un long moment à nous défier mutuellement du regard, jusqu'à ce que j'entende arriver le pick-up de mon père. J'espère que Josh ne m'en voudra pas de ne pas avoir attendu qu'il soit présent pour tenter une nouvelle approche avec Styx.

Quelques minutes plus tard, je vois apparaître Dexter et Red sur le sentier qui mène à l'écurie. J'ai l'impression d'être une gamine prise en flagrant délit de grosse bêtise ! Le temps semble s'être arrêté et je reste là, appuyée à la barrière, alors que Styx a repris ses allers-retours, soulevant la poussière.

Josh vient s'accouder près d'Abby qui ne lui adresse pas le moindre regard. Elle est déjà focalisée sur Will et Cole qui entrent dans la cour. *Attention les dégâts !* C'est la seule chose qui me passe par la tête, quand je vois le coup d'œil brûlant que Cole lui lance dès qu'il met pied à terre.

OK, où est donc la diversion spectaculaire dont j'ai besoin dans un cas pareil !

Will est toujours assis sur Red et observe Styx. Quand mon attention se porte vers lui, je le vois esquisser un sourire. Je me retourne aussitôt pour voir l'immense cheval noir prendre son élan et sauter sans encombre la barrière du manège, avant de prendre la direction des pâturages dans un galop effréné.

Je me tourne vers Abby, que je découvre tout aussi stupéfaite que moi.

— Merde !

— On dirait bien que les chevaux se mettent à voler, me lance Will dans un éclat de rire.

Il me fixe ensuite avec intensité, le coude posé sur le pommeau de sa selle, le menton calé dans sa main. Il pense forcément à ma promesse !

— Espèce de crétin, viens plutôt m'aider à rattraper ta furie ! hurlé-je dans sa direction en arrachant les rênes de Dexter des mains de Cole et me saisissant du lasso qui traîne toujours près de l'écurie.

— À vos ordres, M'dame !

Et il lance Red au galop. Je monte en vitesse sur Dexter qui lui emboîte le pas, pensant sûrement que c'est une course. Les étriers sont trop longs pour que je puisse les atteindre avec mes pieds. *Tant pis !* Will galope toujours devant moi sans m'accorder un regard, il prépare habilement son lasso et je fais de même pour être prête le moment venu. Quand nous apercevons Styx, nous accélérons encore, encourageant nos montures à augmenter la cadence. Nous sommes tout proches de l'étalon au moment où je commence à faire tournoyer mon lasso au-dessus de ma tête. Je ne prête plus attention à rien d'autre qu'au mouvement de rotation de mon poignet et de l'angle de mon instrument. Will et moi lançons nos boucles au même instant. Je suis la première qui sent la corde se tendre, et aussitôt, je passe son autre extrémité derrière le pommeau de la selle de Cole pour bloquer ma prise. Immédiatement, Dexter stoppe net. Il en est de même pour Red. Will, quant à lui, me regarde en souriant. Fier de lui.

— Il va falloir qu'on parle, M'dame !

Pourquoi ai-je l'impression que ce cheval vient de me jouer un sale tour ?

Chapitre 12

Will

L'étalon se cabre, enragé de s'être fait capturer si vite. En le regardant se débattre ainsi, je me demande à nouveau ce qui m'a pris de l'accepter en guise de paiement. Cela a été de loin l'une de mes idées les plus idiotes, je dois l'avouer. Tandis que j'annonce à Becca que nous allons devoir parler, je tente de garder un ton rieur et léger pour qu'elle ne se doute pas encore trop de ma détermination.

Jamais, au grand jamais, je n'avais vu un cheval sauter la clôture de ce manège. C'est dire que cet étalon est d'une puissance étonnante, ou bien doté d'un caractère des plus buté. Pour ma part, je penche plutôt pour la seconde option.

Becca descend de Dexter, après avoir enroulé ses rênes autour du pommeau de la selle. Le cheval pommelé continue d'accomplir son travail en maintenant le lasso bien tendu entre l'étalon et lui.

— Tu crois vraiment que c'est le bon moment pour bavarder, Thompson ?

Face à son attitude fermée et à ses dents serrées, je tente de retenir un nouvel éclat de rire, mais il m'échappe… c'est plus fort que moi.

— Et en plus, il se marre !

Elle semble se parler à elle-même tout en fouillant avec frénésie dans les sacoches de Cole. Becca ignore que c'est moi qui transporte toujours les licols, au cas où l'un de nous briserait une pièce d'équipement. Ou qu'un cheval se retrouverait sans licol, avec deux lassos autour de l'encolure, comme à cet instant précis.

— Tu cherches un truc, Parker ?! Dois-je te rappeler que tu as déjà volé la monture de Cole, ajouté-je. Ce n'est pas très joli de faire les poches des gens !

— C'est toi qui les as, je parie ?

J'acquiesce en silence en pointant la fonte sur ma gauche. Elle marmonne quelque chose que je ne saisis pas et ouvre brusquement la pochette en cuir.

— Tu veux bien me dire ce qui t'a pris d'amener ce cheval complètement fou dans mon écurie, se plaint-elle d'une voix acide.

Elle sort enfin un licol et une longe, puis s'avance vers l'étalon qui se débat toujours comme un beau diable devant nos deux montures, qui elles, restent très calmes. Je suis tenté de fermer les yeux quand il se précipite vers elle, oreilles couchées et dents en avant. Je ne peux pas intervenir, la prise que je maintiens sur mon lasso rend toute réaction de ma part impossible. Je ne suis qu'un spectateur horrifié de la scène. Becca, quant à elle, reste parfaitement immobile, et laisse l'étalon se diriger droit sur elle. Même au tout dernier moment, elle ne bouge pas. Stupéfait, le cheval freine brusquement des quatre fers, soulevant de l'herbe sous ses sabots tant l'arrêt est brusque. Un soupir m'échappe, je n'avais pourtant pas conscience de retenir mon souffle. L'étalon déchaîné s'est arrêté à quelques centimètres d'elle. Comme le jour de notre arrivée, elle me semble si fragile près de cet immense animal. Doucement, avec des gestes très lents, elle avance jusqu'à lui et lui passe le licol sans jamais s'arrêter de lui parler à voix basse. Quand elle se détend enfin, l'étalon colle prudemment son nez contre sa poitrine, et je suis presque jaloux de cette proximité entre eux.

Après tout, il y a cinq ans, c'était ma place, songé-je en les regardant.

C'est moi qui avais le privilège de parcourir son corps de douces caresses et de baisers passionnés. Droit que j'ai aujourd'hui perdu, mais que je compte bien retrouver… un jour, qui je l'espère ne sera pas trop lointain. Après mon départ, il ne m'a pas fallu plus de quelques semaines pour comprendre que j'étais un homme brisé sans elle dans ma vie. Et pourtant, je suis quand même resté éloigné durant toutes ces années, parce que c'était aussi quelque chose d'important pour moi. Cette quête de mon identité, qui n'a pas abouti à la conclusion que j'avais espérée au début de ce pèlerinage.

Je dois faire appel à tout mon sang-froid pour ne pas mettre pied à terre et aller la serrer dans mes bras jusqu'à ce qu'elle se fonde en moi, que nous ne fassions à nouveau plus qu'un.

Sans doute lui devrai-je maintes excuses et explications avant de pouvoir ne serait-ce que songer à ébaucher un tel geste… Je me rassure en me disant qu'au moins elle n'a plus le regard venimeux des premiers jours quand elle pose les yeux sur moi.

— Tu remontes en selle pour rentrer ? lui demandé-je alors pour la sortir de mes pensées.

Elle m'observe comme si j'avais perdu la tête.

— Mais oui, William, c'est sans doute la meilleure façon de me rompre le cou. Récupère Dexter, tu veux ?

Je me maudis pour cette remarque déplacée… J'avoue que je n'ai pas l'esprit des plus vif après cette cavale imprévue derrière l'étalon. Becca roule son lasso et me le lance pour que je le raccroche à la selle de Cole. Puis sans un mot de plus, elle prend les devants avec notre évadé.

— Tu veux qu'on échange nos places ? proposé-je en voyant le cheval se cabrer lorsqu'elle passe près de Dexter et Red.

— Non. En fait, je crois juste qu'il ne t'aime pas du tout.

Et elle poursuit son chemin avec son nouveau compagnon, apparemment très fière de sa pique.

— Et pour ton information, il s'appelle Styx, lance-t-elle sans même me regarder.

— Comme le groupe ?

— Non. Comme le fleuve…

Comme elle n'ajoute rien d'autre, j'en déduis que je vais devoir chercher par moi-même. Je n'en reviens pas qu'elle ait donné un nom à mon cheval sans me consulter. Pourtant je ne relève pas ; après tout, ce n'est pas comme si c'était moi qui m'étais occupé de lui depuis mon arrivée.

— Donc… de quoi allons-nous devoir parler, Thompson ? me questionne-t-elle en marchant vers le ranch, tandis que je la suis à une certaine distance, Dexter à mes côtés.

— Du fait que les chevaux se sont mis à voler, Becca.

Elle s'arrête net et me fait face. Je laisse sans la moindre gêne un sourire en coin étirer mes lèvres.

— Tu es sérieux, là ?!

— On ne peut plus sérieux ! Je veux recommencer à travailler avec toi et les chevaux, déclaré-je en stoppant ma monture et Dexter. Et tu t'es engagée devant témoins à me rendre ma place !

Nous nous affrontons du regard un moment, jusqu'à ce que Styx la pousse de son nez sans la moindre délicatesse.

— Et Josh ?

— Josh s'est toujours senti mieux sur son cheval.

Je la vois qui considère mon offre.

— Tu as vu ce qui peut arriver quand il n'arrive pas à se poser. Josh a toujours besoin de se vider la tête. Toi et moi, nous savons que la meilleure façon de tout oublier, c'est d'être assis sur le dos d'un cheval, insisté-je.

Becca sait pertinemment que j'ai raison. De plus, je connais Josh bien mieux qu'elle et je sais que mon ami a toujours été quelqu'un de terrain, il n'est pas fait pour rester trop longtemps au même endroit.

— Je vais y réfléchir, lâche-t-elle finalement en reprenant sa route.

Je me retiens de faire le signe de la victoire. Si elle accepte, j'aurai enfin ma chance de lui expliquer pourquoi je suis parti sans elle, et pourquoi je reviens maintenant. Mais surtout, je vais lui prouver que je suis encore le type dont elle est tombée amoureuse il y a presque treize ans de cela.

Alors que nous progressons en silence, elle ne cesse de me jeter des coups d'œil par-dessus son épaule. Elle doit savoir que cette proposition ne provient pas juste de mon désir de soulager mon camarade ou de travailler à nouveau avec les chevaux. Néanmoins, tant et aussi longtemps qu'elle n'a pas refusé catégoriquement, je reste optimiste.

— Tu n'es pas encore allé voir Kristen, n'est-ce pas ?

Je suis surpris qu'elle me parle tout à coup de ma mère.

— Je ne vois pas très bien ce que je pourrais aller faire là-bas, Becca. Nous nous sommes à peine adressé la parole en douze ans.

Derechef, elle s'arrête de marcher et fronce les sourcils en me regardant droit dans les yeux.

— Mon père ne t'a pas dit…?

— Me dire quoi, Becca ?

Ses yeux verts se posent sur le bout de ses bottes un instant.

— Ta mère est très malade, William, m'annonce-t-elle en relevant la tête.

Je reste muet de stupeur devant la douceur que sa voix reflète soudain. Néanmoins, n'ayant jamais été très proche de ma famille, le choc de son annonce ne vient pas me percuter tout de suite. *Ma mère, malade ? À quel point ?* me demandé-je d'abord. J'essaie de repousser l'idée loin dans ma tête, là où sont stockés les souvenirs que je garde de mes proches. Voyant que je n'ajoute rien, Becca reprend sa marche. L'information tourne en boucle dans ma tête, et durant un moment, rien ne se produit. Je ne lui pose enfin qu'une seule question.

— Qu'est-ce qu'elle a ?

— Cancer des poumons.

J'acquiesce en silence. Cela ne m'étonne pas vraiment, aussi loin que je me souvienne, Kristen a toujours fumé plus d'un paquet par jour. Je n'ai jamais compris pourquoi… personnellement, l'odeur de la cigarette suffit à me soulever le cœur. Nous arrivons bientôt au ranch sans avoir ajouté quoi que ce soit d'autre. Les autres semblent avoir guetté notre retour et lancent des hourras de soulagement en nous voyant débarquer en un seul morceau.

Je mets pied à terre devant l'écurie après avoir relégué les informations sur ma mère au fin fond de mon crâne et fais signe à Cole de récupérer son cheval.

— Becca, ne me fais plus jamais ce coup-là ! s'exclame ce dernier, furieux. Ce cheval, c'est toute ma vie, tu comprends ?!

Je crois que ni elle ni moi ne nous attendions à une telle réaction de sa part. Becca baisse la tête en tendant la longe de Styx à Josh qui le ramène dans la grange.

— Je suis désolée, Cole, mais…

Elle est interrompue par la voix d'Abby que j'ai eu le bonheur – ou le malheur, je ne sais plus trop par les temps qui courent – d'apercevoir plus tôt et qui s'en prend, outrée, à mon pauvre camarade. Cette fille est un véritable char d'assaut, et mieux vaut ne pas rester sur son chemin quand elle a décidé de s'acharner sur quelqu'un. Pour la première fois depuis mon retour, je souris presque en me disant que ce n'est pas moi qui vais déguster. Par contre, je ne me leurre pas, mon tour viendra ! Avec Abby, c'est inscrit dans le ciel.

— Non, mais pour qui tu te prends de parler sur ce ton à ta patronne ?! Tu n'avais qu'à mettre ton cul sur ton cheval, au lieu de rester planté là comme un abruti fini, explose-t-elle en le poussant des deux mains.

Becca et moi la fixons, à la limite du fou rire, tandis que Cole, tel un mur de briques, ne bouge pas d'un pouce sous son assaut pourtant violent. Ce qui bien entendu fait bouillir la rouquine plus encore. C'est drôle, j'ai l'impression de l'avoir vue tout récemment, alors que non, elle n'a pas croisé ma route depuis cinq ans… et je ne suis pas sûr que cela m'ait beaucoup manqué. C'est néanmoins une étrange sensation !

— Mais tu es qui, toi, bordel ?! hurle à son tour mon ami.

— Je suis la seule personne dans cette cour qui a le droit d'être en colère après Becca, espèce de *Néandertalien* !

Cole en reste un instant sans voix, car il faut bien avouer que la scène est d'un ridicule sans nom. Elle, qui le défie de son petit mètre soixante-deux en le poussant de toutes ses forces pour l'éloigner de Becca, et Cole, qui la surplombe telle une montagne de muscles du haut de son mètre quatre-vingt-cinq et fort de ses quatre-vingts kilos. Sans perdre son sérieux, Becca s'interpose entre eux afin de ramener le calme sur les lieux.

— Je suis vraiment désolée, Cole, reprend-elle. Je n'ai pas vraiment réfléchi avant d'agir, je vais aller m'assurer moi-même que Dexter va bien.

Elle utilise exactement la même voix pour lui parler qu'avec les chevaux quand quelque chose ne va pas.

— Tu n'as pas d'excuses à lui présenter, Becca ! Ce connard n'avait qu'à aller chercher l'étalon avec son crétin de copain !

Abby et son incroyable aptitude à rallumer la mèche.

— Tu es toute pardonnée, Becca, annonce toutefois Cole, non sans fusiller du regard la jeune furie qui se tient devant lui.

J'ai pu voir la lueur passer dans les yeux de Cole… Je ne connais que trop ce regard et il n'annonce rien de bon pour Abby. Mon compagnon de route n'est pas le genre d'homme à se laisser insulter sans broncher. Sans crier gare, le tatoueur saisit la tornade à la crinière flamboyante à bras-le-corps et la pose sur son épaule sans effort. Puis il se dirige à grands pas vers le pâturage. Abby le roue de coups dans le dos, la tête en bas, déversant un flot interrompu d'insultes plus fleuries les unes que les autres. Ce n'est que lorsque j'aperçois la grande cuve remplie d'eau pour les chevaux que je comprends l'intention de mon ami. Dans un mouvement souple, il balance son fardeau dans le grand abreuvoir. L'eau l'éclabousse copieusement, pourtant il n'y prête pas attention. Je peux sentir d'ici combien il se délecte du cri de fureur que lance Abby avant de s'enfoncer sous l'eau, et d'émerger presque aussitôt.

— Je vais te tuer ! hurle-t-elle en jaillissant de sa baignoire improvisée.

Cole s'est posté à quelques mètres de là et rit à gorge déployée.

— Alors viens, petite sirène. Je t'attends, sourit-il alors que la jeune femme enjambe la clôture.

Trempée de la tête aux pieds, la meilleure amie de Becca entame une folle course-poursuite avec mon camarade dans la cour du ranch.

— À croire qu'ils ont dix ans, soupire la maîtresse des lieux en allant retrouver Dexter.

Je lui emboîte le pas sans pouvoir contenir un sourire. Tout ceci me rappelle de si beaux souvenirs…

Chapitre 13

Becca

Pendant que je desselle Dexter, les cris de rage d'Abby et les éclats de rire de Cole me poursuivent jusque dans l'écurie. Décidément, je ne suis bonne qu'à provoquer des bagarres, ces derniers temps.

La selle du cow-boy est beaucoup plus lourde que la mienne, et elle me glisse pratiquement des mains quand je la retire du dos du hongre, faisant tomber le tapis de selle sur le sol par la même occasion. Josh, qui vient de remettre Styx dans sa stalle, se précipite à mon secours et s'en saisit de justesse. Je m'en serais voulu d'abîmer la selle de Cole, en plus d'avoir kidnappé sa monture pour poursuivre l'étalon en fuite. D'un sourire, je remercie mon camarade de corvées pour son aide. J'aimerais tant savoir comment aborder le sujet de son agression d'hier soir, seulement je ne vois vraiment pas de quelle façon m'y prendre. Il ne m'a pas adressé la parole depuis l'incident. J'ignore donc si je dois revenir sur le sujet ou simplement laisser tomber l'affaire. Josh me simplifie la tâche en faisant demi-tour et en quittant les lieux sans un mot.

Je repense aux reproches de Cole, concernant mon inconscience. J'avoue ne pas avoir réfléchi sur le moment, toutefois il est trop tard pour revenir en arrière. J'aurais dû lui demander de partir avec Will ; mais non, au lieu de cela je lui ai pris son cheval. Mon geste absurde aurait pu provoquer la blessure de sa monture. Cet incident me permet de prendre conscience que, depuis quelque temps, j'ai beaucoup de mal à réfléchir avant d'agir.

Et je ne sais que trop bien quelle est la cause de ce chamboulement. Elle se trouve juste derrière moi… et desselle également sa monture.

Je repense à l'offre que Will m'a pratiquement imposée quand nous venions d'attraper Styx, et j'observe Josh par l'ouverture de la porte ; il a effectivement l'air de ne plus savoir quoi faire de son propre corps. Peut-être Will est-il vraiment la meilleure solution pour Josh et Styx…? Jusqu'ici, Josh et moi sommes plus ou moins arrivés à gérer le démon ambulant qu'est l'étalon noir. Pourtant je vais avoir besoin d'un assistant présent à cent pour cent avec moi, auquel je pourrai me fier les yeux fermés, si je dois me mettre à travailler ce cheval sérieusement.

Or je n'ai jamais eu le moindre problème quand je travaillais avec Will. Nous étions un duo de choc, et cette époque, malgré tout ce que j'ai eu à traverser depuis, me manque terriblement. Je décide néanmoins de prendre le temps de réfléchir encore à sa proposition, même si je sais d'ores et déjà que je vais l'accepter. Je peux bien le laisser mariner un peu aussi, après tout.

Alors que je m'apprête à mettre Dexter dans le box à côté de celui de Red, Abby entre dans l'écurie en vociférant comme un diable.

— Ce crétin m'a balancée dans un tas de foin !

Cole apparaît derrière elle en bombant le torse, fier de lui. Abby, quant à elle, ressemble à un épouvantail qui aurait été éventré. Cette fois, je ne peux retenir un éclat de rire. Mon amie me fusille du regard. Mais devant la réalité des faits, elle ne peut s'empêcher de rire à son tour. Toutefois, quand Cole tente de lui retirer quelques brins de foin des cheveux, elle lui chasse la main sans ménagement.

— Retire tes sales pattes de là !

— Elle est bien jolie, la petite sirène, quand elle se met en colère !

La tornade rousse grogne une dernière insulte, avant de se diriger vers moi.

— C'est donc lui, le grand convoyeur tout moche et grassouillet, pas intéressant pour deux sous dont tu m'as parlé plus tôt ? me murmure-t-elle à l'oreille.

— Je n'ai pas menti sur le fait qu'il était grand.

Abby me sourit en haussant les sourcils de façon suggestive.

— Je sens que je vais bien m'amuser pendant cette semaine, minaude-t-elle.

— Tu devrais surtout aller prendre une douche, tu ne sens pas la rose.

Son regard en coin me fait rire, tandis qu'elle s'éloigne vers la maison d'un pas alerte. Elle va sûrement en profiter pour discuter un peu avec Mitch.

— Alors raconte, Becca ! Comment se nomme ce preux chevalier blanc ? me questionne Cole, à peine a-t-elle disparu.

Il glisse son bras autour de mes épaules, prêt à la confidence.

— Abbygael.

Une lueur de malice passe dans ses yeux verts.

— Laisse tomber, Cole. Elle va te mâcher et te recracher comme un vieux *chewing-gum* quand tu n'auras plus assez de goût. Tu n'es pas de taille à affronter une fille comme elle, crois-moi, lui confié-je prudemment.

— Qui te dit que je n'attends pas que ça ?

Et, comme tous les hommes qu'elle approche, il pose sur moi un regard déjà rêveur. Eh bien, tant pis pour lui ! Il ne pourra pas dire que je ne l'avais pas prévenu. Je me dégage de son bras et le laisse se complaire dans son délire. En regagnant la sellerie, je percute Will de plein fouet.

— Désolée, je suis vraiment dans la lune aujourd'hui, c'est hallucinant !

— Ça va ?

— Oui.

Will plonge son regard inquiet dans le mien, et l'espace d'un instant, je nous revois courir sous la pluie dans la cour de l'écurie, des années plutôt. L'attraction est si forte, je ressens encore la chaleur de ses mains sur ma peau quand il m'a retenue par les bras.

— Une nouvelle victime du magnétisme d'Abby ? s'enquiert-il alors en désignant Cole du menton.

Je sors brusquement de mes pensées et recule d'un pas ; mortifiée de remarquer que je me suis rapprochée de lui sans le vouloir.

— Je l'ai prévenu…

C'est la seule chose que je trouve à dire avant de tourner les talons et sortir au pas de course de la grange. Une fois dehors, je dégage mes cheveux de ma nuque, et, une main instinctivement posée sur le bas de mon ventre, inspire un grand coup. Je dois vraiment me ressaisir ! Garder en tête qu'il va encore partir, et que je n'ai déjà que trop souffert par sa faute ! Je commence à peine à remonter la pente, et il n'est pas question que je la redescende aussi vite.

J'aperçois Josh qui rassemble une à une les barrières du corridor utilisé dans ma tentative plus que foireuse de travailler avec Styx. Sans un mot, je le rejoins pour l'aider. Sa compagnie m'apporte une tranquillité d'esprit que je ne ressens que lorsque je suis près de lui et qui me fait énormément de bien. Je cesse immédiatement de me tourmenter pour ne penser qu'à la tâche à accomplir.

— Je suis désolé pour cette nuit, lâche-t-il tout à coup en s'approchant.

Les barrières sont maintenant toutes revenues près de l'écurie et nous sommes à l'abri des regards indiscrets. Je me laisse choir dans l'herbe et l'invite à faire de même en tapotant le sol près de moi. Il s'exécute et, durant un instant, nous observons en silence les chevaux qui broutent paisiblement dans les prés. Je me remets peu à peu des émotions de la journée.

— Tu n'as pas à me présenter d'excuses, Josh…

— J'aurais dû te tenir au courant de mon… problème.

— Vraiment, Josh, ce n'est rien.

Il tourne vers moi un visage tourmenté et pose une main juste sous l'ecchymose que son bras a laissée sur ma gorge.

— Ce n'est pas rien, ça, murmure-t-il.

Délicatement, il passe son pouce sur mon cou, parcourant la marque. Ses yeux noisette ne quittent pas les miens.

— Ça va disparaître, tenté-je de le rassurer. Ce que tu as vécu, par contre…

Il ferme les yeux et soupire lentement, comme s'il tentait de chasser les visions ténébreuses de son âme. Je pose ma paume sur la sienne, et quand il ouvre de nouveau les yeux, je lui souris.

— Je n'ai pas vécu les mêmes choses que toi. Je ne peux même pas imaginer ce que tu as dû endurer, Josh. Mais moi aussi, je combats des démons qui me hantent, alors je te comprends.

Il acquiesce en silence et je repose nos mains jointes entre nous, dans l'herbe. Longtemps, nous restons là, sans que le moindre mot ne soit échangé. Alors que le soleil entame sa descente vers l'horizon, Josh m'aide à me relever. Mes jambes sont engourdies et menacent de se dérober sous moi. Je le regarde à peine et ne peux m'empêcher de me serrer contre son corps. Après quelques secondes d'hésitation, durant lesquelles il semble ne pas savoir quoi faire, il passe ses bras autour de moi et me rend mon étreinte. Et à cet instant, cet homme à l'âme torturée et aux souvenirs aussi dévastateurs que les flammes de l'enfer me surprend une fois encore lorsqu'il enfouit son visage dans mon cou et me murmure à l'oreille.

— Tu devrais lui laisser une seconde chance.

Je reste sans voix. Je sais qu'il parle de Will. Abby aurait-elle raison ? Ai-je encore des sentiments pour lui, même après toutes les épreuves que j'ai traversées par sa faute ?

— Peut-être qu'il ne la mérite pas, répliqué-je enfin en ravalant un sanglot.

— Le cœur peut tout pardonner, si on lui en donne l'occasion.

— Le tien a-t-il pardonné ?

Il esquisse un léger sourire.

— Pas encore malheureusement, chuchote-t-il avant de s'éloigner.

Muette et désorientée, je le suis du regard jusqu'à ce qu'il ait disparu.

Quand j'entre de nouveau dans l'écurie, le plus grand silence y règne. Je n'entends que les chevaux mâcher leur foin. Je reste là quelques instants, à fixer cet endroit que je ne voudrais quitter pour rien au monde, avant d'aller rejoindre ma famille à la maison.

Des éclats de rire et des discussions bruyantes m'y accueillent à la place du calme habituel. Je remarque que mon père a sorti la bouteille de *whisky* et la bière sur le comptoir de la cuisine. Abby lui mime les péripéties de sa journée avec force grands gestes. Elle doit sans doute lui raconter à sa façon comment Cole l'a jetée dans l'abreuvoir des chevaux. C'est bon de voir Papa sourire. Pourtant, comme je ne suis pas d'humeur à plaisanter ce soir, je me dirige vers ma chambre sans leur signaler ma présence. Des bruits me parviennent depuis la chambre de mon frère, où la lumière est allumée. Je m'y rends, un peu inquiète, et surprends Will qui sort de la douche, une simple serviette autour des hanches. Alors qu'il se détourne pour attraper un tee-shirt, je remarque pour la première fois le tatouage qui orne sa colonne vertébrale. Il ne l'avait pas quand il est parti d'ici. La croix semble d'une précision impressionnante, même si de l'endroit où je me tiens, je n'en distingue pas les détails.

Mon ex petit ami sursaute quand je toque contre l'encadrement de la porte entrouverte.

— Becca ?! s'exclame-t-il.

— Pourquoi n'es-tu pas avec les autres ?

Il me lance un regard interloqué avant de s'approcher pour me répondre.

— J'utilisais juste la douche, comme tu nous l'as proposé…

J'ai l'air d'une idiote avec mon agressivité déplacée, alors qu'il est plutôt évident qu'il sort à peine de la douche.

— J'en ai profité pour faire une lessive aussi. J'espère que cela ne te dérange pas ? ajoute-t-il, désormais mal à l'aise.

— Non, pas du tout. Tu as raison… je vous l'ai proposé moi-même, William. Faites comme chez vous. J'ai été stupide de réagir ainsi…

Je me détourne sur ces mots et cours m'enfermer dans ma chambre. Je passe en vitesse sous la douche à mon tour, laissant l'eau chaude éliminer les tensions de la journée, puis m'allonge sur mon lit pour écouter les bruits de la maison et les rires qui proviennent de la cuisine.

Sans m'en rendre compte, je me suis endormie. Je ne me réveille qu'au son des griffes de Roper qui gratte à ma porte. Dans le tee-shirt trop grand qui me sert de pyjama, j'ouvre à mon chien qui s'engouffre joyeusement dans la pièce avant de bondir sur mes couvertures. Au moment où je sors dans le couloir, la porte de la chambre de mon frère se referme doucement. Je sursaute en tombant nez à nez avec un Cole encore endormi, qui ne porte rien d'autre sur lui qu'un boxer et avance à l'aveuglette, le reste de ses vêtements amassés en boule entre les mains.

— Tu t'es fait avoir comme un débutant, soupiré-je alors qu'il me fixe comme si j'étais un fantôme.

Il me suit jusqu'à la cuisine où je lui tends un verre d'eau avant de m'en servir un aussi. Nous restons plantés là comme deux idiots à siroter notre boisson dans la pâle lumière matinale.

— Ça en valait largement la peine, m'avoue-t-il en souriant.

— Je n'ai rien entendu, alors ça ne devait pas être si spectaculaire.

Ma remarque acerbe lui cloue le bec. Je retourne dans ma chambre en soupirant, assez fière malgré tout de lui avoir fait perdre son petit sourire arrogant.

Une fois dans mon lit, j'éclate de rire tant la situation était prévisible. Je l'avais pourtant mis en garde hier dans l'écurie, je savais déjà qu'il ne ferait pas le poids contre Abbygael Hamilton. Seulement, je n'ai encore rencontré personne qui ait tenu la distance avec elle, tant elle est exigeante avec ses partenaires. Elle ne changera jamais et collectionnera les mecs comme les bottes de cow-boy… jusqu'à la fin !

Je repense alors aux propos de Josh concernant Will et moi. Je soupire une fois de plus en songeant que moi, je ne suis capable de collectionner que la même histoire, encore et encore. J'espère juste que cette fois la fin sera différente… si je lui donne une nouvelle chance.

Chose dont je ne suis absolument pas certaine pour le moment.

Chapitre 14

Will

Nous ne sommes plus qu'à trois jours du rassemblement et du convoyage des bêtes d'Henry. Je suis debout si tôt ce matin que Becca n'a pas encore commencé à nourrir les chevaux lorsque je descends dans la grange. Je décide donc de m'atteler au récurage des stalles.

Mon esprit ne s'arrête pas de tourner depuis hier. Me retrouver si près d'elle dans la maison m'a fait revivre tant d'émotions fortes que je n'ai presque pas fermé l'œil de la nuit. Comment dois-je faire pour reconquérir cette femme qui semble me détester un instant et vient panser mes plaies la seconde suivante ? Becca n'est plus la jeune fille insouciante que j'ai laissée derrière moi, je sens qu'elle me cache un tas de choses. Je m'étais résolu à lui laisser du temps pour m'en parler d'elle-même ; pourtant, si elle ne se décide pas, je vais devoir forcer un peu la chance…

J'ignore encore si elle acceptera mon offre de retravailler ensemble. Toutefois, une chose est certaine, et je sais qu'elle l'a compris, Josh ne peut plus se permette de se laisser dépasser ainsi par la fatigue. Ce n'est bon pour personne.

Au moment où je m'apprête à vider le fumier à l'extérieur, je remarque Cole qui sort de la maison, en boxer et bottes de cow-boy. *La furie Hamilton a encore frappé*, songé-je en souriant. Cette fille a toujours été un sacré numéro. J'appréhende le moment où elle va me tomber dessus comme un chien enragé. La connaissant, cela ne devrait pas tarder.

Lorsque je sors Red dans l'enclos circulaire pour pouvoir

nettoyer son box, je remarque une voiture qui remonte l'allée. La petite Nissan Micra argentée s'arrête devant la maison et, quand la portière du conducteur s'ouvre, une tonne de papiers, de gobelets de café et de bouteilles de boissons énergisantes tombent sur le sol. Derrière la portière de la voiture, j'aperçois des mains qui s'activent pour ramasser tous les déchets qui sont ensuite balancés à l'arrière de l'automobile, où se trouve également une selle western. Je ne peux m'empêcher de sourire : on dirait moi après trois jours de route !

Je peine à reconnaître la grande silhouette qui s'extirpe enfin de la petite voiture. Ses cheveux, qui étaient courts dans mon souvenir, frôlent désormais ses larges épaules. J'ai bien du mal à remettre Lucas Reid, pourtant son visage ne trompe pas. Ce type a passé son adolescence à rôder dans les parages du *Parker's Ranch*. J'ai d'ailleurs souvent songé qu'il avait des vues sur Becca, alors même que nous formions un couple uni…

Mon sourire s'évanouit, alors que mon cœur et mes poings se serrent. Je me demande si ce n'est pas lui qui a pris ma place auprès d'elle pendant mon absence. L'idée que Becca soit avec quelqu'un d'autre ne m'avait encore jamais effleuré l'esprit… jusqu'à cet instant.

Et la voici qui sort de la maison au même moment, tout juste vêtue d'un grand tee-shirt et pieds nus, pour littéralement se jeter au cou du visiteur, qui la serre fort contre lui en déposant un baiser juste sous son oreille. Il la fait tournoyer, et elle rit aux éclats en s'accrochant à lui. Devant tant de proximité, je n'arrive plus à réfléchir correctement. Une fureur incoercible monte en moi, et je préfère tourner les talons pour regagner l'écurie. Je poursuis ma corvée en silence, perdu dans mes pensées. Ce n'est que lorsque Josh me tape sur l'épaule que je quitte les méandres de mon esprit où s'affrontent ma colère et les images de Becca dans les bras de Lucas. À croire que ce type n'attendait que mon départ pour me voler la femme que j'aime !

Je grogne sans retenue en me tournant vers mon camarade.

— Quoi ?!

Il me fixe un instant, surpris par mon agressivité.

— Tu sais qu'on dirait moi, là ? s'inquiète-t-il en reculant d'un pas.

— J'ignore de quoi tu parles, Josh. Je voudrais juste terminer de nettoyer ces putains de box en paix !

— Très bien. Seulement, Mitch nous demande à la maison, m'annonce mon ami avant de quitter les lieux.

Bon sang, mais que m'arrive-t-il de réagir de la sorte ?! J'agis comme un petit ami jaloux, alors que j'ai perdu tout droit sur la relation que Becca et moi avions, le jour où j'ai franchi le portail du ranch avec ma remorque et le siège passager de mon pick-up inoccupé. Il m'est impossible de revenir en arrière, alors à quoi rime cet accès de hargne ? Je ne regrette pas mon départ, je regrette seulement la manière dont il s'est passé... et ses conséquences inattendues. Mais voilà... je ne voulais pas connaître les mêmes regrets que mon père à l'époque. Je voulais voyager, voir du pays, faire de nouvelles expériences ; toutes ces choses que mon père s'est plaint toute sa vie de n'avoir jamais accomplies. J'ai passé mon enfance et mon adolescence à l'entendre se lamenter sur sa misérable vie de travailleur d'usine. Et je me suis juré que cela ne m'arriverait pas !

Alors que j'avais tout juste dix-sept ans, il s'est suicidé en se pendant dans le garage de notre maison. Ne laissant derrière lui aucune lettre d'explications. Ma mère, déjà alcoolique, a alors un peu plus sombré dans la boisson et j'ai coupé les ponts avec elle à peine mes dix-huit bougies soufflées. Aujourd'hui encore, les mots de Charles Thompson concernant l'injustice de sa vie résonnent dans ma tête. Pourtant, ils ont pris un tout autre sens durant cette dernière année. Ma quête m'a ramené ici. Non par obligation, mais parce que c'est ici que je veux réellement faire ma vie ; et cet été sera le tournant marquant de ma trentième année. Un tournant qui déterminera toute mon existence...

J'abandonne le récurage des stalles pour aller rejoindre notre petite bande dans la maison.

Dès que j'entre, une agréable odeur du café capte toute mon attention, et je me dirige comme un robot vers la cafetière. Tout le monde s'est rassemblé dans le salon. Je prends le temps de me verser une grande tasse d'or noir et de profiter du calme de la cuisine. Après quelques gorgées, mon humeur s'est grandement améliorée. Enfin… jusqu'à ce qu'Abby fasse son apparition dans la pièce.

— Salut Thompson.

Elle s'approche de moi et me vole ma tasse. Je soupire en m'en versant une nouvelle. Cette fille est une vraie plaie !

— Je voudrais que les choses soient claires et limpides entre nous, William. Ne tente surtout pas de t'immiscer de nouveau dans sa vie, tu l'as bien assez bousillée comme ça, me menace-t-elle de but en blanc.

Nous y voilà !

— Je n'ai aucune menace à recevoir de toi, Hamilton. Je fais ce que je veux, et si je suis revenu ici, c'est justement pour elle. Alors j'écarterai quiconque tentera de se mettre entre nous. Et tu ne fais pas exception ! Cela te paraît-il assez clair et limpide ? terminé-je en la fixant durement.

Une joute silencieuse s'engage alors dans la petite cuisine des Parker, et pour la première fois depuis que je la connais, c'est Abby qui détourne le regard.

— Je t'aurai à l'œil, Thompson. Prends bien garde à ne pas la faire souffrir de nouveau, car je te jure que si ça arrive, je t'émascule.

Elle martèle ses derniers mots d'un ton acerbe et sort de la pièce sans un autre regard. Becca la croise dans le couloir puis s'avance dans la cuisine pour me saluer d'un sourire. Son grand tee-shirt a été remplacé par un jean pâle et un débardeur noir. Je tiens ma tasse à deux mains en la fixant d'un air farouche, pas question de me la faire voler une seconde fois !

— Bonjour William, me lance-t-elle avant de se verser un grand verre de jus d'orange.

— Salut. Tu sembles d'excellente humeur.

Elle lève un sourcil interrogateur devant mon ton acide, mais décide sans doute de ne pas relever. Je bois une nouvelle gorgée de café en l'observant par-dessus ma tasse. Sa queue-de-cheval balaye joyeusement sa nuque, et ses yeux brillent un peu trop à mon goût. Je grince des dents en fixant son sourire… ce sourire qui n'était destiné qu'à moi auparavant. Elle semble déborder d'entrain et je me renfrogne encore un peu en songeant que ce regain de gaieté est sûrement dû à l'arrivée de Lucas, et non à ma compagnie.

— C'est le cas, effectivement ! Merci d'avoir nettoyé les écuries pour moi ce matin.

J'ai droit à un nouveau sourire, et elle repart déjà vers le salon. Je soupire en songeant que c'est vraiment le monde à l'envers. Becca qui est agréable, et moi qui ai des sautes d'humeur ridicules !

Je la suis de près pour rejoindre le petit groupe. Cole agace Abby en passant un doigt derrière sa nuque, Josh est accoudé au chambranle de la porte… je reste près de lui. Quant à Lucas, il est assis sur le canapé aux côtés de Becca. Mitch se tient devant nous.

— Vous êtes enfin tous là ! s'exclame-t-il.

Abby et Cole cessent de batifoler et relèvent la tête pour écouter le patron.

— Nous n'avons plus que trois jours pour tout préparer avant le transfert du troupeau. J'aimerais donc que tout le monde se mette sérieusement au boulot durant le peu de temps qu'il nous reste. L'enclos qui servira à contenir le bétail est déjà installé à mi-parcours, Eric et Allison arrivent après-demain pour s'occuper des chevaux au ranch pendant nos deux jours d'absence.

Un instant, je suis perdu. J'ignorais que Becca allait nous accompagner. Et que viennent faire Abby et Lucas dans l'équation ?

— Lucas voyagera dans le pick-up avec Henry, qui nous attend lundi à la première heure, poursuit Mitch. Nous serons donc six pour convoyer le troupeau à cheval. Nous camperons à mi-chemin et reprendrons la route mardi à l'aube.

Pourquoi ai-je l'impression que toute cette histoire va virer au drame ?

— Il vous faut d'ici là vérifier les tentes et préparer vos sacoches, ainsi que tout l'équipement dont vous aurez besoin. Chacun prépare ses affaires, j'ai trois tentes à votre disposition dans le grenier, ajoute le patron.

Josh et moi acquiesçons et quittons la maison. J'en profite pour m'excuser de mon attitude un peu plus tôt dans la grange.

— Je suis un peu à cran aujourd'hui, Mec. Alors pour ce qui s'est passé dans l'écurie tout à l'heure… on oublie ça, d'accord ? Je ne voulais pas m'en prendre à toi de cette façon…

— Tu te souviens que tu parles au maître des crises de délire ? Il n'y a rien à oublier, Will, ça baigne !

Pourquoi tout ne peut-il pas être aussi simple que de faire la conversation avec Josh ? La vie serait tellement moins complexe.

Nous retournons à l'écurie pour terminer de nettoyer les stalles. Cole nous rejoint bientôt et sort Dexter, qui a finalement passé la nuit à l'intérieur, pour le brosser. Le même silence nous réunit, comme si chacun de nous comprenait le besoin des deux autres de rester dans ses pensées. Quand nous avons commencé à faire la route ensemble tous les trois, je n'imaginais pas que j'allais trouver une nouvelle famille. Même si j'ai parfois l'impression de vivre en pleine série *B* avec Cole le dragueur, Josh le torturé, et moi le réfléchi, enfin… je crois. Je n'échangerais ces rencontres et l'amitié qui nous lie depuis contre rien au monde. Sauf peut-être une chose…

Une seule chose.

Celle qui m'a fait revenir dans ma ville natale. La femme qui, je le sais, est la seule faite pour moi sur cette Terre. Après ces longues années d'absence, je ne peux m'imaginer devoir repartir loin d'elle. Reprendre cette existence sur les routes à enchaîner les petits boulots minables. Je suis bien décidé à obtenir plus que cela de la vie ! Durant ces cinq ans passés loin de River Creek, je n'ai eu qu'une seule femme dans ma vie, et cette femme, c'est Becca. J'ai toujours gardé cet objectif de revenir auprès d'elle, et je n'ai laissé personne me détourner de la promesse laissée sur un bout de papier au matin de mon départ. Aucune fille n'a attiré mon attention au cours de mon périple, car une seule obnubilait mes pensées et mon cœur. Et aujourd'hui, je suis prêt à tout pour la ramener dans ma vie pour de bon. Je ne veux plus rien d'autre qu'elle, et retrouver l'existence paisible que j'ai eu le malheur de laisser derrière moi un jour. Je sais enfin ce que je désire, et je ne suis pas prêt à laisser quoi ou qui que ce soit se mettre en travers de mon chemin.

Et surtout pas Lucas Reid, songé-je en le voyant sortir de la maison en riant de bon cœur avec Abby et Becca.

Chapitre 15

Becca

— Tu n'as toujours pas de cheval pour le rassemblement du troupeau, n'est-ce pas ? constate Lucas en me voyant déposer ma selle dans le pick-up de Will.

Je lui lance un coup d'œil dépité. Il a raison, je n'ai pas de monture pour les deux prochains jours. Je vais devoir résoudre ce problème très vite si je veux les accompagner, et malheureusement, je n'ai pour cela qu'une seule possibilité… qui me rebute toujours autant !

— Franchement Becca, je ne vois pas ce qui t'empêche de le lui demander !

Mon meilleur ami me bouscule en riant. Il sait très bien que cela m'étouffe de devoir demander un service à Will. Comme cela fait trois jours que Cole, Josh et lui s'activent à la préparation du convoyage, j'ai travaillé nos pensionnaires avec Lucas, qui a décidé d'établir ses quartiers dans le salon de la maison.

Je n'ai toujours pas abordé la question du travail avec Will depuis la fuite de Styx. Pourtant, je n'ai pas vraiment d'autre option que d'accepter celle qu'il m'a proposée. Je vois bien que Josh est plus détendu ces trois derniers jours, depuis qu'il œuvre avec ses amis… et Lucas ne reste que le temps du transfert des bêtes, ensuite il devra repartir. Désespérée, je m'approche de mon meilleur ami et appuie mon front contre son torse. Je me laisse aller de tout mon poids contre lui, comme je l'ai fait si souvent ces cinq dernières années. Ayant pitié de moi, il me tapote gentiment la tête, de la même façon que je le fais pour consoler mon chien.

— Allez, ma grande, sois un homme pour une fois, rigole-t-il en me poussant vers les écuries.

Je lui réponds d'un grognement et avance en traînant les pieds jusqu'à la grange. Pas de Will en vue. Toutefois, du bruit me signale sa présence à l'étage. Je soupire en grimpant les escaliers avant de pénétrer dans la chambre. À moitié vêtu, il s'active à mettre quelques vêtements dans un sac de toile. Abby avait raison, j'ai toujours cette petite étincelle dans le regard quand je l'aperçois ou que je suis près de lui. Je viens de voir mon reflet dans le petit miroir au-dessus de la commode, et je ne peux le nier. Mais comment pourrais-je avoir encore des sentiments pour lui, alors que j'ai tant souffert à cause de son départ ? Eric me tuerait s'il pouvait entendre ce que je pense !

Je me racle la gorge pour qu'il se rende compte que je suis là.

— Tu profites de la vue ? me salue-t-il d'un ton rieur.

Je sais qu'il tente de faire le malin. Je ne suis pas idiote, j'ai bien remarqué que, depuis l'arrivée de Lucas, Will est resté à distance. Chacun son tour, il faut croire…

— J'ai un service à te demander, lancé-je de but en blanc.

Il semble à la fois surpris et intéressé de me voir attaquer ainsi de front.

— Je t'écoute, Becca.

Il enfile un tee-shirt, s'assoit sur son lit et tend les bras derrière lui pour prendre appui dessus. J'avance de quelques pas dans la pièce et m'adosse à la commode.

— J'ai besoin d'un cheval pour escorter le troupeau…

Je fixe mes bottes avant de lever les yeux sur lui. Il m'observe comme s'il ne comprenait pas vraiment ma question.

— Pourquoi tu ne prends pas Angel, ou Thunder ?

— Tu as dû te rendre compte qu'Angel n'est pas au meilleur de sa forme, je n'ai pas eu tellement de temps à lui consacrer depuis l'hiver.

— Et Thunder ?

Je soupire.

— J'estime qu'il est encore un peu jeune pour enchaîner deux jours de travail, il n'a que quatre ans après tout. Et de la même façon qu'Angel, je n'ai guère eu de temps pour l'entraîner cette année.

Nous restons un moment à nous regarder en silence. Puis Will se redresse et passe une main sur son menton couvert d'une barbe de quelques jours.

— D'accord. Je te laisse prendre Red.

Je suis très surprise qu'il me confie son palomino. Je sais qu'il tient plus que tout à ce cheval, même si j'ai douté un instant en ne le voyant pas sortir de la première remorque le jour où les trois hommes sont arrivés.

— Je peux monter Red ?

Il acquiesce d'un air grave.

— J'ai une totale confiance en toi, Becca, je ne vois pas ce qui pourrait m'empêcher de te prêter mon cheval pour ces deux journées.

Je déglutis avec peine. Si seulement il savait… Pourtant, je n'ai pas le courage de lui avouer toutes ces choses horribles qui me sont arrivées et qu'il aurait dû apprendre. Car tant que je n'en parle pas, c'est un peu comme si elles n'étaient pas vraiment réelles.

— Je te remercie, Will.

Il esquisse un sourire.

— C'est la première fois que tu m'appelles ainsi depuis mon retour.

Je ris de sa confusion. Sa bonne humeur est contagieuse. Il se rapproche de moi, me surplombant de toute sa hauteur. Ses yeux bleus s'ancrent aux miens, et le temps s'en trouve soudain comme suspendu. Il pose une main sur ma joue, caresse doucement la commissure de mes lèvres. Un peu comme s'il revivait un moment passé. Je le laisse faire, hypnotisée et réconfortée par le contact de sa peau contre la mienne. Ses doigts dérivent dans mes cheveux puis caresse mon cou avant qu'il ne recule d'un pas.

— Je suis là, Becca. Tu vas devoir t'y habituer.

Mon souffle s'est bloqué dans ma poitrine, je reste muette tandis qu'il prend son sac de toile et descend dans l'écurie, me laissant seule dans sa chambre à tenter de me remettre de cet électrochoc. Mes mains tremblent et mes jambes menacent de se dérober sous moi. Je ferme les yeux un instant et essaie tant bien que mal de me ressaisir pour redescendre ensuite et retrouver Lucas dans la cour. Je lui adresse simplement un signe de la tête en montant dans le pick-up pour aller accrocher la remorque de Cole. Lucas me guide alors que je recule vers le van. Malgré mon esprit en surchauffe, j'y parviens du premier coup.

Au petit matin, nous nous dépêchons de charger les chevaux dans la remorque pour rejoindre mon père, parti chez Henry la veille au soir avec Aramis et Ghost, le cheval d'Abby. L'obscurité commence à peine à s'estomper que nous sommes déjà sur le départ. Les garçons ont entassé leurs affaires dans le coffre du pick-up. Les chevaux embarquent facilement et nous voilà parés ! Mes deux meilleurs amis partent devant dans la petite voiture de Lucas.

Josh et Cole me laissent m'asseoir devant avec Will. Quand ce dernier démarre, je me sens de retour à la fin de mon adolescence, quand nous allions aux rodéos ensemble. Ces moments sont tellement loin, et pourtant encore si vifs dans ma mémoire que je souris en repensant à cette belle époque. J'avais quatorze ans quand Will et moi nous sommes mis en couple. Lui en avait dix-sept. Au départ, ce n'était rien d'autre qu'un flirt innocent, puis après une année, c'est devenu beaucoup plus. Ensuite huit ans se sont écoulés et nous étions toujours là, aussi amoureux qu'au premier jour. Jusqu'à ce qu'il chamboule notre destinée en disparaissant.

Nous arrivons chez Henry, ce qui me permet de penser à autre chose. Notre voisin et mon père nous attendent dans la cour avec Lucas et Abby. Je sors un peu précipitamment du véhicule et me dirige vers eux, les trois garçons sur mes talons.

— Bonjour, jeune demoiselle et messieurs, nous salue gentiment Henry en levant son chapeau de cow-boy usé jusqu'à la corde.

Cet homme sait me rendre le sourire comme aucun autre, et c'est avec entrain que nous sortons les chevaux de la remorque. Je m'applique à seller Red en silence, prenant soin de m'assurer que j'ai tout ce dont j'aurai besoin dans les sacoches de ma selle. Je récupère mon chapeau de cow-boy dans le pick-up de Will, avant de mettre le pied à l'étrier. Lucas et Henry ouvriront la marche en pick-up, à la tête du troupeau, tandis que les trois cow-boys, mon père, Abby et moi serons en selle pour les encadrer.

Au moment où Lucas ouvre les grandes portes de l'enclos où

sont retenues les bêtes, celles-ci se dirigent instinctivement vers les pâturages plus verts. Nous nous dispersons tous les six de manière à les encercler. Abby et Cole se positionnent sur le flanc droit du troupeau, tandis que Josh et mon père s'occupent du côté gauche. Will et moi fermons la marche, faisant avancer le bétail à l'aide de notre voix et nos lassos qui tapent contre nos jambes. Red prend grand plaisir à faire progresser les vaches plus rapidement en mordant une fesse de temps à autre. Je ne peux m'empêcher de rire de bon cœur en le sentant si joyeux.

— Je crois bien que c'est son exercice favori, admet Will en s'approchant de moi avec Keeper.

— Il a toujours adoré ça.

Je lui souris tandis que nous poursuivons notre route. Le soleil est chaud aujourd'hui et la température grimpe rapidement durant la matinée. Au moment où nous atteignons la rivière qui traverse les terres d'Henry, nous laissons un moment de répit aux bêtes pour qu'elles puissent s'abreuver. Will me tend la gourde d'eau qu'il vient de sortir d'une des sacoches de sa selle.

— Tu as toujours cette manie de ne pas boire assez.

Sa remarque me fait lever les yeux au ciel, toutefois je saisis la gourde sans rechigner.

— Merci, dis-je avant de prendre une longue gorgée.

Will me fixe avec une telle insistance que je me demande bien à quoi il peut penser. Est-ce que des souvenirs heureux remontent à la surface pour lui aussi, ou bien est-il plus doué que moi pour faire abstraction du passé ? Je remets la gourde dans sa sacoche alors que nous reprenons la route et traversons la rivière. Keeper s'amuse à frapper l'eau de son sabot, ce qui m'éclabousse au passage et me fait à nouveau éclater de rire.

La journée se poursuit tranquillement. Le troupeau avance d'un bon pas sans incident majeur, et comme prévu, nous arrivons en vue du point de ralliement quand le soleil commence à disparaître derrière les Rocheuses. Lucas se tient déjà près de l'enclos que les garçons et mon père sont venus installer la semaine dernière. Nous faisons entrer les bêtes et mon meilleur ami s'occupe de refermer derrière Will et moi.

Lorsque je mets pied à terre, mes jambes me lâchent subitement ; Will me rattrape de justesse par la taille.

— Je n'ai plus l'habitude de passer autant d'heures d'affilée en selle.

— Je ne vais pas te contredire, se moque gentiment Will en me maintenant contre lui avec fermeté.

Une chaleur inattendue se propage en moi quand il presse ses mains autour de mes hanches pour me stabiliser avant de se reculer d'un pas dès que je lui fais signe que tout va bien. Sans paraître remarquer mon trouble, il se concentre sur sa monture qu'il desselle avant de la guider vers les petits enclos temporaires. Abby et moi nous proposons pour nous occuper des soins aux chevaux, tandis que Cole prépare le feu avec l'aide de Lucas. Henry, quant à lui, sort de son pick-up de quoi nous concocter un repas mémorable.

Alors que nous sommes tous assis autour du feu, rassasiés, et que la nuit est tombée depuis un bon moment, Lucas et Henry s'apprêtent à retourner au ranch de ce dernier pour la nuit.

— Je vous accompagne, annonce soudain Mitch en se levant également. Je suis trop vieux pour ce genre de choses ! Mon dos ne le supporte plus.

Je souris avec tendresse en songeant que mon père a bien changé ces derniers temps. Lui, adorer son petit confort ? Puis je grommelle en m'apercevant que nous ne sommes plus que cinq à être de corvée de camping, en plus de devoir monter la garde auprès du bétail.

Pendant que Josh s'applique à monter les tentes, je vais m'asseoir près de Will qui semble perdu dans ses pensées. Je pose ma main sur son épaule avant de prendre place à ses côtés. Le feu reflète des ombres dansantes dans ses yeux quand il tourne la tête vers moi.

— Ta proposition est acceptée, Thompson, annoncé-je par-dessus le crépitement des flammes.

Il me sourit doucement, le regard mélancolique.

— Merci.

Il a chuchoté ce mot en reportant son attention sur le feu. Au moment où je réprime un frisson, il passe un bras autour de mes épaules et me fait glisser vers lui pour partager comme autrefois sa chaleur avec moi.

Je me laisse aller à cette étreinte en soupirant de bien-être.

Chapitre 16

Will

Je suis heureux que Becca ne me repousse pas quand je l'attire vers moi. Elle se cale au creux de mon épaule, comme avant, et ensemble, nous observons la danse des flammes. De l'autre côté du foyer, Abby me jette un coup d'œil menaçant. Si elle savait comme je m'en moque ! Pour la première fois depuis mon retour en Alberta, j'ai l'impression de respirer à nouveau. D'être à nouveau entier ! Et rien d'autre n'a d'importance pour l'instant.

Quand j'ai retrouvé Mitch le matin de notre arrivée à River Creek, je ne savais pas trop à quoi m'attendre. Je me demande encore pour quelle raison il m'a laissé si facilement revenir travailler sur son ranch et m'installer de nouveau dans la vie de sa fille. Car même si je n'ai pas abordé le sujet directement avec lui, nous savons tous deux qu'elle est la raison de mon retour.

La plaine est calme, le silence est à peine troublé par le hululement d'un hibou tout proche et le doux meuglement du troupeau qui sommeille. À tour de rôle, nous devrons surveiller le bétail, et le feu pour qu'il reste en vie toute la nuit. Il tiendra éloignés les félins qui parcourent les espaces boisés en bordure de la prairie, à la recherche de proies.

Les paroles de Becca au sujet de ma mère me reviennent à l'esprit. Depuis le suicide de mon père, on ne peut pas vraiment dire que j'ai été en bons termes avec elle. Seulement, en tant que fils unique, ne devrais-je pas au moins lui rendre une petite visite, maintenant que je suis au courant de sa maladie ? Tandis que je m'interroge, j'appuie ma joue contre la tête de Becca. La chaleur du feu sur mon visage et la danse des flammes sous nos yeux me rendent nostalgique… ce soir, plus encore que d'habitude.

Abby et Cole sont désormais dans leur bulle de bonheur. Mais je sais que la jeune femme va bientôt disparaître telle Cendrillon et ne laisser derrière elle qu'une pantoufle de vair… et le plus tôt sera le mieux ! Cette petite aventure sans lendemain n'apportera rien de bon dans la vie de mon ami. Aussi, quand elle se décidera à prendre la poudre d'escampette, en serai-je soulagé, car Cole ne s'en portera pas plus mal !

Josh, qui a terminé d'installer les tentes, vient nous rejoindre près du feu et laisse tomber la grande nouvelle d'une voix indifférente.

— Il n'y a que deux tentes. Quelqu'un a dû oublier de sortir la troisième du pick-up d'Henry.

Becca relève brutalement la tête, me cognant le nez au passage. J'étouffe un grognement alors qu'elle pose les yeux sur sa meilleure amie. Comme si cette peste allait accepter de partager sa tente avec elle ! Je ris intérieurement de ma bêtise, tandis qu'Abby esquisse un sourire malicieux. En riant, elle tire Cole par la main, le forçant à se mettre sur pied.

— Premiers arrivés, premiers servis ! Je vous pique le tatoué pour la nuit !

Et elle s'esclaffe plus encore en attirant mon camarade dans l'une des deux tentes. Nous entendons la fermeture éclair se refermer sur eux. Josh nous regarde en haussant les épaules.

— Premiers servis, répète-t-il en s'asseyant devant le feu.

Becca soupire en se levant.

— Qu'est-ce qu'elle peut me gonfler parfois, cette fille !

Elle bougonne encore un moment, maudissant de son majeur dressé les étoiles qui scintillent au-dessus de nos têtes. Comme si elles y pouvaient quelque chose, les pauvres !

— Je vous laisse la tente, annonce alors Josh. Je vais monter la garde près du feu et veiller à ce qu'il ne s'éteigne pas.

— Tu ne peux pas dormir dehors !

Becca s'adresse à son assistant comme s'il avait perdu la tête.

— Non, tu as raison… je ne dormirai pas. Avec tous ces bruits autour de nous, il m'est clairement impossible de songer à fermer les yeux. Crois-moi, Becca… ce ne serait bon pour personne de partager cette tente avec moi.

Elle cesse de le dévisager, il vient lui rappeler avec tact l'épisode dont elle a été victime dans l'écurie. Elle acquiesce en silence et me fixe un instant avant de s'éloigner vers l'enclos où se trouve le bétail. La nuit est si claire que même de loin, je peux la voir appuyer lourdement sa joue sur ses bras croisés au-dessus de la barrière.

— Tu devrais aller lui parler…

— Pour lui dire quoi ? Désolé de devoir partager la même tente que toi, parce qu'un imbécile a oublié de nous laisser la troisième et que ta nympho de meilleure amie a kidnappé Cole dans la sienne ?

Josh esquisse un sourire à mon discours enflammé.

— Quelque chose dans le genre, ouais.

— Eh merde, murmuré-je en me levant.

Un frisson me parcourt dès que je m'éloigne de la chaleur du foyer. Je rejoins Becca sans un bruit et m'appuie près de l'endroit où elle se tient.

— Je peux dormir près du feu avec Josh, si tu préfères.

Elle relève la tête et me regarde comme si j'avais un troisième œil.

— Mais oui ! s'exclame-t-elle, acide. J'ai déjà du mal à me faire à l'idée que Josh va devoir passer la nuit dehors ! Alors, toi en plus… il n'en est pas question.

Quand Becca Parker emploie ce ton, il n'y a pas matière à discussion. J'opine donc en silence. Nous observons le troupeau un instant encore avant de retourner au campement. Josh a sorti une couverture et s'est allongé à même le sol, la tête appuyée sur sa selle. Becca ramasse ses affaires et pénètre dans la tente après lui avoir souhaité une bonne nuit. Je m'apprête à entrer à mon tour quand elle me repousse d'une main et actionne la fermeture de l'autre.

— Tu permets quand même que je me change, Thompson ?

Je soupire et reste quelques secondes planté là, à observer sa silhouette qui se déplace sur la toile, telle une délicate ombre chinoise. Laissant le spectacle derrière moi, je retourne près de Josh pour prendre des couvertures.

— Cette fille a souffert à cause de toi, Mec. N'aggrave pas les choses si tu veux qu'elle te revienne, me conseille mon camarade avant de reporter son attention sur les flammes qui dansent devant lui.

Aggraver les choses alors que l'espoir semble poindre à l'horizon ? C'est bien la dernière chose que je souhaite, songé-je en rejoignant la tente.

— Becca, je peux entrer maintenant ?

La fermeture glisse enfin, et Becca se décale sans un mot sur le côté. Je pénètre à mon tour dans le petit espace, alors qu'elle me prend les couvertures des mains pour en étaler une sur le sol en toile cirée. Je retire mon pull et mes bottes avant de m'asseoir par terre. Tandis qu'elle range aussi ses bottes près de la sortie, elle me désigne un coin où étendre l'autre couverture. Elle est vêtue d'un gros pull et d'un pantalon de jogging informe ; pourtant, ce qui me choque le plus, ce sont ses affreuses chaussettes jaune fluo. Je ne peux m'empêcher d'éclater de rire à leur vue !

— Pourquoi ris-tu de mes chaussettes ? Elles sont jolies, fanfaronne ma coéquipière en faisant bouger ses orteils devant elle, exhibant fièrement les atrocités fluorescentes.

— Si tu le dis !

Nous rions de bon cœur devant l'absurdité de ma remarque, tout en nous allongeant pour la nuit. Becca éteint la lampe torche et la pose non loin de nous. Puis elle roule sur le côté, un bras sous sa tête et soupire en tirant la couverture de son côté. Quelques secondes plus tard, elle se tourne à nouveau, changeant de bras. Je souris dans le noir et tâtonne jusqu'à trouver mon pull que je roule en boule avant de le lui donner.

— Merci.

Je passe mes mains derrière ma nuque et ferme les yeux.

— Pourquoi es-tu parti sans moi, Will ? chuchote-t-elle.

Je n'espérais plus qu'elle me pose cette question ! Pris de court, je reste muet un instant.

— J'avais besoin de faire ce voyage seul, Becca. De partir à la recherche de mon identité comme n'a jamais pu le faire mon père. Je m'en veux tellement de t'avoir fait souffrir par la même occasion…

Je m'interromps, cherchant mes mots afin de ne pas la blesser davantage.

— Je ne voulais pas éprouver les mêmes regrets que Charles. Je cherchais quelque chose…

— Et tu l'as trouvé ?

J'entends un tremblement dans sa voix inquiète. Et, pour la première fois depuis cinq ans, je sais que je peux enfin répondre en toute honnêteté.

— Oui.

Elle étouffe un sanglot qui me serre le cœur, et n'y tenant plus, je me tourne vers elle et passe mes bras autour de sa taille pour l'attirer à moi.

— Tu me fais toujours ce drôle d'effet, Will. J'ai beau tenter de toutes mes forces de te détester, mon cœur refuse de m'écouter.

Doucement, je fais remonter une main le long de son dos jusqu'à sa nuque que je caresse avec douceur. Becca se rapproche encore, comme si elle cherchait à s'envelopper dans ma chaleur. Je la serre plus fort contre mon corps et elle remonte la couverture sur nous. Ses doigts agrippent mon sweat tandis qu'elle cale sa tête contre mon torse. Je dépose avec tendresse un baiser dans sa chevelure, une habitude que j'ai toujours eue. Et que j'ai le plaisir de retrouver, enfin !

Elle tremble tout contre moi, je déteste la sentir si vulnérable, si fragile.

Becca passe finalement ses bras autour de mon cou pour se hisser à mon niveau. Je peux entrevoir l'éclat de ses yeux dans la pénombre de la tente. Je sais que Josh a raison, elle a souffert, et elle souffre toujours. Je me promets d'être patient, d'attendre le temps qu'il faudra qu'elle soit prête à m'accorder de nouveau sa pleine confiance, car je sais que la personne qui l'a tant fait souffrir, c'est moi, et personne d'autre. Sa main trouve ma joue qu'elle caresse du bout des doigts. Le contact de sa peau sur la mienne m'a tellement manqué que j'ai brusquement l'impression de revivre. Le temps se remet enfin en marche après cinq années de douloureuse immobilité. Elle attire alors mon visage vers le sien et pose son front contre le mien tandis qu'elle prend une grande inspiration. Mon cœur bat la chamade, mais j'attends, car elle n'a pas cessé de trembler. J'attends que ce soit elle qui rompe l'infime distance qu'il reste entre nous.

Lorsqu'elle dépose enfin ses lèvres sur les miennes, elle semble tout m'offrir dans son baiser. Sa peine, sa douleur, le goût salé de ses larmes sur ma bouche. Tout.

Dieu que ce contact, cette douce odeur fruitée qu'elle dégage m'ont manqué. Jamais plus je ne pourrai vivre sans ces sensations. Je pose mes mains sur ses joues et l'attire encore plus près de moi pour lui rendre son baiser. Lui insuffler la chaleur qu'elle semble chercher. Nos corps se retrouvent comme au premier jour, m'apportant un sentiment de plénitude totale. Un léger gémissement lui échappe quand je prends sa lèvre inférieure entre mes dents, et un frisson me parcourt. Notre baiser perdure jusqu'à ce que le souffle nous manque. Jusqu'à ce que les larmes et les tremblements cessent d'agiter Becca. Jusqu'à ce que je la sente se détendre et que sa respiration se calme enfin. Elle se love alors tout contre moi, et ses doigts se nouent aux miens. Je resserre la couverture autour d'elle, je voudrais pouvoir la protéger de tous les maux de cette Terre.

Je me doute que surmonter la distance que nous nous sommes employés à mettre entre nous ne sera pas simple, néanmoins je suis prêt à remuer ciel et terre pour retrouver ma vie d'autrefois.

Pour retrouver *notre* vie d'autrefois…

Chapitre 17

Becca

Le soleil projette les premières ombres du jour sur la tente, à l'heure où j'ouvre les yeux. Ma tête est appuyée contre le torse de Will et je lève mon regard vers lui pour l'observer. Il y a longtemps que je n'avais pas dormi aussi bien. J'ai l'impression d'avoir retrouvé ma place entre ces bras qui m'enserrent. Je regarde cet homme incroyable qui m'a apporté tant d'années de bonheur, mais aussi tant de souffrance le jour où il m'a quittée. Et je me rends compte qu'en acceptant de me rapprocher de lui, je m'expose de nouveau à l'incommensurable, l'inéluctable douleur que je ressentirai lorsqu'il repartira. Seulement toutes ces sensations sont plus fortes que ma raison. J'ai eu tant de mal à vivre sans lui que je serais stupide de ne pas profiter du peu de temps que je peux passer en sa présence. Il va encore me quitter, j'en suis consciente, même si tout au fond de moi, j'espère que la fin de cette histoire sera différente de la première.

Il est resté très évasif sur cette chose qu'il est parti chercher dans son périple et qu'il a finalement trouvée. Je peux donc sans complexe rester tout aussi mystérieuse sur ce qui s'est passé dans ma vie durant son absence.

La faible lueur m'empêche de bien distinguer les traits de son visage, cependant je les connais déjà sur le bout des doigts, ils sont gravés dans la mémoire de ma peau. Je pose délicatement ma main sur sa joue recouverte d'une barbe de quelques jours. Descendant la courbe de sa mâchoire, je tourne sa tête vers moi et pose mes lèvres sur les siennes. Dans un grognement presque bestial, Will m'attire sur lui. Je me retrouve assise à califourchon sur ses hanches et ses bras me pressent contre son corps puissant. Mes cheveux emmêlés forment un rideau autour de nos deux visages. Son baiser matinal m'enflamme immédiatement, et ses mains calleuses passent sous mon sweat pour parcourir mon dos. Des frissons me submergent à tel point qu'effrayée par la puissance de ma réaction, je m'écarte de quelques millimètres de ses lèvres. J'appuie mon front contre le sien et tente de reprendre mon souffle. Nos regards se croisent et plus rien ne semble exister. Will sourit contre ma bouche et ses mains viennent se poser dans le creux de mes reins.

C'est à cet instant que la fermeture éclair de la tente s'ouvre brusquement.

— Bonjour !

La tête joviale de Lucas apparaît dans l'ouverture. Mon ami reste un moment la bouche entrouverte à nous fixer, tentant sans doute d'analyser la situation. Je soupire en me laissant choir sur Will qui, de son côté, dévisage l'intrus, les sourcils froncés.

— Tu veux bien nous attendre à l'extérieur, au lieu de nous fixer avec cette expression de poisson mort, Lucas ? On arrive !

Le cow-boy a un sourire en coin que je suis la seule à comprendre, avant de refermer doucement les deux panneaux. J'enfouis mon visage dans le cou de Will en pouffant. Lucas va sans aucun doute me faire la morale pendant des heures et finir par me dire que je suis bonne à interner, à me jeter ainsi dans la gueule du loup. Toute cette situation est pathétique et ridicule, pourtant je pense que si je suis arrivée à remonter la pente après tout l'enfer que j'ai vécu, je peux sans difficulté me permettre un caprice d'été et le surmonter ensuite. N'ai-je pas le droit d'être un peu désinvolte et de ne penser qu'à moi un instant ? Alors que je roule aux côtés de Will, des bruits de casseroles et des voix s'élèvent de manière de plus en plus insistante à l'extérieur. Notre petite bulle vient d'éclater, il est temps de retrouver la réalité. Je soupire à nouveau en m'asseyant sur la couverture.

— Tu me passes mon sac ?

Will s'en empare et me le tend en m'observant avec intensité. Je suis moins gênée qu'hier soir, aussi retiré-je mon pull en me positionnant simplement dos à lui, avant de chercher un débardeur dans mes affaires. Il vient poser son menton contre mon épaule dénudée et glisse un dernier baiser au creux de mon cou à l'instant de s'éloigner. Il enfile ensuite en vitesse ses bottes de cow-boy et sort de la tente, me laissant seule. En enfilant mon débardeur, je me rends compte que son odeur emplit l'espace restreint de notre abri, mais qu'elle s'est également imprégnée dans ma peau. Repoussant les pensées lascives qui m'assaillent, je termine de changer de vêtements et sors à mon tour.

Mes camarades se sont tous réunis autour du feu pour le petit-déjeuner, et mon père a déjà préparé le café pour tout le monde. Will m'attend avec deux tasses fumantes entre les mains.

— Ça va ?

Il semble soucieux en me posant cette question, pourtant des plus banale.

— Très bien.

Je le rassure d'un sourire en prenant la boisson chaude qu'il m'offre. Il approche son visage du mien, pourtant il ne m'embrasse pas. Il semble me laisser le choix d'officialiser ou non le renouveau de notre relation. Je passe ma main libre dans ses cheveux et l'attire vers moi pour déposer un franc baiser sur ses lèvres. Ses yeux bleus brillent plus encore et il me sourit en se reculant. Abby avait raison… Pourquoi lutter contre les sentiments de son cœur ? Après tout, je ne suis qu'humaine.

— Tu devrais aller manger un truc. Je m'occupe de démonter la tente, me souffle-t-il à l'oreille.

— D'accord.

Je m'éloigne en jetant tout de même un coup d'œil par-dessus mon épaule. Il a toujours été séduisant de face, mais le côté pile vaut largement le détour ! Un instant plus tard, Abby me saute dessus.

— Lucas m'a dit qu'il vous avait surpris dans une position plus que compromettante… C'est vrai ?

Je n'ai pas le temps de répondre qu'elle enchaîne déjà.

— À en juger par le baiser que vous venez d'échanger, j'en conclus qu'il n'a pas menti ! À moins que je sois devenue myope dans la nuit… Alors, dis-moi tout !

Parfois, je me demande vraiment comment nous pouvons être

amies, tant nous sommes différentes. Je m'octroie une longue gorgée de café avant de prendre la parole.

— Lucas a dit vrai, et tu n'as toujours pas besoin de lunettes.

Nouvelle gorgée de café.

— C'est tout ?

— Tu veux que je te dise quoi de plus ? Que tu avais raison, que je ne peux pas garder mes distances quand il est là ? Eh bien, oui, tu avais raison Abby, voilà !

Ma tornade rousse en reste muette.

— Tu vas vraiment te remettre avec lui, après tout…

Je la coupe dans son élan.

— Abby, j'ai remonté la pente. Et il va repartir de toute manière ; il s'en ira à l'automne comme il est arrivé. Je te promets de ne pas venir pleurer sur ton épaule au moment de son départ.

Je mets ainsi un point final à la conversation. J'estime ne pas avoir à me justifier dans mes choix, quels qu'ils soient. Si je souffre de nouveau, ce qui sera inévitable, je l'encaisserai et relèverai la tête.

Quand j'arrive près de Lucas, ce dernier me serre fort contre lui.

— Excellente tactique que de subtiliser l'une des tentes, lui chuchoté-je à l'oreille.

Il rit de bon cœur. Absolument pas gêné d'avoir été démasqué.

— Josh était de mon avis !

Je lance un regard étonné en direction du principal intéressé. Celui-ci lève sa tasse à ma santé en esquissant un léger sourire. À croire que j'ai un panneau au-dessus de la tête qui dit : *Je suis heureuse, car j'ai dormi dans les bras de William Thompson !* Exaspérée, je m'assois près du feu et me prends de quoi manger pour être en forme avant d'attaquer cette seconde journée de transit. Voyant Cole avaler la nourriture comme un ogre, je garde également une assiette pour Will.

Après avoir effacé toutes traces de notre passage, nous sellons nos montures et reprenons la route. Will et moi fermons toujours la marche, à l'arrière du troupeau.

— Je peux te demander quelque chose, Becca ?

Sa voix est comme un murmure… Si je n'avais pas été attentive à sa proximité, jamais je ne l'aurais entendu. Je tourne la tête vers lui et acquiesce. Il souffle avant de se lancer.

— Si je voulais rendre visite à ma mère, tu m'accompagnerais ?

Je suis tout d'abord surprise par sa demande. Et brusquement, il me semble sentir la carapace qu'il s'est forgée à l'égard de Kristen se fissurer.

— Tu n'avais pas besoin de poser la question, Will. Bien sûr que j'irai avec toi… quand tu le décideras.

Il semble soulagé et se détend enfin sur sa selle. Nous poursuivons notre route en silence, n'échangeant que quelques regards de temps à autre. J'ai la sensation que mon cœur bat légèrement plus vite qu'à l'habitude, et pour être tout à fait franche, ce rythme accéléré et euphorique me manquait.

Je remarque soudain que le bétail s'énerve sur le flanc gauche, là où se trouvent Josh et mon père.

— Regarde là-bas ! informé-je Will en désignant la zone.

Il prend appui sur ses étriers pour tenter de voir un peu plus loin.

— Je ne vois rien.

— On devrait…

— Oh merde !

Will pointe soudain l'orée de la forêt avec le bras, son juron m'a coupé la parole. Mon sang ne fait qu'un tour quand j'aperçois la silhouette d'un ours brun à travers les branches. Voilà donc la cause de l'agitation du troupeau. Le prédateur rôde tout près sans se montrer incisif pour autant, comme s'il nous suivait à bonne distance pour ne pas se faire remarquer, à l'affût de la moindre faille dans notre vigilance. Toutefois les animaux ont les sens plus développés que nous, et le cheval de mon père panique le premier, détalant au milieu des bêtes qui s'éparpillent en meuglant. Will part au galop en direction de la brèche dans le convoi. Au même instant, je vois Fire se cabrer, puis ruer, déstabilisant Josh qui chute lourdement. Le hongre part vers la tête du convoi et je reporte mon attention sur le jeune militaire que je ne discerne plus. Je lance Red au galop vers l'endroit où j'ai vu Josh pour la dernière fois. Je le découvre très vite, recroquevillé dans l'herbe haute. Je soupire de soulagement en me rendant compte qu'il est conscient, cependant il se tient l'épaule droite en grimaçant. Je lève la tête et m'aperçois que je suis seule avec le blessé. Cole, Will, Abby et Mitch tentent de contenir le bétail affolé, tout en se tenant prêts à parer une éventuelle attaque de l'ours. Je saute de cheval et m'accroupis près de mon assistant en tenant toujours fermement les rênes de Red qui, sans être hors de contrôle, renâcle avec nervosité près de nous. Josh grogne de douleur. Je scrute d'abord la forêt pour m'assurer que l'ours ne rôde plus dans les parages. Je ne vois rien, toute cette agitation a dû le faire détaler.

— Josh ! C'est quoi le problème ?

Il ouvre les yeux et me fixe d'un regard saturé de douleur.

— Mon épaule ! Je crois qu'elle est démise, articule-t-il entre ses dents serrées.

Il retire sa main et je découvre qu'en effet, elle a pris un drôle d'angle sous sa chemise.

— Tu vas devoir me la remettre en place et l'immobiliser, on est trop loin de tout, je ne pourrai pas repartir à cheval ni même dans le pick-up dans cet état. Et l'arrivée des secours sera trop longue, elle doit être replacée sans attendre ou je vais devenir fou, Becca ! Crois-moi, c'est vraiment pas compliqué.

— Mais…

Je me fige. Comment est-ce qu'on remet une épaule en place ?! Et si je ne faisais qu'empirer les choses en effectuant une mauvaise manœuvre ?

— J'ignore comment on fait ça, Josh ! On va juste attendre que Cole ou Will revienne, OK ?

— Je vais te guider, Becca. Ce n'est pas la première fois… que ça m'arrive. Plus vite ce sera fait et moins je souffrirai… je t'en supplie ! hurle-t-il brutalement. D'accord ?

Sa voix est déformée par la douleur et son regard perd de sa lucidité de seconde en seconde… alors j'accède à sa demande, même si je suis furieuse qu'il m'impose une chose pareille, sachant que je vais lui faire un mal de chien.

— D'accord.

— Très bien. Je vais m'allonger sur le dos et tu vas prendre mon bras entre tes deux mains.

Sans parvenir à étouffer un cri de douleur, le cow-boy se tourne sur le dos. Son membre blessé est posé, inerte, dans l'herbe à côté de lui.

— Mets-toi près de moi, ensuite pose une main sous mon coude et l'autre au-dessus, pour pouvoir bouger le bras à ta guise.

J'expire tout l'air qui se trouve dans mes poumons… *je ne crois toujours pas à ce que je m'apprête à faire*… puis je plaque mes paumes fermement à l'endroit qu'il m'a indiqué.

— Bien. Pose ton pied sur ma hanche pour me stabiliser. Quand tu seras prête, tu amènes mon bras vers toi d'un coup bref en faisant une traction vers le haut. Ensuite, tu le ramènes doucement vers le bas pour laisser la tête se remettre en place dans l'articulation.

Je tremble comme une feuille en écoutant ses instructions et en positionnant mon pied sur son flanc. Pourtant je m'exhorte à garder mon calme… avant de m'exécuter. Quand je lève son membre blessé en l'éloignant légèrement de son corps, Josh jure en serrant les dents. Puis un choc sourd s'ensuit lorsque je ramène le bras vers le bas pour le poser enfin sur son ventre avec délicatesse.

— Putain !

Josh pousse un hurlement sous le coup de la souffrance brutale, mais c'est déjà terminé. En s'aidant de son bras valide, il se met en position assise et cale son membre blessé contre lui.

— Il faudrait trouver quelque chose pour me faire une écharpe.

Sa respiration est saccadée, sans doute à cause de la douleur qui doit continuer d'irradier dans son épaule. Je me lève en chancelant pour rejoindre Red – que j'ai lâché dans la manœuvre, mais qui, apaisé sans doute par l'éloignement de l'ours, est toujours près de nous – et fouille dans les sacoches de ma selle… où je ne trouve qu'une chemise. Prudemment, Josh passe son avant-bras dans le vêtement, puis je fais un nœud avec l'extrémité des deux manches sur le dessus de son épaule intacte. Je l'aide ensuite à se remettre sur pied.

— Joli boulot, me remercie-t-il en me tapotant le dos avec le sourire, comme si de rien n'était.

Je le fusille du regard et récupère les rênes de mon cheval. Ensemble, nous marchons lentement à la rencontre des autres. Mes mains tremblent, et je peine à refouler les larmes qui aimeraient dévaler sur mes joues. Je n'en reviens pas de la nonchalance de ce type !

Chapitre 18

Will

Mitch réussit enfin à reprendre le contrôle de sa monture et, grâce aux autres cow-boys, nous sommes rapidement en mesure de contenir le troupeau paniqué. Je prends alors conscience que, durant toute la manœuvre, je n'ai aperçu ni Josh ni Becca. Ce n'est que lorsque je vois Fire galoper autour de nous que je les cherche du regard. Mon cœur bat la chamade, Becca et Red n'entrent à aucun moment dans mon champ de vision. Rebroussant chemin, j'entrevois finalement mon cheval qui broute non loin de la lisière de la forêt, mais sa selle est vide. Un sentiment de panique me serre la gorge, presqu'aussitôt calmé quand je vois ma compagne se redresser et prendre quelque chose dans l'une des sacoches. Je me dirige vers elle aussi vite que possible, Keeper se frayant péniblement un chemin entre les vaches. J'aperçois enfin Becca qui aide Josh à se remettre sur pied, et Red en main, ils avancent doucement vers nous. Josh a le bras droit en écharpe et Becca marche tête basse devant lui, en retrait.

— Qu'est-ce qui s'est passé ?

Ma propre voix me paraît bizarre tant elle est déformée par l'anxiété.

— Fire m'a désarçonné, c'est tout.

Becca s'arrête de marcher brusquement et fronce les sourcils en dévisageant mon camarade, qui est stoppé net par son regard outré.

— Il s'est démis l'épaule ! Ce type est inconscient, Will !

— Becca l'a très bien remise en place, tempère Josh. Ça va !

Ils se défient du regard. Le tableau serait presque drôle si Josh n'avait pas l'air si mal en point et Becca tellement déstabilisée.

— Tu m'as forcée à le faire !

— Mais…

Ma compagne se tourne vers moi, rageuse.

— Tu sais quoi ?! Débrouille-toi avec ton pote, j'en ai marre ! Moi, je vais récupérer son cheval !

Josh poursuit son chemin en grommelant contre la gent féminine de la planète tout entière. De son côté, Becca tente de se remettre en selle, toutefois sa main tremble et elle est incapable d'agripper le pommeau. Je mets pied à terre et m'approche d'elle avec douceur.

— Laisse-moi t'aider, murmuré-je en me postant près d'elle.

Elle laisse échapper un long soupir et pose sa tête contre mon torse.

— Ton copain est totalement cinglé, Will.

— J'avoue qu'il est parfois un peu dur à suivre.

Je n'ai d'autre choix que de lui accorder cette vérité, tout en passant une main dans son dos pour l'apaiser.

— Et si je ne l'ai pas remise correctement en place ? Si j'ai causé plus de dégâts à son épaule, j'en serai la seule responsable, se confie-t-elle tout contre moi.

— Josh en a vu d'autres, Becca, il ne te tiendra pas rigueur si quelque chose cloche. Par contre, je sais combien il ne supporte plus la douleur depuis son retour d'Afghanistan. Tu as fait ce qu'il fallait !

Je la serre contre moi et dépose un baiser sur son front après avoir relevé un peu son chapeau.

— Allez, tu devrais te remettre en selle.

Joignant le geste à la parole, je l'aide à remonter. Une fois qu'elle est installée, je serre légèrement sa jambe pour tenter de lui apporter un peu de soutien. Elle caresse mes doigts et me sourit avant que je ne m'éloigne vers Keeper. Je la regarde passer près de Josh sans un mot ni un regard. Elle va lui faire la tête, il n'y a aucun doute là-dessus ! Quand j'arrive à la hauteur de mon camarade, j'arrête ma monture.

— Tu vas prendre la place de Lucas dans le pick-up, Walker. Tu ne peux pas remonter à cheval aujourd'hui.

Il me fusille du regard par-dessus son épaule intacte.

— Ne tente pas de faire le dur à cuire, Mec ! Tu seras incapable de te hisser sur Fire tout seul. Et moi, je n'aide que les jolies filles à monter en selle.

Il esquisse un sourire désabusé.

— Je ne suis pas assez mignon pour que tu m'aides à me remettre à cheval ? Quelle déception !

— Disons plutôt que tu n'es juste pas mon type.

— Je vois… Monsieur fait le difficile !

Nous rions de bon cœur, la situation est désamorcée… D'un pas tranquille, nous regagnons le pick-up d'Henry. Becca a confié Fire à Lucas et est repartie avec son père pour contenir le troupeau.

— Bordel, mais qu'est-ce qui t'est arrivé ?!

Lucas fixe Josh, comme s'il venait de tomber du ciel. Bon, d'accord… entre sa chemise maculée de taches d'herbe et celle de Becca qui sert d'écharpe à son bras blessé, il n'a pas vraiment fière allure. Apparemment, Becca n'a pas jugé nécessaire de prévenir son ami des péripéties de l'ancien militaire. Le visage fermé, celui-ci se contente de lancer d'une voix aigre.

— Prends mon cheval, Lucas. Je vais faire le reste du trajet dans le pick-up.

Clair et précis. Du Josh tout craché. Sans un mot de plus, il s'installe dans le véhicule et Henry redémarre. Je ne suis pas franchement ravi de me retrouver avec Lucas comme compagnon de voyage jusqu'au ranch, toutefois je ne vois pas comment faire autrement. Le cow-boy ajuste les étriers de la selle de Josh et monte sur son cheval sans plus de commentaire.

En silence, nous fermons la marche du troupeau qui a repris sa lente progression. J'ai l'impression que ce transfert n'en finira jamais… et chevaucher aux côtés de ce type est une torture ! Je le soupçonne d'avoir eu une relation avec Becca après mon départ, et je dois avouer que les imaginer ensemble me serre le cœur.

C'est plus fort que moi, je dois savoir !

— Tu as couché avec elle ?

Ma question est directe, sans détour.

— Pardon ?! s'insurge mon coéquipier en me dévisageant.

— Je te demande si tu as couché avec Becca quand je suis parti d'ici ! Ce n'est pas sorcier comme question ?!

Et là, contre toute attente, Lucas éclate de rire. Il s'esclaffe tellement fort que les vaches devant nous pressent le pas, inquiètes.

— Oh mon Dieu ! Je n'en reviens pas que tu puisses me poser cette question, Thompson !

— Tu as toujours traîné au ranch sans raison valable ! Alors, je ne vois pas ce que mes doutes ont de surprenants.

Le jeune homme me fixe un long moment, il semble chercher ses mots en se tapotant le menton.

— Tu as raison, je traînais dans le coin pour la vue, admet-il.

Je commence vraiment à voir rouge, là ! Avant qu'il ne rajoute :

— Seulement je dois t'avouer que tu es beaucoup plus mon genre que Becca, en fait…

Je fronce les sourcils. *J'ai loupé un épisode ou quoi ?!* Puis je dévisage Lucas d'un air ahuri, comme si mon cerveau venait de griller. Il soupire, exaspéré.

— Je suis gay, Thompson ! Becca est mon amie, et ça s'arrête là !

Ses mots percutent enfin mon esprit confus et je me sens soulagé – tellement soulagé ! – et en même temps, ridicule et gêné de ne pas avoir remarqué, durant tous ces étés passés au ranch, que Lucas avait des vues sur moi. Je devrais me sentir flatté ? Comment devrais-je réagir ? Je préfère changer de sujet.

— Tu sais… si elle a eu quelqu'un d'autre ?

Décidément, je suis incapable de la fermer aujourd'hui.

— Elle a fréquenté Asher Eaton. Mais ça n'a pas duré plus d'un mois. Ce mec est une vraie plaie, éructe Lucas.

Asher Eaton ! Ce petit prétentieux, fils du plus grand éleveur de chevaux de la région, a su capter son attention ? Je n'arrive pas à y croire. Becca a toujours eu une aversion profonde pour ce type.

— Mais toi, dis-moi… les jolies femmes n'ont certainement pas dû manquer durant ton voyage ? On sait bien comment ça se passe sur les circuits de rodéo… Je te trouve assez mal placé pour jouer les inquisiteurs ! me reproche Lucas.

Je le regarde droit dans les yeux. Comment lui avouer que je n'ai eu personne dans ma vie depuis mon départ de River Creek ? Pas même pour une nuit. Incapable de parler, je reporte mon attention sur le bétail devant nous.

— Attends ! exulte le petit fouineur, devinant sans peine ce que cache mon silence.

Je me fige sur ma selle.

— Personne ? Tu n'as eu aucune aventure en cinq ans ?!

— Pourquoi aurais-je voulu avoir quelqu'un ? Je savais que j'allais revenir pour elle… Et je ne compte plus ressortir de sa vie.

La discussion s'arrête là. Nous continuons notre route ainsi jusqu'au ranch, que nous atteignons en fin d'après-midi sans qu'aucune autre catastrophe ne soit survenue. Tandis que Henry ferme la barrière derrière Lucas et moi, Becca vient me rejoindre sur Red. Tout comme elle, je mets pied à terre, et lentement, nous marchons côte à côte jusqu'à l'écurie, laissant les autres passer devant nous. C'est elle qui prend l'initiative de glisser ses doigts entre les miens.

— Je tenais à te remercier de m'avoir laissé Red pour déplacer le troupeau. Je sais que tu tiens beaucoup à lui.

Si elle savait à quel point je tiens infiniment plus à elle qu'à n'importe qui d'autre. Pourtant ce n'est pas encore le moment pour lui révéler une telle pensée. C'est vrai… j'ai mis entre ses mains mon bien le plus précieux, et je le referais mille fois, si cela pouvait lui apporter le sourire qu'elle aborde en cet instant. Je pourrais mourir heureux en me disant que c'est grâce à moi qu'elle affiche enfin une mine sereine et réjouie. Nous atteignons enfin les box temporaires. Fire et Dexter sont déjà dessellés, et je m'arrête là pour m'occuper de Keeper. Becca continue son chemin jusqu'à la grange avec Red.

Lorsque je vais la rejoindre, il n'y a déjà plus personne. Tous les autres semblent s'être rassemblés dans la maison alors que nous traînions derrière. Sans bruit, je m'approche de Becca qui me tourne le dos et passe mes bras autour de ses hanches. Elle laisse aller sa tête contre mon épaule, je dépose un baiser à la commissure de ses lèvres tandis qu'elle me sourit. Je profite de cet instant de tranquillité pour lui chuchoter à l'oreille :

— Tu ne m'as jamais dit que Lucas avait des vues sur moi.

Elle se fige entre mes bras.

— Tu as discuté avec Lucas ?

— Un peu…

Elle soupire et se retourne pour me faire face.

— Alors il a dû te parler d'Asher…

Sa voix est basse, presque un murmure. J'acquiesce silencieusement.

— Je…

— Tu n'as pas à te justifier, Becca. Je suis le seul fautif dans cette histoire. Alors, passons à autre chose, tu veux bien ?

Elle se presse contre moi en esquissant un sourire. Tirant sur mon sweat, la femme que j'aime plus que ma vie m'attire à elle. Ses lèvres se plaquent contre les miennes, et ses doigts glissent dans mes cheveux. Je la pousse délicatement contre l'un des box et l'embrasse à en perdre le souffle. Quelle sensation enivrante que de l'avoir enfin tout à moi, de pouvoir de nouveau la toucher autant que je le souhaite ! Mes mains passent sous son débardeur pour caresser son dos, et elle se cambre contre mon corps, laissant une plainte sourde franchir sa bouche.

— Nom d'un chien, mais c'est quoi ce bordel encore ?! hurle la voix de son frère dans notre dos.

Becca s'écarte de moi à regret. Je la laisse passer entre la porte et moi sans me retourner. Allons-nous avoir droit à une nouvelle bagarre ? Telle est la question ! Je fais face à Eric qui défie sa sœur du regard.

— Rentre chez toi, Eric.

Le ton de Becca est très calme mais implacable.

— Mais enfin, après tout…

— Je fais ce que je veux de ma vie, Ok ?! Alors je te demande de partir maintenant. S'il te plaît…

Le grand gaillard jure en tournant les talons. Puis il s'arrête, fait volte-face et plante son regard dans celui de sa sœur.

— Ne viens pas me chercher quand il t'aura détruite une fois de plus, Becca.

Sans un mot, il saute dans la Jeep où l'attend Allison et démarre en trombe, ce qui fait sursauter Red, toujours attaché dans l'allée de l'écurie.

— Qu'est-ce qui se passe encore ? s'inquiète la voix de Cole dans la cour.

— Une simple dispute entre frère et sœur.

Becca lui répond comme si tout allait pour le mieux, néanmoins je sais que les paroles d'Eric lui ont fait mal. Ainsi que leur dissension à mon sujet… Elle a toujours été très proche de son frère.

— Où est Josh ? s'informe-t-elle.

— Dans le camping-car. Il refuse d'en sortir. Monsieur a paraît-il juste besoin d'un peu repos… après s'être démis l'épaule.

Je soupire. Mais quel môme celui-là parfois ! Comme si je n'avais que ça à faire que de le raisonner pour qu'il aille à l'hôpital !

Chapitre 19

Becca

— Non, mais quelle tête de mule, ce mec !

Je jure en claquant la porte de l'immonde camping-car derrière moi, au risque qu'elle sorte de ses gonds. Cole m'attend, appuyé contre sa caravane, ses larges bras recouverts de tatouages croisés sur le torse.

— Je te l'avais dit !

Il hausse les épaules et m'accompagne vers l'écurie où se trouvent déjà Will, Lucas et Abby. Cela fait deux jours que nous sommes revenus sur le ranch, et Josh refuse toujours catégoriquement de se rendre à l'hôpital, malgré une gêne plus qu'évidente à l'épaule. Il est aussi borné qu'un taureau ! Lucas m'accueille les bras grands ouverts et je me serre contre lui. Décidément, déchiffrer les êtres humains, ce n'est vraiment pas mon fort. Will, occupé à nettoyer les stalles, me jette un coup d'œil inquiet. Je lui offre un sourire pour le rassurer, puis reviens à mon autre préoccupation du moment. *Ghost*…

Abby, Lucas et moi avons passé ces deux derniers jours à faire travailler le cheval de mon amie. Ghost va très bien, tant qu'elle ne cherche pas à entrer dans la chute de départ[1] pour entamer un parcours de course de barils. Même en longe, il se cabre et recule à n'en plus finir. Il a même essayé de se rouler au sol. Entre ce cheval incompréhensible et Josh qui fait l'enfant enfermé dans le camping-car, je n'ai toujours pas eu l'occasion de recontacter mon frère,

---

1   Couloir plus ou moins long, fait de barrières en bois ou en métal, dans lequel les participants s'engagent à cheval avant la course.

même si je soupçonne qu'il va filtrer mes appels. Je peux comprendre qu'il ait été surpris, mais après tout, n'ai-je pas le droit de vivre ma vie, de tenter de faire enfin abstraction du passé ? Plus je pense à ce qui s'est produit, et plus je me dis que, même si Will était resté, tout se serait déroulé de la même façon. Seul mon entêtement est responsable du drame que j'ai vécu. Enfin, je crois…

Je n'ai pas eu une minute non plus pour discuter un peu avec Will. Ce qui, je le sens, l'agace prodigieusement. Je ne l'avouerai pas, pas même sous la torture, pourtant moi aussi j'ai besoin de le retrouver. Cela fait désormais un mois qu'il est réapparu, seulement j'ai gaspillé plus de deux semaines à tenter de faire abstraction de sa présence, alors que mon cœur ne me disait qu'une chose : *« Va le trouver, ramène-le vers toi »*. Depuis cette fameuse journée où le chauffe-eau du camping-car a rendu l'âme, j'ai pris conscience que je ne pouvais pas rester loin de lui, pas même durant un seul été. Et bien sûr, maintenant que j'ai accepté cet état de fait, je n'ai plus une seconde à lui consacrer !

— Tu viens, Becca ?

Abby m'attend près de la porte de l'écurie avec Ghost.

— Je te rappelle que je dois partir demain soir, alors si on pouvait abréger la séance de câlins avec Lucas…? Contrairement à moi, il peut décider de rester ici plus longtemps, *lui*.

Ma meilleure amie est d'une humeur exécrable depuis que sa mère lui a ordonné de rentrer pour la seconder au ranch. Abby n'a jamais apprécié qu'on lui force la main… pour quoi que ce soit !

Le grand cheval alezan commence à respirer plus fort dès que sa cavalière se rapproche du manège où sont disposés les trois barils de plastique noir. Il va se braquer d'un instant à l'autre, c'est inévitable.

— Abby ! Attends, m'exclamé-je alors en m'approchant d'elle avec Lucas.

Je saisis les rênes de Ghost.

— Je vais essayer, cette fois. Tu es en colère et cela risque fort de provoquer une catastrophe.

Elle descend de cheval. En me laissant les rênes, mon amie croise les bras sur sa poitrine. Je mets le pied à l'étrier et me hisse sans effort sur le hongre qui ne cesse de s'agiter. J'avoue ne rien comprendre à ses réactions. Je le force à l'arrêt et caresse doucement son encolure pour tenter de le calmer. Malheureusement, dès que je lui demande à nouveau d'avancer, il se met à reculer en levant furieusement la tête. Je le talonne un peu pour tenter de lui faire reprendre son avancée, mais rien à faire.

— Becca, si toi tu n'y arrives pas, je n'y parviendrai jamais.

Je sens le découragement dans la voix d'Abby, alors que Ghost décide de se cabrer. Portant tout mon poids vers le cou du cheval, je tiens bon jusqu'à ce qu'il retombe lourdement sur ses antérieurs.

— Tu devrais descendre de là, me conseille Lucas.

Je soupire en écoutant son conseil, ce n'est pas le moment de me blesser avec un cheval qui semble tout simplement ne plus aimer sa discipline. C'est à ce moment que Will et Cole viennent nous rejoindre. Je vois ce dernier observer le hongre puis froncer les sourcils. Et tout à coup, je repense à la façon dont Dexter a poursuivi Styx, à pleine vitesse derrière Styx, comme s'il n'existait aucune limite à sa course. Depuis deux jours, Ghost semble me détester chaque fois que j'essaie de le faire entrer dans le manège où se trouvent les trois tonneaux.

Mais bien sûr ! Je comprends tout à coup que j'ai pris le problème à l'envers…

— Cole, tu veux bien essayer ? demandé-je au tatoueur.

Alors qu'il tourne sa casquette de base-ball à l'envers sur sa tête et s'approche de moi en tendant la main, je me tourne vers mon amie.

— Tu es d'accord ?

Je fixe Abby qui, en désespoir de cause, acquiesce.

— S'il veut risquer la fracture du crâne, libre à lui.

Cole sourit en ajustant les étriers à sa taille, pendant que je lui donne mes instructions.

— Monte-le exactement comme s'il s'agissait de Dexter. Pousse-le bien avant le départ, comme s'il devait pourchasser son ombre !

Il se hisse en selle en hochant la tête et s'éloigne de notre petit groupe avec Ghost. Il le fait trotter en cercle au milieu de la cour, l'échauffant un peu, rendant sa foulée plus souple. Puis il approche de l'entrée du manège. Bien que le cheval reste quelque peu sur les nerfs, il ne semble pas vouloir désarçonner son cavalier. J'espère avoir vu juste, sans quoi notre ami risque d'en payer les pots cassés.

Encore loin de la chute de départ, conformément à ma demande, Cole avance la main qui tient les rênes ajustées dans le cou de Ghost, lui donnant le champ libre. Le résultat est instantané, le hongre part en trombe et se dirige tel un ouragan vers le premier baril, après avoir passé l'entrée sans encombre. Pendant un instant, je me demande s'il va être en mesure de contourner le premier tonneau à la vitesse où il se présente. Mais il passe sans encombre derrière le baril, avant d'exécuter le même manège autour des deux autres et revenir vers nous à toute allure. À la dernière seconde, Will me tire un peu vers l'arrière tandis que Cole passe devant nous dans un nuage de sable. Il met pied à terre et rend les rênes à sa propriétaire en me fixant avec respect. Lui aussi a compris.

— Ce cheval ne demande qu'à courir. Cesse de vouloir le ralentir… ou tu n'arriveras à rien avec lui.

Puis il tourne les talons et marche vers l'écurie.

— Mais putain, il sort d'où ce type ?! s'exclame Lucas.

— De Chicago.

Will lui a répondu en serrant ma main dans la sienne, puis il part à son tour en riant vers la grange. Quant à Abby, elle fixe l'endroit où Cole a disparu, un air stupéfait sur le visage. Je reste muette, incapable de croire encore que je ne me suis pas trompée. Jamais je n'aurais songé qu'Abby pourrait volontairement refréner l'envie de courir de Ghost. Pourtant, c'était la clé de l'énigme. Les peurs inconscientes de la cavalière…

— Abby, pourquoi tentes-tu de retenir ta monture alors que tu pratiques une discipline de vitesse ?

Je suis bluffée par la totale incohérence de la situation. J'espérais encore avoir tort concernant Ghost, mais quand mon amie baisse les yeux au sol un instant, avant de me fixer avec colère, je ne peux qu'accepter les faits… contrairement à elle !

— Je ne le freine pas, d'accord !

Et telle une furie, elle part vers l'écurie, Ghost à sa suite, me laissant plantée là avec Lucas.

— Tu crois qu'elle le fait exprès ? me questionne-t-il.

— Franchement, vu sa tête et la facilité avec laquelle Cole est entré dans le manège… oui. Je n'aurais jamais trouvé, si je n'avais pas monté Dexter le jour où nous avons dû rattraper Styx… Depuis que j'entraîne Ghost, nous tentons toujours de le faire entrer dans la chute de départ au ralenti… Tout le contraire de ce dont il a besoin.

— Tu es quand même arrivée à la bonne conclusion en faisant intervenir Cole. Le reste ne dépend plus que d'Abby maintenant.

Mon ami et moi nous dévisageons. Quelque chose le tracasse, je peux le voir sur son visage.

— Crache le morceau, Lucas !

— Suis-je donc si transparent ?

— Un vrai livre ouvert, acquiescé-je en souriant.

Il s'autorise un instant de réflexion avant de prendre la parole.

— Tu t'es vraiment remise avec lui ?

Je secoue la tête en soupirant. Nous y voilà ! Moi qui m'attendais à une révélation sur Abby… il me faut quelques secondes pour me remettre de ma déception.

— Dois-je te rappeler que c'est de ta faute si nous avons partagé cette tente ?

— Je pensais que vous alliez juste discuter !

— Lucas ! Tu sais que Will m'attire comme un aimant ! Tu devrais le comprendre… vu qu'il en est de même pour toi, soit dit en passant !

— Mais…

Je fais un geste de la main pour l'interrompre.

— Ce serait arrivé ! D'une manière ou d'une autre, ça se serait produit. Je ne peux pas laisser mon esprit se figer dans le passé. Je ne peux pas renier huit merveilleuses années de relation avec cet homme à cause d'un drame dont il n'est même pas responsable.

Je sens mes yeux se remplir de larmes. Reparler du passé n'est pas une bonne chose, cela ne l'a jamais été ! Je dois tourner cette page une bonne fois pour toutes et laisser mon cœur me guider. Mon ami me regarde un instant avant de m'attirer à lui.

— Je comprends que tu sois toujours sous le charme. Il est encore plus canon qu'il y a cinq ans, soupire-t-il. Tu devrais quand même aller le voir pour en parler. Je sais qu'Abby t'a monopolisée depuis notre retour.

Je me hausse sur la pointe des pieds et dépose un baiser sur sa joue. Puis je m'éclipse vers l'écurie. Ghost est déjà dans son box et j'entends Abby et Cole qui se disputent derrière le bâtiment. Aucun signe de Will. Je monte donc les escaliers qui mènent à sa chambre et le trouve en train de ranger ses vêtements dans la commode. Je m'appuie au chambranle de la porte et l'observe un moment. Je sais tout au fond de moi que je fais le bon choix en lui accordant cette seconde chance comme Josh me l'a suggéré. Je sais aussi que je vais de nouveau souffrir de son départ, pourtant cela en aura valu la peine… ne serait-ce que pour avoir éprouvé le sentiment grisant que je ressens en cet instant.

— Salut, toi.

Dans un mouvement souple, Will se retourne et me sourit. L'attraction est plus forte que tout, je fais un pas vers lui. Puis un second. Il me rejoint et prend mes mains entre les siennes pour y déposer un baiser.

— Je me demandais si tu regrettais…

— Non.

Je lui coupe la parole en dégageant mes mains pour les passer autour de sa taille. En posant mon oreille contre son torse, je peux entendre les battements de son cœur.

— Je veux faire les choses bien cette fois, Becca. Ne rien précipiter. Je sais combien mon retour a dû être difficile pour toi, murmure-t-il.

— La seule chose que je désire en ce moment, c'est de rester un peu dans tes bras. Ensuite…

Mutine, je laisse ma phrase en suspens.

— Ensuite, quoi ? me demande-t-il en passant une main dans mon dos pour me rapprocher encore plus de lui.

Je peux sentir le désir qu'il a pour moi et je ne peux faire autrement que de sourire. Je dépose un baiser rapide sur ses lèvres en me haussant sur la pointe des pieds et me recule.

— Il est temps de conduire Josh à l'hôpital !

Il me fixe un instant, comme perdu dans une autre dimension, puis il éclate de rire en prenant mon visage en coupe entre ses mains puissantes. Finalement, il m'embrasse avec vigueur en nous faisant reculer vers la porte. Quand il me relâche, c'est pour me faire signe de passer devant lui.

— Tu as toujours eu cette manie de me faire passer devant ! Tu préfères que les marches cèdent sous mon poids plutôt que sous le tien, c'est ça ?

— Non M'dame. C'est juste pour la vue, se moque-t-il en posant ses mains sur mes épaules alors que nous descendons.

Après avoir pris une grande inspiration et renforcé ma détermination, j'entre seule dans le camping-car.

— Josh ! Maintenant tu vas te remuer et sortir de là. Tu dois au moins aller passer une radio de contrôle pour ton épaule !

— Becca, tu ne vas pas recommencer… soupire l'ancien militaire, allongé sur les couvertures de son lit défait, son bras inerte posé sur le ventre.

Mécontente, je le fixe et croise les bras sur ma poitrine. S'il veut jouer à ce petit jeu avec moi, il va être déçu. Quand j'ai un truc en tête, personne ne peut me faire dévier de ma trajectoire. Pas même Joshua Walker, surtout quand je vois qu'il souffre à nouveau.

Ce petit manège dure une bonne dizaine de minutes. Voyant que je ne bouge toujours pas, il relève lentement la tête et me regarde.

— Tu vas rester là jusqu'à ce que je cède, c'est ça ?

Je hausse les sourcils.

— Tu es vraiment bornée comme fille, râle-t-il en se levant avec difficulté. Je pourrai dormir tranquille ensuite ?

— Tout le temps que tu voudras. Je viendrai même te chanter une berceuse et te border, si tu veux !

Contente de moi, je pointe la porte du camping-car du doigt. Il grogne en sortant à pas prudents. Will m'applaudit, alors que je quitte à mon tour la caravane.

— Direction l'hôpital, lui dis-je tandis que Josh traîne les pieds jusqu'au pick-up de son camarade.

Mon téléphone portable vibre dans la poche arrière de mon jean. Je pose un regard rapide sur l'écran et rejette l'appel en voyant le nom qui s'affiche.

— Tu ne réponds pas ? me demande Will en faisant démarrer son véhicule.

— Ce n'est pas important. Ma messagerie est là pour ça.

Et surtout, ce n'est vraiment pas le moment de prendre cet appel !

Chapitre 20

Will

Depuis plus de vingt minutes, Josh ne cesse de se lamenter sur le fait que Becca l'a quasiment forcé à quitter le camping-car et Becca réplique qu'on n'en serait pas là s'il n'avait pas insisté pour qu'elle remette son épaule en place alors qu'elle n'avait aucune idée de comment réaliser une telle manipulation. Je peux maintenant imaginer sans peine ce qu'endurent les parents qui ont deux enfants qui se chamaillent dans une voiture. Becca menace Josh de lui déplacer l'épaule de nouveau s'il n'arrête pas de se plaindre ! Enfin, elle veut juste lui faire passer des examens médicaux, ce n'est pas la fin du monde ! Je soupire en montant le volume de la radio. Ils sont désespérants… Mais comme je doute qu'il soit très judicieux de dire à la femme que j'aime qu'en cet instant, elle a l'air d'une vraie mégère, tout autant que de répliquer à Josh qu'il ferait mieux de rester célibataire avec le caractère de merde qu'il peut avoir parfois… je fais le choix le plus sain pour ma petite personne : silence et indifférence absolue.

Et donc… après plus quarante-cinq interminables minutes de route avec ces deux-là, je prends enfin un ticket pour me garer dans le parking du petit centre hospitalier de River Creek. Tandis que nous franchissons les portes des urgences, Josh toujours aussi irascible percute une pauvre infirmière, et sans une excuse, poursuit son chemin. Nous le rejoignons dans la zone de triage après avoir récupéré un numéro d'enregistrement.

— C'est complètement ridicule. On va perdre notre journée ici !

— Ce n'est pas comme si tu nous étais très utile au ranch dans ton état, de toute façon, réplique Becca.

Et les voilà repartis !

Une demi-heure que nous attendons… les chaises sont vite devenues inconfortables, sans parler de la compagnie de mes deux insupportables camarades, et je me mets à taper du pied d'impatience. Tout naturellement, Becca pose sa main sur ma cuisse pour que ma jambe cesse de bouger. Je place ma paume par-dessus la sienne et tente de me calmer un peu.

Il aura fallu une bonne heure avant que le numéro de Josh résonne finalement dans les haut-parleurs de la salle d'attente pourtant presque vide. Il part aussitôt… en compagnie de l'infirmière qu'il a bousculée en pénétrant aux urgences. Cette dernière n'a pas l'air des plus ravie quand elle le voit se lever à l'appel de son numéro. Malgré moi, je ne peux m'empêcher de rire sous cape, tandis que Becca, elle, ricane haut et fort. Dès que la porte s'est refermée derrière lui, elle se tourne vers moi. Dans son regard semble poindre une touche de mélancolie. Puis je pense avoir compris.

— Tu n'as pas remis les pieds ici depuis la mort de Grace…

Grace, la mère de Becca, est décédée d'une rupture d'anévrisme quand mon amie n'avait que seize ans. Quand Becca et moi sommes parvenus à l'hôpital, juste après Mitch et Grace, cela a été pour apprendre le décès de sa mère. Un véritable choc qui nous a tous ébranlés. Je tenais Grace en très haute estime, c'est elle qui m'avait permis de venir vivre sur leur ranch et m'y avait accueilli comme un fils.

Pourtant, Becca prend mes deux mains entre les siennes et murmure en me regardant droit dans les yeux.

— Non Will, ce n'est pas ça. Ça concerne plutôt Kristen.

Je ne comprends pas où elle veut en venir, jusqu'à ce qu'elle poursuive.

— Elle est dans l'aile de soins palliatifs de l'hôpital depuis deux mois déjà.

Je détourne le regard, heurté de plein fouet par l'intensité de ses paroles. Je m'étais imaginé retrouver ma mère dans notre ancienne maison… comme si je ne l'avais jamais quittée.

— Tu es déjà venue la voir ici ?

Becca acquiesce sans un mot.

Je sais à quoi elle pense en m'annonçant cela. Seulement suis-je prêt à revoir ma mère après toutes ces années sans lui parler ? Me redressant sur ma chaise, je fixe ma compagne, puis me lève et lui tends sereinement la main. C'est elle qui me guide jusqu'aux ascenseurs. Les portes se referment sur nous. Nous restons tous les deux plongés dans le silence. Elle me serre la main un peu plus fort, dans l'espoir de me soutenir comme elle le peut. Les portes s'ouvrent sur un long corridor blanc. Des infirmières vont et viennent en tous sens. Becca me conduit jusqu'à une chambre d'où l'on peut entendre jaillir le son d'une télévision diffusant les informations locales. Toutefois je freine des quatre fers alors que nous ne sommes plus qu'à un pas de la porte.

— Qu'est-ce que je vais bien pouvoir lui dire après tout ce temps, Becca ? Je…

Rien ne me vient à l'esprit. J'ai été un fils indigne, qui l'a laissée derrière lui pour s'installer dans une autre famille. Et, contrairement à Becca, elle n'a jamais eu de mes nouvelles quand j'étais aux États-Unis.

— Will, tu es là. C'est la seule chose qui importe, crois-moi, me rassure ma compagne.

— Mais…

Elle se dresse sur la pointe des pieds et dépose un rapide baiser sur mes lèvres pour me faire taire. Puis elle me prend de nouveau la main et nous entrons finalement dans la pièce. Une silhouette gracile est allongée sous des draps de coton blancs. Un moniteur cardiaque nous accueille de son *bip* régulier et un respirateur posé tout près du lit sature l'atmosphère de son grondement permanent. Son visage est grisâtre, et sa tête, couverte d'un foulard aux couleurs vives. Ma mère se tourne alors vers nous, et je peux voir une étincelle de surprise dans son regard quand elle pose les yeux sur moi. Elle tousse et retire son masque.

— William ?

Sa voix se casse sur la fin de mon prénom tandis que je m'approche de son lit. Elle tend une main vers moi. Je la saisis et je m'assois sur la chaise près d'elle. J'appuie mon front sur ses doigts,

163

si frêles, lovés au cœur des miens. Ils semblent tellement froids contre ma peau, que je ne peux retenir le flot de remords qui m'étouffe depuis que nous avons mis les pieds dans l'ascenseur. Kristen pose son autre main sur ma tête et me caresse tendrement les cheveux. Comment puis-je la regarder en face alors que je n'ai pas été là pour elle depuis si longtemps ?

— Tout va bien, William. Tout va bien, chuchote-t-elle.

— Non.

C'est la seule et unique réponse que je lui dois.

— Jamais je n'aurais dû quitter la maison après la mort de Papa. Je n'aurais pas dû t'abandonner durant toutes ces années, Maman.

Ma voix est remplie de sanglots que je ne peux contenir. La voir dans un tel état m'arrache le cœur. Becca pose une paume réconfortante dans mon dos, ma mère lui sourit.

— Tu as fait ce qui était le mieux pour toi, mon chéri. Ne t'en fais pas !

Elle tousse et remet son masque.

— Tu es la seule personne que je souhaitais voir avant la fin, dit-elle avec difficulté à travers le plastique. Mon vœu a été exaucé, merci !

Elle nous observe un moment et sourit de nouveau.

— Je suis si heureuse de vous voir à nouveau ensemble, tous les deux. Pour toujours…

Ces derniers mots se meurent dans un murmure, pourtant je devine au regard qu'elle pose sur moi qu'elle sait que plus jamais je ne repartirai.

Nous passons plusieurs heures dans la chambre à lui tenir compagnie. Elle s'est finalement endormie, toutefois je me refuse à la quitter pour l'instant. Je tiens toujours sa main dans la mienne, quand un médecin entre dans la pièce.

— Êtes-vous de sa famille ? me questionne-t-il avec curiosité.

J'acquiesce en levant la tête.

— William Thompson. C'est son fils, précise Becca.

— Oh ! Je vais prendre vos coordonnées, Monsieur Thompson, alors ! Nous n'avions jusqu'ici que celles de Mademoiselle Parker comme personne à contacter.

L'homme revient quelques minutes plus tard et me tend une

fiche à remplir. Je suis surpris que ce soit Becca qui ait laissé ses coordonnées.

— Je dois vous prévenir qu'il ne lui reste plus beaucoup de temps, Monsieur Thompson. Son état s'est beaucoup dégradé depuis son arrivée ici...

Nul besoin d'être Einstein pour le deviner. Avec son teint grisâtre et la fatigue extrême qu'on lit sur ses traits, il est clair qu'il ne lui reste que quelques semaines au mieux à passer dans ce lit d'hôpital. Néanmoins, j'opine en silence en lui rendant sa feuille. Une infirmière vient ensuite nous informer que nous allons devoir nous en aller, car les visites dans le secteur palliatif sont terminées depuis un moment déjà. Avant de partir, je dépose un baiser sur le front de ma mère sans qu'elle se réveille.

Nous attendons l'ascenseur sans parler. Pendant que nous redescendons chercher Joshua, je me passe rageusement les mains dans les cheveux. J'étouffe un juron lorsque Becca m'enlace, puis accepte de me laisser aller contre elle. Je sais que c'est injuste de ma part de lui faire endurer ainsi ma douleur, alors que j'en suis le seul responsable.

— Will, souffle-t-elle. C'est ainsi, tu n'y peux rien...

Les portes s'ouvrent devant nous à l'étage des urgences.

— Comment pourrai-je un jour me pardonner de l'avoir abandonnée ?

— Tu le feras parce qu'elle et moi, nous t'avons pardonné. Tu es humain, Will. On fait tous des erreurs, et la Terre ne cesse pas de tourner pour autant.

— Tu...

— Arrête, William ! Tu ne peux pas revenir sur le passé, ajoute-t-elle alors avec colère en me regardant droit dans les yeux. Tu ne peux vivre que dans le présent. Je l'ai compris depuis peu, moi aussi. On peut peut-être tenter d'avancer ensemble ?

Je l'attire contre mon torse et l'étreins de toutes mes forces, me demandant qui je dois remercier de me l'avoir rendue malgré mes erreurs.

Aux urgences nous attendent Josh, l'air renfrogné, et l'infirmière qui semble ne pas l'avoir quitté d'une semelle. Le bras de notre ami est placé dans une attelle souple, et il tient un sachet de papier blanc dans sa main valide.

— Les rayons X n'ont rien révélé d'anormal, l'articulation a bien été remise à sa place, toutefois la résonance magnétique nous indique que les ligaments ont été largement étirés sous le choc. Il aura besoin de physiothérapie et de repos, nous informe la jeune femme d'un ton sec avant de nous abandonner.

Becca croise les bras sur sa poitrine en fixant Josh.

— Je t'avais bien dit que tu devais venir consulter, espèce d'idiot !

— Et moi, je t'avais dit que ça ne servirait à rien… on nous a appris quoi de plus ? Il faut que je me repose et que je sois patient ! Grandes nouvelles !

Je soupire. Ils ne vont tout de même pas recommencer leur cirque, si ? À l'extérieur, le soleil commence tranquillement à descendre sur l'horizon. Nous avons bel et bien passé notre journée dans cet hôpital, en cela au moins Josh avait raison, pourtant je me garde bien de le lui signaler. Tellement d'émotions m'assaillent. Je tends les clés de mon pick-up à Becca et m'installe sur la banquette arrière avant de fermer les yeux. L'image de ma mère est gravée sur mes paupières.

Alors que Becca fait démarrer le véhicule, une larme orpheline roule sur ma joue.

Chapitre 21

Becca

Quand Will me tend les clés de son pick-up, je ne peux manquer sa main qui tremble. Aussi décidé-je de prendre place dans le siège du conducteur sans discuter et, bien qu'avec un regard interrogatif, Josh se pose à mes côtés sans un mot. En silence, Will est installé sur la banquette arrière et il laisse sa tête tomber lourdement vers l'arrière en soupirant. Au moment où je fais démarrer la voiture, je vois dans le rétroviseur une larme couler sur sa joue et mon cœur se serre. J'ignore si j'ai bien fait de l'amener ici. Pourtant, je suis sûre d'une chose, Kristen ne reproche rien à son fils. Depuis qu'elle est entrée en soins palliatifs, elle m'a demandé au moins dix fois si je savais où était son garçon. Elle était persuadée qu'il avait gardé le contact avec moi durant ces cinq années. Je n'ai jamais su quoi lui répondre. En tout cas, la lueur d'amour infini qui brillait dans ses yeux aujourd'hui valait tout l'or du monde. Même si voir Will s'effondrer de la sorte m'anéantit.

Je repense à ces mots que je lui ai dits en sortant de l'ascenseur.

« *Tu le feras parce qu'elle et moi, nous t'avons pardonné. Tu es humain, Will. On fait tous des erreurs, et la Terre ne cesse pas de tourner pour autant. Tu ne peux pas revenir sur le passé. Tu ne peux vivre que dans le présent. Je l'ai compris depuis peu, moi aussi. On peut peut-être tenter d'avancer ensemble ?* »

Et je me rends brusquement compte que oui, je lui ai réellement pardonné de m'avoir abandonnée. Que le passé reste là où il est, puisque personne ne pourra jamais le changer !

Il n'y a que le présent et le futur dont nous devons nous soucier.

Grâce à notre discussion, j'ai compris que je m'étais imposée dans ce voyage qu'il devait entreprendre seul pour se trouver. Dans cette recherche de quelque chose qu'il affirme avoir enfin trouvé. Même si j'ignore de quoi il s'agit, j'accepte enfin sa décision. J'espère seulement que notre séparation à la fin de cette saison ne se fera pas de la même manière. Il est cependant inévitable que mon cœur souffre à nouveau. Il souffre déjà, juste parce qu'il bat bien trop fort pour cet homme.

Je lui jette un regard dans le rétroviseur, le silence règne dans l'habitacle. Will semble endormi, pourtant les traits de son visage sont trop crispés pour cela. Josh et moi avons cessé de parler et la route défile sans un bruit. Je comprends si bien la peine qui doit ronger Will en cet instant, et malheureusement, je ne peux rien faire pour l'apaiser, mis à part être à ses côtés. Pour l'instant je ne sais quoi lui dire, je préfère donc le laisser tranquille.

Josh décide tout à coup d'ouvrir le flacon d'antidouleurs que le médecin lui a prescrits. Il ne cesse de l'agiter de haut en bas, provoquant un boucan d'enfer. L'espace d'un instant, je tourne le visage vers lui et le fusille du regard. Il stoppe net et remet les médicaments en place dans leur petit sac. Il n'y a vraiment qu'un mec pour ne pas voir à quel point son copain ne va pas bien, combien il est chamboulé. Où est-ce seulement dû au fait que je connais Will depuis bien plus longtemps que son compagnon de route ? Probablement un peu des deux !

Quand nous arrivons au ranch, Josh sort du pick-up pour retourner s'enfermer dans le camping-car. J'éteins le moteur et reste assise dans l'habitacle, Will est toujours immobile à l'arrière.

— Will ?

Je murmure son nom, et il relève doucement la tête pour me regarder droit dans les yeux.

— Quoi ?

— Je sais que tout ça n'est pas facile à encaisser, mais… je suis là.

Trois petits mots… les mêmes qu'il a prononcés en me caressant la joue avant de partir chez Henry, cette même phrase qui m'a permis de prendre conscience qu'il était bien là et que mon cœur ne battait de nouveau que pour lui. Je doute d'ailleurs qu'il ait jamais cessé de le faire. Il me sourit tristement et s'avance entre les deux sièges. Je me retourne et lui fais face. Il pose d'abord son front contre le mien puis dépose un baiser sur le bout de mon nez. Ma main passe dans ses cheveux et il soupire.

— Tant que tu seras là, je crois que je pourrai tout encaisser, chuchote-t-il contre mes lèvres.

Que répondre à de tels mots ? Il m'embrasse tendrement avant de se reculer pour sortir du véhicule et venir m'ouvrir la portière. Main dans la main, nous marchons vers la grange, quand je remarque que Styx est dans le manège rond. Cole et Lucas ont refait le couloir de barrières pour le guider hors de l'écurie et il galope désormais dans l'espace clos, à la recherche de la faille qui lui offrira la liberté. Abby termine de brosser Aramis devant la grange en discutant avec mon père.

— Je vais nous chercher quelque chose à manger, dis-je à Will en posant ma main sur son avant-bras.

Il acquiesce avant de se diriger vers les autres. Roper me suit dans le couloir dès que je passe le seuil de la maison. Ce chien passe décidément plus de temps assis près de la porte à nous observer qu'à tout autre chose. Dans la cuisine, il assiste avec grand intérêt à la préparation sommaire de quelques sandwichs. Je dois bien reconnaître que je suis loin d'être un cordon-bleu. Je n'ai appris à faire que le strict nécessaire.

Lorsque je ressors, une assiette de club sandwichs dans les mains, je reste un instant figée par la terreur. La porte moustiquaire claque derrière moi. L'assiette s'écrase sur le sol de la coursive et je me précipite en hurlant vers le manège circulaire. Will, son lasso en main, est en train d'enjamber la haute barrière de bois pour pénétrer dans le cercle de sable fin, au centre duquel Styx se cabre, furieux de le voir pénétrer dans son espace.

— Will !

Cole, nonchalamment appuyé contre la grange, se retourne en m'entendant hurler et voit son ami atterrir dans un nuage de poussière. Même Josh sort en courant du camping-car, alerté par mon appel désespéré. Jamais ce manège ne m'a paru aussi long à atteindre. Quand j'arrive près de la haute palissade, Will se tient au milieu de la piste. Styx lui fait face, les naseaux dilatés par la rage et la queue en panache. L'homme lève son lasso et le fait claquer sur sa jambe. Le bruit fait réagir l'étalon qui repart dans un galop effréné, projetant le sable de tous côtés. Je tente d'escalader la barrière pour rejoindre Will, mais à ma grande surprise, mon père me saisit par la taille pour m'en empêcher.

— Laisse-le, ma chérie. Il en a besoin.

Ses mots résonnent à mon oreille tandis que j'observe la silhouette de l'homme de ma vie, qui disparaît dans la poussière soulevée par Styx tout autour de lui. Puis, l'espace d'une seconde, l'étalon s'arrête et le calme règne à nouveau dans le manège. Je croise le regard de Will, et j'y lis la confirmation des paroles de Mitch. Il est en colère, et il tente de reprendre le contrôle en agissant sur quelque chose qu'il sait pouvoir maîtriser. Combien de fois me suis-je trouvée à sa place, pour des raisons similaires après son départ ? Je ne peux même plus les compter. Le cow-boy tape encore son jean de son lasso en faisant un brusque pas vers le cheval, qui part dans l'autre direction. Un interminable quart d'heure s'écoule ainsi. Styx est bientôt couvert de sueur, et désormais Will doit presque lui courir derrière pour qu'il maintienne l'allure.

L'étalon commence à ralentir et à descendre l'encolure. Quand son nez frôle enfin le sable, le cow-boy s'immobilise au centre du manège, aussi essoufflé que son cheval. Ce dernier s'arrête finalement et fixe l'homme qui pour une fois lui tient tête.

Comme je l'ai fait le jour où Styx est descendu de la remorque telle une furie, il y a plus d'un mois, Will lui tourne lentement le dos et ne bouge plus. Une minute puis deux s'écoulent avant que la majestueuse créature ne fasse un pas dans sa direction. Il n'a plus les oreilles couchées dans le crin, elles sont dirigées vers l'énigme qui se tient à quelques foulées de lui. Pas à pas, Styx rejoint son nouveau propriétaire au centre du manège et pose le nez sur son épaule. Je relâche ma respiration et souris en me rendant compte que mon père me retient toujours. Tournant sur moi-même, j'enfouis mon visage dans son cou. Mon cœur bat si fort qu'il résonne dans mes oreilles. Habituellement, c'est moi qui me trouve au centre du manège, personne d'autre ! Surtout quand s'y trouve déjà un cheval aussi imprévisible que Styx.

— Regarde, Becca.

Mitch me parle doucement à l'oreille.

Quand je fais de nouveau face au manège, je découvre Will, le front appuyé contre la tête de Styx, qui passe une main sur son encolure. L'étalon laisse son chanfrein couleur d'ébène reposer contre le torse du cow-boy. Lorsqu'il recule d'un pas, la tornade noire le suit dans le plus grand calme. Ma respiration redevient normale et je souris plus encore en les regardant avancer ensemble vers la sortie du manège. Cole passe une longe à son ami et lui ouvre la barrière. Pour la première fois depuis leur arrivée, homme et cheval regagnent l'écurie sans s'affronter. Pas un son n'a perturbé le silence de la cour depuis que Will est entré dans le manège, et je vois bien que personne n'ose pénétrer dans la grange maintenant que Styx et lui s'y trouvent.

Toutefois, comme mon compagnon n'est toujours pas ressorti au bout de dix longues minutes, je me décide à partir à sa rencontre. Styx est attaché dans l'allée et Will est assis sur une botte de foin à côté de lui, la tête entre les mains.

La soirée est déjà bien entamée, je commence donc à distribuer les rations du soir, sans un mot. Il ne me regarde pas. Je m'active en silence, le laissant à ses pensées. Une vingtaine de minutes plus tard, j'ai beau chercher, je ne trouve plus rien à faire. Je vais me poser près de Will avec un seau contenant des brosses. Il sort enfin de sa léthargie quand je lui tends une étrille.

— Tu veux bien m'aider ? me demande-t-il en se levant.

Je saisis une brosse et le rejoins. Styx me laisse approcher et je pose une main sur son encolure en murmurant.

— Vous vous êtes enfin trouvés, ça y est…

— Quoi ?

Je me hisse sur la pointe des pieds pour regarder Will par-dessus le dos du bel étalon.

— Rien. On discute…

Je lui adresse un sourire malicieux qu'il me rend, même si la tristesse est toujours bien présente dans son regard.

— Par contre… je t'interdis de me refaire un truc pareil ! Tu sais très bien que ça aurait pu mal tourner. On a déjà un employé en arrêt pour blessure, pas besoin d'aller te faire tuer par-dessus le marché !

Les mots ont fusé d'un ton sans appel. Car oui, j'ai eu très peur que la situation ne dégénère. Je n'ai cessé de redouter l'instant où Styx l'attaquerait. Pourtant, il semblerait que la colère de l'homme et celle de son cheval aient fusionné pour ne plus dégager que de l'énergie positive. Will dépose sa brosse sur la porte d'un box et vient me rejoindre de l'autre côté de l'étalon. Collé contre mon dos, il m'enlace avant de lover son menton dans le creux de mon épaule. Sa légère barbe me chatouille la joue et je glousse malgré moi.

— Je suis désolé. Mais sais-tu combien de fois les rôles ont été inversés ? Combien de fois j'ai dû retenir mon souffle à l'extérieur de ce manège ?

Là, il marque un point.

— Et puis, je devais le faire. Je n'aurais jamais supporté que tu sois blessée à ma place, alors que c'est moi qui ai amené cet étalon ici.

— Tu savais déjà que tôt ou tard, j'en serais moi aussi arrivée là avec lui.

— Oui. Et je t'assure que je préfère que ce soit moi qui l'aie fait… Je t'avoue qu'à un moment, j'ai bien cru qu'il foncerait droit sur moi plutôt que de devoir plier, et qu'il me réduirait en charpie.

Will pose sa main au-dessus de la mienne qui s'active toujours sur le dos de Styx. Corps contre corps, nous brossons l'étalon ensemble. Son contact et sa chaleur m'ont manqué. De temps à autre, il dépose un baiser dans mon cou ou souffle dans mon oreille pour m'énerver.

— Je déteste te voir dans un état de détresse pareil.

Je tourne la tête vers son visage et embrasse la commissure de ses lèvres.

— Ça va aller, me répond-il. C'est un mauvais moment à passer, mais je vais survivre. Puisque tu es là…

Son bras plaqué en travers de mon ventre, il me serre contre lui dans un soupir. J'entrelace nos doigts et nous poursuivons le pansage de Styx en silence, alors que la lune se lève à l'extérieur de l'écurie.

Chapitre 22

Will

Il est très tôt le lendemain quand j'entends des bruits de sabots résonner en dessous de moi. Croyant qu'un cheval a réussi une évasion de son box, je me précipite hors du lit et descends les marches deux par deux, encore tout endormi. Je manque plus d'une fois de me casser la figure, avant de tomber nez à naseaux avec Abby et Ghost. Le soleil ne filtre pas encore par les fenêtres de l'écurie, il ne doit pas être plus de cinq heures du matin. La flamboyante rouquine s'arrête pour me fixer, ébahie. Je dois avoir l'air d'un parfait imbécile, vêtu seulement de mon boxer et pieds nus dans l'allée centrale.

— Nom d'un chien ! Mais qu'est-ce que tu fous ici à une heure pareille ?

J'aurais voulu que ma voix sonne moins ensommeillée, mais c'est peine perdue. Je m'exprime comme un mort-vivant très peu vêtu !

— Je suis sur le départ comme tu peux le constater, me répond Abby en pointant la grande porte derrière moi.

Son pick-up et sa remorque sont stationnés juste devant, le moteur tourne doucement. Elle est vraiment sérieuse ?! Elle va partir sans dire au revoir ?

Mal à l'aise, la jeune femme attache rapidement Ghost dans l'allée et s'approche de moi.

— Tu vas encore menacer de m'émasculer, c'est ça ? soupiré-je en m'asseyant sur la première marche.

— Si l'on veut.

Elle vient prendre place près de moi et secoue nerveusement ses lourdes boucles qui viennent me fouetter le visage.

— Tu vas repartir, Will ?

Une seule question ? Je suis étonné de ne pas l'entendre me bombarder d'insultes ou de menaces. Pourtant j'esquisse un sourire en coin en la fixant à mon tour.

— J'ai la tête d'un mec qui compte reprendre la route ? Qui va de nouveau abandonner la seule femme qu'il ait jamais aimée ?

Je martèle ces paroles avec toute la force de ma conviction.

— Je suis revenu ici pour rester, même si elle ne veut plus de moi au ranch à l'automne. Je viens tout juste de la retrouver, Abby, je ne compte plus la quitter.

Jamais dans ma vie je n'ai été aussi sûr de moi. Cette fois, c'est différent, je ne referai pas la même erreur qu'il y a cinq ans. Plus jamais je ne laisserai Becca derrière moi. Abby me rend mon sourire et dépose un léger baiser sur ma joue en se relevant. Elle va détacher son cheval et se dirige vers la sortie. Je la rejoins alors qu'elle ouvre la porte de la remorque.

— Et Becca ?

— Quoi Becca ?

— Elle est au courant que tu pars en douce ?

— Je vais lui envoyer un texto, ne t'inquiète pas. Lucas lui dira aussi que je suis partie, il m'a aidée à mettre ma valise dans le pick-up. J'ai supposé qu'elle avait besoin de sommeil, comme on ne vous a pas vus de la soirée hier…

Elle me lance un clin d'œil suggestif et s'apprête à faire monter Ghost dans le van.

— Bien que cela ne te regarde en rien, Abby. Sache que je veux faire les choses bien, ne rien précipiter. Becca ne semblait pas s'attendre à mon retour. Alors je ne vais pas la bousculer…

— Cinq ans… c'est long, Thompson.

— Je sais, merci !

Une fois sa monture attachée dans la remorque, elle ressort et ferme la porte.

— Tu as dit au revoir à Cole ?

— Il dort encore. Et je n'ai aucun compte à lui rendre, à ce que je sache, rit Abby en s'installant au volant de son pick-up.

— Décidément, tu ne changeras jamais.

— Je m'aime bien comme je suis, Will. Je n'ai jamais eu d'attirance pour ce truc qui semble vous unir à la vie à la mort, Becca et toi. Très peu pour moi.

Comment peut-elle dire une telle chose sans même l'avoir un jour entrevu ? La rouquine me sourit et ferme sa portière avant de se mettre en route. Je la regarde disparaître dans la grande allée en me disant que c'est cette même vue que Becca a eue de moi, il y a cinq ans. Mon cœur se serre en imaginant la souffrance qu'elle a dû ressentir à cet instant.

En remontant les marches, je me promets que plus jamais elle n'assistera à un tel spectacle. Une fois dans ma chambre, je me décide enfin à pousser la pile de cartons en direction des escaliers. Je me dis que cela me motivera sans doute à les descendre un jour. J'en profite aussi pour me battre avec cette satanée porte à ciel ouvert qui n'a toujours pas cédé. Pouvoir l'ouvrir de temps à autre me permettrait de faire rentrer un peu plus de lumière et d'air frais, mais surtout, de profiter de la vue magnifique sur les pâturages. De toutes mes forces, je pousse jusqu'à ce qu'elle finisse par pivoter d'un coup sur ses gonds. Je me rattrape de justesse à son cadre pour ne pas terminer ma course dans la cour devant l'écurie, trois mètres plus bas. Il ne manquerait plus que ça ! Becca a raison, un blessé dans l'équipe, ça suffit largement ! J'enfile rapidement jean, tee-shirt et bottes, et descends nettoyer les box puis nourrir les chevaux. Quand je regagne la maison deux heures plus tard, Roper est allongé près de l'entrée, ce qui veut dire que quelqu'un est déjà réveillé à l'intérieur. Une bonne odeur de café me parvient jusque sur le porche. Je me rends directement dans la cuisine, à la recherche de ma dose d'énergie matinale. Mitch est assis à la table, une tasse fumante reposant devant lui. Il fixe sans la voir la légère fumée qui s'en échappe. À mon approche, il lève les yeux vers moi et m'accueille en souriant.

— Sers-toi, je viens tout juste de le faire.

Je m'exécute et me verse une grande tasse de café noir. La première gorgée est un pur délice.

— Becca m'a dit que tu étais passé voir ta mère, hier.

Durant un instant, je ne sais quoi dire. Depuis hier soir, grâce à Styx et Becca, j'avais réussi à ne pas trop penser à sa situation.

— Ouais.

Ma voix n'est qu'un murmure. Je vais m'asseoir face à cet homme qui est tellement plus qu'un patron à mes yeux et fais tourner ma tasse entre mes mains, sans un mot.

— Je suis désolé pour Kristen, mon garçon.

Mon regard se pose sur mes doigts crispés autour de ma boisson. Ces doigts qui ont serré ceux de ma mère hier pour la première fois depuis de bien trop longues années. Je sens encore sa peau froide contre la mienne. Mon souffle se fait difficile. J'inspire un grand coup.

— Comment ai-je pu l'abandonner de cette façon ?

Ma question semble surprendre Mitch qui se redresse sur sa chaise.

— William, ne te reproche pas la distance que tu as mise entre vous. Ta situation était très difficile à l'époque où tu es venu t'installer ici pour de bon, me répond-il avec sérieux. Ne remets pas tes choix en question, Petit, cela ne servira à rien ! Continue d'avancer, cela seul compte ! Et je sais de quoi je parle.

— Mais je m'en veux tellement, Mitch.

— Je sais, Fiston. Je sais…

Ses paroles résonnent longtemps dans la pièce.

— Je ne vais pas repartir à l'automne, annoncé-je finalement de but en blanc.

Par-dessus sa tasse, il me sourit.

— Cela ne me surprend pas vraiment, Will. Je veux juste te dire une chose. Becca n'a pas eu la vie facile après ton départ. Elle pense qu'elle a pu me garder dans l'ignorance de sa détresse, mais elle se trompe.

— De quelle détresse tu parles, Mitch ?

Il me regarde un instant, avant de secouer la tête.

— Ce n'est pas à moi de te parler de tout ça, Fiston. Elle ne l'a pas encore fait avec moi, alors à toi d'être très patient jusqu'à ce qu'elle soit prête à te livrer ce qu'elle a sur le cœur. Et surtout… surtout, ne la fais plus jamais souffrir, sans quoi tu ne remettras jamais plus les pieds dans ce ranch.

176

Mitch se lève et pose sa tasse dans l'évier avant de quitter la maison sans un mot de plus. Dans un soupir, je passe mes doigts dans mes cheveux en bataille et laisse le silence de la pièce m'envahir. Je me questionne de mille façons sur ce que Becca a bien pu endurer... à tel point qu'elle n'a pas cru bon d'en informer son propre père. Ce sont sûrement ces mêmes épreuves qui poussent Eric à me détester autant. Seulement comment découvrir ce qui s'est passé en mon absence ? Je suis pratiquement certain que Becca elle-même ne voudra jamais m'en parler, et son frère ne la trahirait pas, Lucas non plus. Pourquoi avoir accepté de me reprendre dans sa vie si elle a vécu un tel enfer par ma faute ? En pleine réflexion, je ne remarque pas Cole avant qu'il prenne place devant moi à table. J'avoue que c'est presque flippant de le voir traîner torse nu dans la maison de la femme que j'aime. Il s'assoit et balance son tee-shirt en travers de son épaule, avant de lancer, mine de rien.

— La petite sirène est déjà sortie ?

— En fait... elle est repartie vivre dans son océan.

Mon ami me fixe un instant, sans trop savoir comment prendre ma réponse.

— Elle a foutu le camp sans même dire au revoir ?!

— C'est Abby. Becca t'avait prévenu, lui rappelé-je en riant de sa mine offusquée.

— J'y crois pas.

Il passe une main dans ses courts cheveux noirs et soupire, tout en reportant son attention sur moi.

— Je dois te parler d'un truc.

— Je t'écoute, mon pote.

Cole semble hésiter un moment à reprendre la parole.

— On va devoir partir, Mec

Je me braque, et mes mains se serrent sur ma tasse à en faire blanchir les jointures de mes doigts.

— Je ne repars pas d'ici, Cole !

— Je ne parlais pas de toi, Will. Je vois bien que tu veux reconstruire un truc ici. Et je comprends enfin pourquoi tu n'as jamais ramené de fille dans le camping-car, contrairement à Josh et moi. Tu n'as jamais cessé de l'avoir dans la peau, ta Becca. Je comprends un peu mieux ton tatouage aussi, ajoute-t-il en souriant.

Cette fois, c'est mon tour de ne pas comprendre pourquoi il veut déjà repartir.

— Josh va avoir besoin d'être suivi pour son épaule d'après ce que j'ai pu comprendre. Lucas m'a donné la carte d'un excellent physiothérapeute, mais il exerce à plus d'une heure de route d'ici.

— Ce n'est pas logique de faire autant de route…

— Voilà ! Donc Lucas m'a mis en contact avec quelqu'un qui cherche un aide de ranch dans les environs de la clinique où Josh devra se faire soigner. Il va être hors service pour la saison, Will. Et tu sais comme moi qu'il ne fera rien pour se soigner comme il se doit, s'il est laissé seul. Déjà, hier soir, il a vidé son flacon d'antidouleurs dans l'évier, soupire mon ami.

Qu'est-ce que je peux répondre ? Dans tous les cas, je n'aurais pas repris la route avec eux cet automne.

— Je comprends, acquiescé-je enfin. Vous comptez partir quand ?

— Dans deux jours, tout au plus. Mitch est déjà au courant.

Je suis un peu désemparé de devoir leur faire mes adieux si vite alors que nous avons parcouru les États-Unis ensemble pendant quatre ans. Cole se lève et me presse l'épaule avant de sortir de la maison pour rejoindre le camping-car, et Josh. Un peu sous le choc, je fixe le fond de ma tasse. Puis je me lève et m'en prépare une seconde. Je me dirige vers la chambre de Becca dont j'ouvre doucement la porte. Elle dort encore. Enroulée dans ses couvertures d'où seule une jambe nue dépasse, elle semble tellement paisible dans son sommeil. Je l'observe un moment en me demandant pour la énième fois ce que j'ai fait pour mériter une femme comme elle. Sa cuisse dénudée appelle aux caresses et j'avance vers son lit. Je pose ma tasse de café sur la table de nuit et m'installe près d'elle. Ses yeux verts papillonnent un peu, avant de se poser sur moi. Elle sourit en s'étirant paresseusement.

— Salut toi, murmure-t-elle.

— Bien dormi ?

— À merveille.

Je lui souris en retour et me penche vers elle pour lui voler un baiser, mais elle se cache la moitié du visage avec les couvertures.

— Je ne me suis pas brossé les dents, se plaint-elle.

En levant les yeux au ciel, je retire le tissu qui nous sépare.

— Rien à faire, grogné-je. Moi non plus !

Je m'empare de ses lèvres dans un baiser brûlant de tout le désir que je lui porte. Elle y répond de la même façon en m'attirant vers elle, ses mains enfoncées dans mes cheveux. Je bascule sur elle, et nous sourions dans notre baiser. Malgré les couvertures qui nous séparent, je sens les courbes de son corps sous moi. Elle enflamme tous mes sens. Alors que Becca laisse entendre un doux gémissement, je m'écarte légèrement.

— Debout, Marmotte !

Ladite marmotte me dévisage, le souffle court… la surprise et le désir se lisent dans son regard. Elle se retourne sur le ventre et étouffe une plainte dans son oreiller. J'éclate de rire et, avant de reprendre ma tasse de café, je passe le bout de mes doigts sur sa jambe dénudée. Elle bougonne de plus belle quand je sors de la chambre.

Chapitre 23

Becca

Will quitte ma chambre et j'enfonce ma tête dans mes oreillers. Mais quel allumeur ! Ce baiser intense et le délicat frôlement de son doigt sur ma jambe m'ont complètement retournée. D'un côté, j'aimerais prendre mon temps pour le retrouver, mais de l'autre, mon corps tout entier brûle d'envie de s'abandonner à nouveau à ses caresses après ces cinq années d'abstinence. Chaque fois qu'il me touche, m'embrasse ou m'observe de son regard si intense, je me sens fondre. J'ai cette impression folle que chacune de mes terminaisons nerveuses est reliée à cet homme. Cela a toujours été ainsi. Seulement n'est-il pas trop tôt pour me précipiter dans ses draps ? Huit années de relation priment-elles sur cinq ans d'absence et de silence ?

Qui essayé-je donc de leurrer ? Ce type, je l'ai dans la peau. Que je le veuille ou non, il n'y a jamais eu que lui. Il est le seul qui ait jamais eu le droit de me toucher, le seul capable de me faire vibrer comme il l'a fait ce matin. Frustrée, je sors finalement de sous mes couvertures et saisis mon portable sur ma table de nuit. L'écran m'indique trois nouveaux messages en attente. Je fixe un instant le numéro dont j'ai soigneusement filtré les appels ces derniers jours. Pourquoi me rappelle-t-il maintenant ? Nous sommes dans une petite ville, et il est clair que le retour de Will sur le ranch lui aura été rapporté. Je jette mon téléphone dans les draps froissés et me laisse choir sur le dos, telle une étoile de mer, sans la moindre grâce. J'entends la porte grincer, et du coin de l'œil, je vois

Lucas pénétrer dans la pièce. En silence, il vient s'installer sur mon lit, dans la même position que moi.

— Elle est partie ?

— Oui. Dans un joli coup de théâtre, comme d'habitude.

C'est bien Abby, ça ! Dès qu'elle s'approche un peu trop longtemps d'un homme, elle prend la fuite. Je suis d'ailleurs étonnée qu'elle soit restée durant presque deux semaines. Avec Lucas, nous n'avons pas besoin de parler pour savoir ce que l'autre pense. Cela a toujours été ainsi. Pourtant, je sursaute en l'entendant reprendre :

— Comment peut-elle laisser un spécimen comme Cole McKnight lui filer entre les doigts ?

— Lucas !

— Ne viens pas me dire que tu ne l'as pas maté ?

Je lorgne un instant le plafond et j'éclate de rire.

— Bon, d'accord… j'avoue ! Il est vachement sexy !

— Mais ?

— Il n'y a pas de « mais » ! Will reste indétrônable ! Il est aussi beau que le jour de son départ, c'est tout !

Décidément, je ne pense plus qu'à le retrouver. Je me redresse et pars en courant vers la salle de bains. Je fixe mon reflet dans le miroir. Depuis combien temps ne me suis-je pas vue avec ce teint légèrement rosé et les yeux qui brillent ? En retirant mon tee-shirt, je frôle ma cicatrice et me rappelle brusquement que c'était il y a plus de quatre ans déjà. Cette marque a laissé un souvenir permanent de Will sur mon corps, et jamais elle ne disparaîtra… contrairement à lui.

D'un furieux mouvement de tête, je refoule mes pensées morbides, me change, attache mes cheveux et me brosse les dents. Quand je sors de la petite pièce, Lucas est assis sur mon lit, mon portable collé contre son oreille. Il prend mes messages. Je devrais être en colère qu'il l'ait fait sans ma permission, toutefois je suis plongée dans un dilemme sans nom concernant ces appels ignorés, et je sais que je vais avoir besoin de ses conseils pour prendre une décision.

— Il a eu le culot de t'appeler ?!

Lucas reste bouche bée en fixant mon téléphone, toujours entre ses mains. Je m'appuie contre le chambranle de la porte en acquiesçant.

— Que me veut-il ?

— Il te demande de le rappeler, il voudrait soi-disant avoir ton avis sur un cheval.

Déboussolée, je passe une main sur mon visage en soupirant.

— Comment a-t-il pu savoir qu'il était revenu, Lucas ?

Mon meilleur ami détaille le bout de ses chaussettes pendant quelques secondes, mal à l'aise. Puis il fait glisser un doigt sur l'écran de mon portable et le tourne vers moi. J'aperçois des clichés du transfert de bétail que nous avons effectué tous ensemble, il y a une semaine. Dont quelques-uns de Will et moi.

— Merde ! Abby ne peut pas s'empêcher d'étaler sa vie privée sur les réseaux sociaux !

— Tu crois que c'est pour ça qu'il t'appelle ? De la jalousie mal placée ?

— J'ai laissé tomber Asher au bout de quelques semaines parce que j'avais toujours Will dans la tête, Lucas. C'est assurément une crise d'ego…

Comme si j'avais besoin de cela ! J'arrive tout juste à gérer cette vague de sentiments renouvelés pour Will, pourquoi faut-il qu'Asher vienne se mêler à l'équation ? Franchement, je ne me souviens même plus pour quelle raison je suis restée avec lui aussi longtemps. Ce type ne dégage absolument rien qui puisse me faire un tant soit peu vibrer. Nous n'avons échangé que quelques baisers ici et là, toutefois je ne suis jamais allée plus loin avec lui. Pourtant, je ne suis pas ce que l'on pourrait qualifier de sainte, j'aime le sexe. Seulement j'aime le sexe *avec Will*. L'effet qu'il a toujours eu sur moi est à nouveau présent, et je sais que je ne pourrai pas résister très longtemps. Will a été mon premier et mon unique amant avant son départ. Et ce n'est pas comme si j'avais eu des dizaines de relations après sa disparition subite de mon existence. Le nombre se situe entre zéro et… zéro !

— Tu vas faire quoi ?

— Envoie-lui un texto. Je passerai dimanche matin voir son cheval, lancé-je en m'apprêtant à quitter la pièce.

Alors qu'il s'active à répondre à ma place, il lance une petite

183

phrase anodine qui me fige sur place, une main sur la poignée de la porte.

— Tu sais qu'il n'a aucune intention de repartir d'ici, n'est-ce pas ?

Je le regarde un instant par-dessus mon épaule et mon cœur s'emballe. *Il est sérieux en plus !*

— Il te l'a dit ?

— Pendant le convoyage, oui.

Une joie incommensurable m'envahit, à laquelle la peur succède aussitôt.

— Tu vas devoir lui en parler à un moment ou un autre, Becca.

Il me tend mon téléphone avec un regard entendu. Sans un mot, je le glisse dans la poche arrière de mon jean, avant de frôler mon ventre instinctivement.

— Je préfère laisser le passé là où il se trouve, Lucas. C'est-à-dire loin derrière moi.

Je ne lui laisse pas le temps de répliquer. Je m'empresse de sortir de la pièce et de la maison. Quand j'arrive dans la grange, Cole et mon père récurent les stalles, Thunder et Red sont attachés dans l'allée, sellés. Au même moment, Will sort de la sellerie avec deux brides. Il sourit en passant devant moi, avant d'aller retirer son licol à Thunder pour lui passer le mors et venir me tendre les rênes de mon cheval.

— Qu'est-ce que…

— On part en balade ce matin !

Il repart en direction de Red pour lui mettre sa bride et revient vers moi sans que j'aie pu prononcer le moindre mot. D'un léger coup de poing, il enfonce mon chapeau de cow-boy sur mon crâne, comme j'ai fait avec lui il n'y a pas si longtemps. Je ris en replaçant mon couvre-chef, puis resserre la sangle de Thunder et me mets en selle. Le vent s'est levé ce matin, et les arbres semblent saluer notre passage alors que nous nous engageons au pas dans les pâturages. L'herbe haute se balance devant nous, c'est un cadre idyllique, tout est tellement paisible. Comme si le temps s'était figé. J'observe Will du coin de l'œil et ne peux m'empêcher de sourire. Ce moment est juste parfait. Je le vois rire dans l'ombre de son chapeau.

— Pourquoi tu me fixes comme ça ?

J'arrête mon cheval, Will fait de même.

— Je t'ai sûrement semblé dépourvue de sentiments quand tu es revenu ici, mais je voudrais que tu saches que je cherchais seulement à me protéger.

— Je…

— Laisse-moi terminer ! Je suis passée par quelques hauts, mais surtout des très bas après ton départ. Pourtant, ce n'est que maintenant que je comprends combien j'ai eu tort de vouloir m'immiscer dans ton voyage.

Son regard azur ne me quitte plus. Il hésite longuement avant de poser la question qui semble le torturer.

— Est-ce qu'un jour, tu me parleras de ce qui t'est arrivé durant mes cinq années d'absence ?

— Pourquoi revenir sur le passé, Will ? Désormais, il n'y a que le présent qui compte. Il n'y a que *toi et moi* qui compte.

Je retiens ma respiration. De toute mon âme, j'espère qu'il n'ira pas plus loin dans son investigation. Il acquiesce en silence et rapproche Red de ma monture jusqu'à ce que nos jambes se frôlent. Quand il se penche vers moi sur sa selle, je fais l'autre moitié du chemin et nos lèvres se scellent en un long baiser. Ce n'est que lorsque Thunder tente de mordre Red que nous nous séparons en riant.

— Tout ça m'a manqué ! *Tu* m'as tellement manqué, me murmure Will.

Nous poursuivons notre route au pas, main dans la main, laissant aller nos chevaux à leur rythme. J'ignore combien de temps nous sommes partis, mais quand nous rentrons au ranch, le pick-up de mon père n'est plus là et il n'y a aucun signe de Josh et Cole. Nous dessellons nos montures à l'extérieur de l'écurie, profitant du soleil de cette belle journée.

— Je vais devoir travailler avec Picasso, ce matin… soupiré-je au moment de ranger ma selle.

Will, qui m'a suivie dans la sellerie, me regarde examiner l'équipement du cheval bai. Depuis quelques jours déjà, je fais travailler le hongre en longe et il passe sans difficultés les barres au sol et les petits obstacles. Envahie d'un gros doute, je sollicite l'avis de mon compagnon.

— Tu ne trouves pas que l'arbre de la selle a l'air trop étroit pour lui ?

Il approuve après avoir lui aussi jeté un coup d'œil à la selle.

— Tu n'as jamais pensé à le monter à cru ?

— Je pourrais tenter le coup, pourquoi pas ? Tout ce que je risque, c'est de me retrouver encore les fesses dans la poussière.

Je hausse les épaules. Ce ne serait pas la première fois ! Et puis je n'ai pas d'autre selle anglaise susceptible de lui convenir.

— Je serai là pour t'aider à te relever… après avoir ri un peu, me rassure Will avec un clin d'œil malicieux.

D'un coup d'épaule, je le bouscule légèrement. Il en profite pour passer ses bras autour de moi et me maintenir dos à son torse. Comme un couple de pingouins, nous marchons jusqu'au box de Picasso. Will relâche son étreinte pour que je puisse passer un coup de brosse sur le petit cheval et lui mettre sa bride. Ensemble, nous gagnons la carrière où sont toujours disposées quelques barres au sol. Le cow-boy m'aide à me hisser sur le dos de ma monture et il laisse une fois encore sa main traîner plus que nécessaire sur ma cuisse. D'un claquement de langue, je fais avancer Picasso. Je me laisse porter par son mouvement en songeant que je n'ai pas accompli grand-chose avec lui jusqu'ici. Il serait temps que cela change ! J'en suis toujours au point où il refuse de passer la moindre barre au sol avec un cavalier sur son dos. Par contre, si je mets pied à terre et que je traverse la barre avec lui, il passe.

— Laisse-lui plus de rênes, me dit Will alors que je passe au trot.

J'écoute son conseil et le bel hongre allonge l'encolure. Je le sens presque aussitôt se détendre sous moi. Son trot est souple et confortable. Il n'a jamais été aussi à l'aise avec une selle. Peut-être avons-nous enfin trouvé son problème après tout ? Après un quart d'heure d'échauffement en tous genres, Will me donne une nouvelle indication.

— Guide-le sur la barre !

— Tu es certain ?

— Fais-moi confiance, Becca. Vas-y !

Je m'exécute et dirige ma monture vers l'une des barres. J'anticipe déjà le énième refus, alors que nous en approchons. Mais

186

rien de tout ce que j'attendais ne se produit. Picasso la passe sans encombre, d'une foulée bien plus souple que d'habitude. Je lève la tête vers Will qui se tient au milieu de la carrière. Lorsque je m'arrête à sa hauteur, un sourire éclaire son visage.

— Tu crois que c'était ça, le problème ? Un simple ajustement d'équipement.

Il croise les bras sur son torse en plongeant son regard dans le mien.

— Tu as toujours su écouter ton instinct et utiliser à bon escient ta parfaite connaissance des chevaux, Becca. Pourquoi en serait-il autrement aujourd'hui ?

Je passe ma jambe par-dessus le garrot de Picasso et Will me rattrape quand je descends en amazone. Je me serre contre lui. Il penche son visage vers moi et soulève le haut de mon chapeau pour m'embrasser. Nous entendons le moteur du pick-up de mon père qui remonte l'allée derrière moi, mais rien ne pourrait nous extirper de notre petite bulle.

Quel bonheur de retrouver la sensation de ces moments partagés !

Chapitre 24

Will

Deux jours se sont écoulés depuis notre réussite avec Picasso. Becca a téléphoné à sa propriétaire pour l'informer que tout allait bien pour son cheval et que seul son équipement était en cause. Lucas a décidé de rester quelque temps encore dans les parages pour donner un coup de main à Mitch, puisque Cole et Josh partent aujourd'hui, et a investi l'ancienne chambre d'Eric. Mes compagnons de route ont annoncé leur décision à tout le monde hier. Cole estime que c'est mieux pour Josh, et pour une fois, ce dernier est d'accord avec la décision du tatoueur. Donc depuis hier, nous nous activons avec l'aide de Lucas afin que tout soit prêt pour leur départ. J'ai récupéré tout ce que j'avais pu laisser traîner dans le camping-car. Cela me fait tout drôle de dire adieu à ce *vieux tas de ferraille* que Cole appelle sa maison. Après quatre ans de cohabitation, les au revoir sont difficiles. Alors que je prépare Fire pour le voyage en remorque, mon ami vient s'accouder à la barrière du box temporaire, près de Dexter.

— Tu sembles sur le point de chialer, Thompson !

Je le fixe en marmonnant dans ma barbe.

— Ça fait quatre ans qu'on vit ensemble tous les trois. Et que je veille sur vous. Je vais faire comment maintenant pour être sûr que vous ne vous mettez pas dans le pétrin ?

— T'inquiète, Papa poule, on t'enverra des cartes postales. Tu n'as pas fini d'entendre parler de nous, mon vieux.

Un long silence plane sur l'enclos tandis que Cole prépare son cheval.

— Tu crois vraiment pouvoir passer le restant de ta vie ici ?

Surpris par sa question, je me tourne vers lui et le dévisage.

— Tant et aussi longtemps que Becca voudra de moi, je resterai ici, oui. Je n'irai plus nulle part sans elle, mon pote.

— C'était donc ça, hein ?!

— Je crois que ça l'a toujours été.

Mon regard se porte vers le manège où Becca longe Gipsy. Elle se tient au centre de l'espace circulaire, la petite jument tournant sagement autour d'elle. Oui, je pourrais sans difficulté contempler cette vue pour le restant de mes jours.

— Au fait, j'allais oublier un truc, dis-je à Cole en enfonçant la main dans l'une des poches de mon jean.

D'un mouvement rapide, je lui balance les clés de mon pick-up, qu'il attrape au vol. Il m'observe sans rien dire, surpris.

— Il est à toi. J'ai déjà signé les papiers de transfert. Je te laisse également ma remorque, je n'en aurai plus l'utilité.

— Mais…

— OK ! Tu n'en veux pas ?

Je tends la main pour récupérer mes clés, il les cache derrière son dos.

— Sinon, je peux toujours le laisser à Josh…

— Tu ne voyageras donc plus jamais ? Tu abandonnes vraiment tout pour une femme ?

Il semble un peu choqué.

— Tout ça, c'est terminé pour moi, Cole. Et puis, qu'est-ce que j'abandonne, hein ?! Les heures de route à n'en plus finir, les petits jobs qui ne servent qu'à nous mettre un croûton de pain sous la dent et à nourrir nos chevaux ? Je veux retrouver ma vraie vie, celle que j'avais ici avec Becca. J'ai été le mec le plus stupide du monde en la quittant. Je ne referai pas deux fois la même erreur. Elle est la femme de ma vie depuis plus de treize ans maintenant. Jamais je n'ai désiré personne comme que je la désire elle, Cole. Aujourd'hui, je mets mon cœur entre ses mains, les yeux fermés, sans même savoir si elle ne va pas l'écraser entre ses doigts.

Cole encaisse mes paroles en regardant au loin. Je sais qu'il n'a pas eu une existence facile ; ce mode de vie, il ne l'a pas choisi

190

mais adopté, pourtant quand il se tourne à nouveau vers moi, il semble à deux doigts de me rire au nez.

— Je ne te connaissais pas ce côté mélodramatique, Thompson. Tu me surprends encore, même après avoir passé quatre ans avec toi dans un camping-car.

Nous rions de bon cœur avant de nous donner une franche accolade. J'espère vraiment pouvoir les retrouver un jour, Josh et lui. Ne serait-ce que pour boire un verre. Après tout, ils ne seront qu'à un peu plus d'une heure du ranch. En aucun cas, je ne veux perdre contact avec eux. Ils sont ma seconde famille, cette famille qui m'a accepté sans me juger, comme les Parker avaient su le faire par le passé.

Une fois les chevaux prêts, je rejoins Josh avec Fire. Il nous attend près de la remorque, son bras toujours en écharpe. Il flatte un instant l'encolure de son cheval avant que je le fasse monter.

— C'est la fin de la route, alors ?

— Vous savez où me trouver. Je ne bougerai pas d'ici.

— Plus accro que ça, tu meurs.

Josh me sourit et presse son épaule valide contre la mienne.

— Tu vas me manquer, Walker. Surtout, fais attention à toi.

— *Vous* allez nous manquer, répond Josh en voyant Becca s'approcher.

Elle l'embrasse tendrement sur la joue.

— Ne sois pas trop buté avec le physiothérapeute, le sermonne-t-elle.

— Bien, Chef !

— On écoute la dame !

Cole McKnight qui clame haut et fort que nous devons écouter la dame ? J'aurai vraiment tout entendu !

Becca l'embrasse à son tour et le géant de muscles la serre fort contre lui en me souriant par-dessus son épaule. S'il croit que je vais m'énerver pour si peu, c'est qu'il me sous-estime. Je lève simplement les yeux au ciel en soupirant. Mitch et Lucas viennent nous rejoindre. Après quelques poignées de main amicales et quelques au revoir, Cole prend le volant du camping-car et Josh s'installe derrière celui de mon pick-up, plus facile à manœuvrer avec son bras en écharpe. Ils disparaissent ensuite dans un nuage de poussière.

C'est étrange de voir mon véhicule et ma remorque s'éloigner sans moi… pourtant, en regardant la femme qui vient passer son bras derrière mon dos, je me dis que je suis enfin de retour à ma place.

Becca et moi regagnons l'écurie pour nous remettre au travail. Ils restent encore plusieurs chevaux à faire travailler aujourd'hui, dont Styx. La journée passe trop vite. Entre les chevaux à entraîner et les propriétaires de Picasso qui passent le récupérer, nous arrivons au tour de mon étalon à l'heure de la ration du soir.

— Vu l'heure, je crois que tu devrais te contenter de le manipuler dans l'écurie pour aujourd'hui. Le sortir de son box, le brosser. Qu'il s'habitue tranquillement à toi.

— À nous.

Je me tourne pour faire face à ma compagne.

— Je veux qu'il s'habitue à nous deux, Becca. J'étais prêt à te l'offrir en fait, seulement je me rends compte que je ne ferais que me débarrasser de ce que je considérais comme une corvée, il n'y a encore pas si longtemps. J'aimerais que nous le travaillions main dans la main, conclus-je en la suppliant du regard.

— Tu es certain que c'est ce que tu veux, Will ? Tu te débrouilles très bien tout seul.

Mes yeux se posent sur elle. Comment peut-elle me demander si c'est vraiment ce que je veux ? Ce que je désire, c'est elle, tout partager avec elle, ne plus jamais devoir me passer d'elle. Des bruits de pas dans le gravier me font tourner la tête vers la porte de la grange. La silhouette de Mitch apparaît en contre-jour dans le soleil couchant, m'empêchant de répondre à la question de Becca.

— Je dois aller voir ton frère, Becca, nous annonce-t-il, laconique comme à son habitude. Lucas a fait le dîner, mais il s'est endormi sur le canapé après avoir mangé. Je l'ai envoyé se coucher !

— D'accord.

Mitch tourne les talons et, quand j'entends le moteur de son pick-up démarrer, je m'avance vers Becca qui regarde toujours dans la direction de Styx. Je prends son visage en coupe entre mes mains

192

et pose mes lèvres sur les siennes. Elles sont douces et ont un goût de paradis. Je l'embrasse comme si ma vie en dépendait, ce qui est peut-être le cas après tout. Ses bras passent autour de mon cou et elle se met sur la pointe des pieds pour être à ma hauteur. Délaissant son visage, je passe mes mains sous ses fesses et la hisse sur la demi-porte d'une des stalles. Ses doigts caressent mes cheveux, elle gémit tout contre ma bouche. Je tente de mettre un peu de distance entre nous pour la laisser respirer, mais elle m'entoure la taille de ses jambes, me maintenant le plus près possible de son corps.

— Je t'interdis de t'éloigner à nouveau de moi, souffle-t-elle en mordant légèrement la peau de mon cou.

J'étouffe un grognement et la soulève de nouveau pour la remettre sur ses pieds. Ses doigts agrippent fermement ma main et elle m'entraîne dans l'escalier, jusqu'à ma chambre. Styx et les autres devront attendre leur ration ce soir…

Une fois dans la pièce, Becca se tourne vers moi et, dans la faible lumière de la pièce, elle déboutonne lentement ma chemise, un bouton à la fois, un baiser après l'autre. De ses lèvres, elle suit le tracé de ses doigts sur mon torse. Je frissonne sous leur contact. Mon vêtement atterrit finalement à mes pieds, tandis que je lui retire son tee-shirt et je l'embrasse de nouveau en la faisant reculer vers le lit. Ses genoux cèdent en rencontrant le matelas. Quand elle se laisse tomber en arrière, je la suis dans sa chute, l'entourant de mes bras. Je dépose une traînée de baiser sur ses épaules, puis lui retire son soutien-gorge alors qu'un nouveau soupir lui échappe. Ce son fait vibrer mon corps contre le sien et j'embrasse sa poitrine, la vénérant de tout mon être.

Becca passe ses mains entre nous pour défaire mon ceinturon. Je l'aide dans sa tâche et la débarrasse par la même occasion de ses derniers vêtements. Elle me tend la main et m'attire de nouveau à elle, pour de bon cette fois.

Emportés par le désir, étouffés par nos soupirs, nos corps ne font plus qu'un.

Comme autrefois…

Enfin !

Chapitre 25

Becca

Nous sommes dimanche matin, mon réveil se fait tout en douceur. Je sens les battements d'un cœur tout contre ma main. Quand j'ouvre enfin les yeux, je découvre que le soleil qui pénètre dans la petite chambre rayonne sur nos corps enlacés. Nos jambes sont entremêlées dans les draps froissés par nos ébats, et nos corps sont pressés l'un contre l'autre sur le matelas toujours aussi étroit. Le bras de Will passe en travers de mon dos et me colle à lui, comme s'il avait eu peur que je disparaisse dans la nuit. Tout doucement, afin de ne pas le réveiller, je me dégage légèrement de son emprise pour lever les yeux vers lui.

Il me semble si paisible, ainsi endormi.

Je l'observe à loisir, partant de ses hanches et laissant mon regard dériver jusqu'à son visage. Je peux maintenant le regarder bien en face et ne plus simplement percevoir que son souffle dans mes cheveux. Malgré cinq années d'absence, je n'ai jamais oublié ses traits. Combien de fois me suis-je réveillée ainsi à ses côtés avant son départ ? Ce matin ne fait pas exception à la règle. Je mémorise de nouveau chaque détail de son visage. Je me remémore son regard bleu, si intense quand nous nous sommes enfin retrouvés hier soir. Ses yeux se sont ancrés aux miens pour ne plus s'en détacher. Son petit sourire narquois, qui révèle une fossette sur sa joue droite, quand je l'ai presque imploré de me faire de nouveau sienne durant la nuit.

Délicatement, mon index parcourt l'arc de ses tempes pour suivre ses sourcils et redescendre vers sa bouche. Je sens toujours cette petite bosse sur son nez. Je me souviens encore du jour où il se l'est cassé. Will pouvait être aussi borné que ces taureaux qu'il chevauchait durant huit secondes, néanmoins une chose est sûre, son nez n'était pas aussi solide que la tête de celui qui l'a percuté ce jour-là.

Je me dis tout à coup que j'ai énormément de chance, car William Thompson fait partie des êtres les plus patients de la Terre. Et je l'ai toujours connu ainsi, que ce soit avec les chevaux… ou avec moi. Quand je repense à la façon dont j'ai géré son retour au ranch, je me déteste pour toute l'amertume que j'ai déversée sur lui.

Il fait également partie de ces personnes dont la présence devient rapidement aussi addictive qu'une drogue. On peut tenter de s'en sevrer une fois, néanmoins, quand on replonge, il devient impossible de s'en passer à nouveau. J'ai encore cette incontrôlable peur au ventre de le voir repartir. Même si Lucas m'a assuré qu'il comptait rester ici, je n'ai toujours pas osé lui poser la question moi-même. Je suis terrifiée d'entendre sa réponse.

Je délaisse enfin son visage et enroule l'un des draps autour de mon corps avant de quitter doucement le lit qui grince sous moi. En tentant de ne pas faire de bruit, je me dirige vers la porte qui s'ouvre au-dessus de la cour. En ce début juillet, l'air matinal est déjà chaud quand je laisse le soleil entrer dans la pièce. Le drap coincé au-dessus de ma poitrine, je me retourne vers le lit en l'entendant couiner. Will m'observe, assis sur le matelas, un léger sourire flottant sur les lèvres. Son regard brille du même désir qu'hier soir, et je frissonne en avançant vers lui. Dès que je suis à sa portée, il m'attrape par les hanches et me fait basculer avant de me couvrir de son corps. Il dépose une traînée de baisers brûlants le long de mon cou, et je gémis malgré moi sous son assaut.

Je dégage mes jambes du drap et les passe autour de sa taille, le rapprochant le plus possible de moi. Mes mains caressent ses puissantes épaules et descendent plus bas. Je sais que, du bout des doigts, je parcours la croix tatouée dans son dos, le long de sa colonne vertébrale. Mes talons s'enfoncent à la base de ses fesses pour amener ses hanches encore plus près des miennes. Il passe une main entre nos corps pour venir délicatement trouver mon sexe. J'étouffe un gémissement en fermant les dents sur son épaule.

Rapidement, je trouve mon plaisir sous ses doigts. Notre nuit d'ébats m'a rendue extrêmement sensible à ses caresses.

Fier de lui, il me gratifie d'un nouveau sourire malicieux avant d'embrasser ma poitrine. Il semble refuser de m'offrir ce que je désire, ce matin et pour toujours : Ne faire de nouveau qu'un avec lui. Alors qu'il enflamme tout mon être de ses baisers, je tourne la tête vers l'horloge accrochée au-dessus de la porte.

Huit heures quinze !

— Merde !

Je me redresse brusquement dans le lit en hurlant, Will me dévisage avec inquiétude, surpris par ma réaction soudaine.

— Quelque chose ne va pas ?

— Il est huit heures passé, Will !

En riant, il pose ses lèvres sur mon épaule.

— Et alors ? J'ai envoyé un texto à Lucas dans la nuit pour qu'il donne à manger aux chevaux ce matin.

— Mais…

— Tu as l'air tellement fatiguée, Becca ! Tu peux bien t'octroyer une légère grasse matinée, un dimanche de temps en temps.

Comment lui expliquer que je dois aller rendre visite au type qu'il déteste le plus au monde, celui que j'ai brièvement fréquenté lors de son absence, alors qu'il est nu et brûlant de désir devant moi ? Comment lui annoncer cela, quand la seule chose dont j'ai réellement envie, c'est de me laisser aller sous les caresses de ses mains et la domination de son corps.

— Je… je dois être à *Eaton's Creek* dans moins d'une heure, Will. On m'a appelée pour évaluer un cheval qui se trouve là-bas.

Je peux le sentir se crisper alors que je me dégage pour m'asseoir au bord du matelas. Comme je cherche mes vêtements des yeux, il s'étire de tout son long pour déposer un baiser sur ma nuque. Sa main, qui passe en travers de mon ventre pour me serrer contre son torse, frôle ma cicatrice. En déposant la mienne par-dessus, je m'assure qu'il ne puisse pas la sentir sous ses doigts, ce que je m'applique à faire depuis qu'il m'a retiré mon haut hier soir. Je ne veux pas que nous abordions ce sujet. Pas encore. Pas alors que je ne suis pas certaine qu'il est enfin revenu pour de bon. Will grogne quand je me lève pour ramasser mon jean, qui traîne depuis la veille sur le sol, près du sien. J'enfile mon tanga puis remonte rapidement mon vêtement sur mes jambes. Je ramasse mon débardeur que je colle d'une main contre ma poitrine en cherchant mon soutien-gorge autour du lit. Je lève les yeux en entendant un rire à peine contenu. Will tient mon sous-vêtement au bout de son index, le balançant de droite à gauche. Je le lui arrache des mains et l'enfile rapidement.

— Tu peux l'agrafer, s'il te plaît ? demandé-je en lui tournant le dos.

Ses doigts légèrement rugueux partent de la base de mes reins, suivent ma colonne vertébrale et parviennent enfin jusqu'à l'attache. Un soupir m'échappe et Will me fait reculer vers lui. Pourtant, je me dégage et enfile mon débardeur, ce qui le fait souffler de mécontentement. Un rire s'échappe cette fois de mes lèvres.

— Ne fais pas l'enfant, Will. Je serai vite de retour, et alors je serai tienne pour le reste de la journée.

Je me tourne vers lui et passe une main câline dans ses cheveux en bataille, puis je dépose un baiser sur ses lèvres et me recule.

— Tu m'as fait perdre un temps précieux ce matin avec tes caresses, murmuré-je en ramassant ses vêtements épars sur le sol.

— Si tu juges que c'était du temps perdu, je m'abstiendrai de te faire soupirer d'extase à l'avenir.

— Toujours aussi confiant, n'est-ce pas ?

— Tu me prouves de maintes façons que je n'ai pas à m'inquiéter à ce sujet.

Il pouffe comme un adolescent en se redressant devant moi. Nu comme un ver et prêt à me démontrer qu'il possède tout ce qu'il faut pour me satisfaire. Je ne peux m'empêcher de lever les yeux au ciel, il affiche une telle assurance ! La fuite reste donc ma seule option ! Je lui balance son jean à la figure, et je chausse mes bottes de cow-boy avant de descendre les escaliers en courant pour rejoindre l'écurie. Je tombe nez à nez avec Lucas qui nettoie les box. Mes joues virent sans doute au cramoisi en songeant qu'il a dû entendre tout ce qui s'est déroulé au-dessus de sa tête.

— Bonjour ! me salue-t-il avec entrain.

— Salut ! Je dois filer, je t'emprunte ta voiture !

Quand il est ici, Lucas laisse toujours ses clés sur le contact. Je sors de la grange au pas de course et me dirige vers la petite Micra. Alors que je démarre, j'aperçois Will, torse nu, qui me fait de grands signes depuis l'encadrement de la porte à ciel ouvert. Je freine et descends ma vitre.

— J'adore te voir porter les mêmes fringues que la veille. Surtout quand je sais que c'est moi qui te les ai retirées, clame-t-il en souriant, à l'instant même où Lucas sort de la grange.

Je soupire alors qu'il fait le fier sur son perchoir, me souriant de toutes ses dents.

— Pensez à sortir Styx en priorité ce matin, il est resté enfermé tout hier. Et tente de ne pas te casser la figure de là-haut, Thompson, ce serait dommage, conclus-je en reprenant ma route.

Dans le rétroviseur, je le vois disparaître dans la poussière. Je déteste cette image et tente de l'ignorer. Sur la route, je repense à nos caresses de ce matin. J'ai enfin l'impression de vivre à nouveau pleinement depuis que nous nous sommes retrouvés durant le transfert du bétail, mais en cet instant, ma soif d'exister est au summum. Tout ce que je désire, c'est de le rejoindre au plus vite, ne serait-ce que pour entrelacer mes doigts aux siens.

Quand j'arrive à *Eaton's Creek*, l'immense écurie de concours que le père d'Asher possède, je m'assure que mon portable est toujours dans la poche arrière de mon jean avant de quitter l'habitacle. Je le fixe un instant et m'esclaffe en découvrant mon nouveau fond d'écran ! Pourquoi diable ai-je un Will qui tire la langue sur mon téléphone ?! Et puis je comprends que c'est sans doute depuis mon appareil qu'il a envoyé le message à Lucas cette nuit. Et il en a profité pour faire du relooking. Je retrouve néanmoins bien vite mon sérieux et m'avance vers la carrière d'obstacles où j'aperçois Asher qui regarde travailler un grand cheval bai. Même de loin, je peux constater que l'animal ne se donne pas, il fait tomber les barres de tous les obstacles qu'il aborde. Il possède pourtant une foulée très souple quand il galope entre les sauts. Je m'approche du manège et viens m'accouder à la barrière non loin d'Asher, tout en observant le cheval.

— C'est lui ?

— Oui. Il s'appelle Diablo's et mon père l'a payé une petite fortune. Tu admettras que le résultat est plutôt médiocre.

Je reste silencieuse, et poursuis mon étude en songeant que le prix payé ne définit en rien le talent et la volonté d'une monture. Un homme pénètre alors dans le manège avec un long fouet. Il se place à côté du saut suivant, prêt à faire claquer son ustensile derrière le cheval, quand ce dernier passera l'obstacle. Je me suis toujours révoltée contre cette méthode. Tous les chevaux ne sont pas faits pour les disciplines que leur propriétaire leur impose.

Le fouet claque et je sursaute.

Le pauvre animal, quant à lui, fait un écart quand il atterrit de l'autre côté de l'obstacle. Surpris, son cavalier est déstabilisé et finit sa course dans le sable. Il se relève et jure en direction de sa monture effrayée. Je me détourne du spectacle pitoyable et fixe Asher avec colère.

— Pourquoi me demander mon avis alors que visiblement, vous êtes déjà décidés à maîtriser la situation par la manière forte ?

— Je voulais un autre son de cloche.

— Tu sais que je ne travaille pas de cette façon ! Par contre, si tu ne m'as fait venir ici que pour satisfaire ta curiosité, poussé par une espèce de jalousie mal placée due au retour de Will, sache que tu nous as fait perdre notre temps à tous les deux, Asher. Et que tu ne m'auras pas deux fois à ce petit jeu ! Suis-je assez claire ?!

Asher sourit en m'ignorant superbement, son regard vissé sur le cheval bai.

— Je me doutais bien que William Thompson était revenu en ville, tu arbores un magnifique suçon dans le cou, ironise-t-il.

Cette fois, je vois rouge. Je réprime difficilement mon envie de lui coller ma main en pleine figure pour lui faire ravaler son petit air narquois.

— Je n'ai pas de temps à perdre ici, Asher. Puisque tu le prends ainsi, et si tu as vraiment un problème avec ce cheval, tu passeras au ranch, comme n'importe lequel de mes clients.

— Aurai-je droit au même traitement que Thompson ?

Cette fois, je ne retiens pas ma main qui laisse une belle marque rouge sur la joue de ce sale gosse de riche. Je me demande bien comment j'ai pu perdre un mois de ma vie avec ce crétin.

— Tu n'auras jamais ce que j'offre à Will avec tant de plaisir, Asher. Il va falloir te faire à l'idée, craché-je en tournant les talons.

Je peux sentir son regard concupiscent posé sur moi, et je déteste cette sensation. Je m'engouffre dans la voiture de Lucas et démarre aussitôt lorsque je remarque Asher qui avance encore dans ma direction. Je quitte le parking avant de m'engager sur la route. Je ne veux plus qu'une chose, retrouver mon ranch et Will. Mon portable vibre dans ma poche. Je le sors en me contorsionnant avant de jeter un rapide coup d'œil sur l'écran. Le visage souriant de mon compagnon apparaît et la chanson *I see you* de *Luke Bryan* résonne dans l'habitacle.

Je souris en songeant qu'il a toujours su apparaître au bon moment.

Chapitre 26

Will

Du haut de l'écurie des Parker, je regarde la petite voiture argentée de Lucas s'éloigner dans l'allée, et je hais la sensation de vide qui m'oppresse soudain la poitrine. Comment ai-je pu rester si longtemps éloigné d'elle ? Ne plus me réveiller à ses côtés, ne plus sentir son corps contre le mien ? J'ignore comment j'ai pu supporter une telle absence dans ma vie, avec seulement mes souvenirs pour me la rappeler, mais il est clair que jamais plus je ne pourrai vivre sans sa présence près de moi.

— Will !

Tandis que la Micra disparaît de mon champ de vision, Lucas m'interpelle depuis la cour. Je m'avance légèrement pour le regarder.

— Quoi ?

— Tu descends me donner un coup de main ?

— Laisse-moi juste quelques minutes, j'arrive.

Je retrouve la sécurité de ma chambre, ce serait dommage de me casser la figure comme l'a si gentiment fait remarquer Becca. Des tonnes de pensées tournent en boucle dans ma tête et je me laisse tomber sur le lit défait. Les mains derrière ma tête, je fixe le plafond de bois au-dessus de moi. Je respire lentement, me grisant du parfum qui imprègne encore les draps tout en m'interrogeant. Becca a bien tenté de me cacher cette cicatrice légèrement creusée dont j'ai pu sentir l'ébauche près de sa taille. Cette marque n'était pas sur son corps quand j'ai quitté l'Alberta, je m'en serais souvenu. Il m'est cependant difficile de savoir à quoi elle est due et je ne suis jamais parvenu à la voir dans son ensemble, puisque Becca a tout fait pour que je ne m'approche pas de cette zone de son corps. Peut-être est-elle le résultat d'un accident de cheval plus sérieux que les autres ? Je suis également surpris qu'elle ne m'ait pas demandé ce que j'avais finalement trouvé durant mon long voyage ou si j'allais rester ici définitivement. Et puis, j'avoue que je suis d'une jalousie maladive, et qu'elle ait quitté mes bras et mon lit pour aller voir un cheval dans l'écurie du père de son ex petit ami me plonge dans le plus profond désarroi. Même si Lucas m'a affirmé qu'ils ne s'étaient que très peu fréquentés, je n'aime pas ça. Mon ego en a pris un coup. Je soupire lentement et me décide enfin à me relever. En ouvrant les tiroirs de la commode, je me rends compte que je suis bon pour faire une nouvelle lessive. Je me déniche tout de même un tee-shirt mettable et entasse le reste de mes vêtements sales en une pile près de la porte, à côté des cartons qui encombrent toujours la pièce. Je descends les marches deux à deux, et arrivé dans l'écurie, j'enfile mon tee-shirt à la hâte. Quand j'en sors la tête, c'est pour découvrir Lucas qui me dévisage avec un intérêt non feint. Je lui souris en haussant les sourcils. Depuis que je sais que c'était pour me voir moi qu'il passait tous ses étés ici, je me sens flatté et surtout, soulagé qu'il ne soit pas un rival.

— Alors, on a quoi au menu ce matin ?

Malgré toutes les questions qui m'obsèdent, je dois avouer qu'avoir eu Becca entre mes bras toute la nuit m'a donné une pêche d'enfer ! Je me sens d'attaque pour faire travailler n'importe quel cheval de cette écurie. En souriant, Lucas s'avance vers moi et me tend une seconde fourche. Bon, d'accord… il a vraiment le chic pour saper l'ambiance. Chacun occupé à sa basse besogne, nous ne parlons pas beaucoup. Toutefois trop d'interrogations me reviennent en tête et me brûlent la langue. Je vais donc me poster devant le box où œuvre Lucas, et appuyé sur ma fourche, je le fixe pendant de longues minutes.

— Quoi ?! finit-il par s'irriter.

J'esquisse un sourire victorieux.

— Pourquoi Becca est-elle partie évaluer un cheval à *Eaton's Creek*, puisque l'écurie ici est complète ?

— Asher lui a téléphoné pour avoir son avis sur une nouvelle acquisition.

L'air se bloque dans ma gorge à l'évocation du nom d'Asher Eaton. Elle m'a laissé seul alors que nous entamions notre troisième *round*, pour aller voir le cheval de ce type ! J'ai toujours détesté ce stupide enfant gâté qui se prend pour le centre de monde juste parce que son père a un énorme portefeuille et qu'il possède l'un des plus grands élevages de chevaux de concours de l'Alberta. Quand on ne sait pas monter à cheval, on ne se fait pas mousser comme cet idiot ne cesse de le faire ! C'est d'ailleurs ce que je lui ai toujours dit. Qu'il n'ait ne serait-ce que touché à un cheveu de Becca me donne la nausée. Je l'admets, je ne comprends pas comment elle a pu le fréquenter ! Mais je dois faire abstraction du passé, comme elle me l'a demandé. C'est moi qu'elle a décidé de reprendre dans sa vie désormais. Personne d'autre.

— Tu crois qu'il y a quelque chose entre eux ? demandé-je pourtant à Lucas.

Adoptant la même position que moi, il me jette un regard noir.

— Elle n'avait plus de ses nouvelles jusqu'à ce que tu reviennes en ville.

— Et alors…?

— Il est jaloux, imbécile ! Il veut ce que tu as, toi. Asher a toujours été obnubilé par le fait que Becca te préfère, toi, à son argent et lui.

Je me demande jusqu'où un tordu comme Eaton serait prêt à aller pour obtenir quelque chose qu'il désire vraiment. Sans doute pas plus loin que le numéro de carte de crédit de Papa !

Dès que j'ai terminé de nettoyer le box de Keeper, qui a finalement eu droit à sa stalle dans l'écurie après le départ de Picasso, je m'empare de la longe de Styx. Tranquillement, j'ouvre sa porte et pénètre à l'intérieur de son box. L'étalon me fixe sans bouger. Je fais un pas vers lui et il en fait de même. Lentement, je lui passe son licol et le guide hors de la grange, laissant Lucas nettoyer les autres stalles tout seul. Je mène mon cheval jusqu'au manège circulaire et le laisse aller en liberté. Il semble prendre grand plaisir à se rouler longuement dans le sable.

Je regarde les alentours, Mitch a dû partir vérifier les troupeaux,

205

puisqu'Aramis n'était pas dans son box ce matin. L'endroit me paraît étrange dorénavant sans le camping-car de Cole planté non loin de la maison. Mine de rien, le départ de mes camarades a provoqué un grand vide au ranch. Leur présence enjouée ajoutait du piquant à nos longues journées. Quatre années de cohabitation terminées en quelques heures à peine, le temps de ranger leurs effets, et tout ça à cause d'une chute stupide... Sans cesser d'observer Styx, je sors mon portable et décide d'appeler Becca, c'est plus fort que moi. Même si cela ne fait pas une heure qu'elle est partie, elle me manque déjà. Tandis que la tonalité résonne dans mon oreille, je me demande si elle a remarqué les changements que j'ai apportés à son téléphone. Durant une partie de la nuit dernière, je l'ai regardée dormir, puis je me suis amusé à changer son écran d'accueil et ma fiche. J'ai mis mes informations à jour, très étonné de découvrir qu'elle avait conservé le numéro du portable que j'avais en quittant le ranch.

— Allô ?

— Tu en as terminé avec le type qui t'a privée de mes caresses ce matin ?

— Je suis sur le retour, oui.

J'entends très mal sa voix à l'autre bout du fil. Elle doit avoir mis son portable sur haut-parleur.

— Et alors, ce cheval ?

— Une belle perte de temps.

Intérieurement, je souris, car je sais à quel point Becca déteste qu'on lui fasse perdre son temps.

— Je suis là dans un quart d'heure, Will.

— Très bien. Je t'attends pour faire travailler Styx ?

— D'accord.

— Je... je t'attends, conclus-je en coupant la ligne.

J'étais sur le point de prononcer ces trois petits mots que je lui répétais sans cesse autrefois. *Je t'aime.* Seulement les choses ne sont-elles pas encore un peu prématurées pour aller jusque-là ? Dans ma tête et mon cœur, il ne fait aucun doute que j'aime Becca Parker de toute mon âme. Je n'ai jamais cessé de l'aimer, même à des milliers de kilomètres de distance. Comme pour me le rappeler, je sors mon portefeuille. Bien que presque vide, il a contenu mon bien le plus précieux durant tout mon périple. Je sors la photo de Becca de sous la petite pellicule de plastique qui la protège. Pas un seul jour ne s'est passé sans que je ne la regarde.

Comme Becca ne va pas tarder à arriver, je décide de rester avec Styx dans le manège circulaire, tout en le laissant aller à sa guise. Je m'installe un moment sur la barrière sans le quitter des yeux, puis finis par descendre le rejoindre. Il ne fait aucun mouvement alors que je m'approche doucement. À cet instant, je peux tout ressentir. L'air chaud sur mon visage, le sable qui se soulève sous chacun de mes pas, l'intensité du regard de l'étalon sur moi. Il me laisse avancer jusqu'à ce que je puisse passer ma main sur son encolure. Sa robe brille sous le soleil, son œil est plus calme que d'habitude. Je me surprends à comparer l'attitude de Becca à mon arrivée avec celle de Styx. Tous les deux avaient ce même regard empli de rage, et maintenant il reflète une tout autre émotion.

Styx me laisse passer mes mains partout sur son corps. Je me penche également pour prendre l'un de ses antérieurs comme si je voulais lui curer le pied. Sans entraves, libre de tout mouvement, l'étalon se laisse manipuler avec bienveillance. Dans un élan de courage, ou de stupidité je ne sais toujours pas lequel l'a emporté, j'empoigne sa crinière et, parallèle à son épaule, je reste un moment immobile. Puis d'un mouvement souple, je passe ma jambe par-dessus sa croupe. Je me retrouve assis sur cette créature impressionnante, totalement imprévisible et d'une puissance sans égale, qui a réussi à sauter la clôture du manège il y a moins d'un mois de cela. Au même instant, je me dis que mon élan était définitivement stupide. Pourtant, à mon grand étonnement, Styx ne bouge pas. Une main enroulée dans sa crinière, je serre légèrement mes mollets contre son corps puissant… et il avance au pas, avant de commencer à trotter lentement. Voilà un cheval qui possède de l'avant ! Je me laisse transporter par sa foulée régulière et fluide. Après plusieurs tours de manège, je perds la notion du temps, tandis que mon étalon reste constamment aux aguets. Quand Becca apparaît dans la voiture de Lucas, il me surprend en faisant un violent écart qui me désarçonne. Je n'ai pas le temps de me retenir à sa crinière, je bascule lourdement dans le sable. Styx part tranquillement dans l'autre direction et s'arrête à la barrière, comme pour regarder ce qui se passe dans la cour. J'entends une portière se fermer vivement et Becca hurler mon nom.

— Will !

Étendu sur le dos dans le sable, je relève la tête non sans grogner mon mécontentement. Cela fait longtemps qu'une chute aussi idiote ne m'était pas arrivée. Becca se précipite près de moi après avoir escaladé la clôture.

— Tu étais censé m'attendre !

— C'était trop long. Que veux-tu, je n'ai jamais été du genre patient.

— Et je ne crois pas non plus que *travailler avec Styx* voulait dire le monter si tôt.

Je m'assois lentement dans le sable et la regarde dans les yeux en souriant avec malice.

— Avoue que tu as eu peur pour moi, hein ?!

Son regard devient mauvais et je reçois son poing dans l'épaule.

— Aïe !

— Imbécile !

Je masse mon épaule comme si elle m'avait réellement fait mal.

— Il m'a permis de grimper sur son dos, Becca. C'est tout.

Elle marmonne un truc en me laissant me relever tout seul. Je grommelle en sautillant sur place… je suis plein de sable, jusque dans mon boxer, et c'est la chose que je déteste le plus après une chute de cheval. Cessant de faire l'idiot, je m'approche de Becca et passe deux doigts dans les pans de son jean pour l'attirer à moi avant de la faire pivoter. Styx nous observe, toujours immobile près de la barrière. Je pose mon front contre celui de cette femme magnifique, tandis qu'elle passe ses bras autour de mon cou. C'est elle qui amorce notre baiser. Ses lèvres viennent chercher les miennes avec avidité, ses mains parcourent mon cou alors qu'elle me rapproche d'elle le plus possible. Quand le souffle nous fait défaut, elle se recule de quelques centimètres et me sourit, presque timidement, ce que je trouve étrange après la nuit que nous avons passée ensemble.

— J'avais hâte de te retrouver.

Je dépose un léger baiser sur ses cheveux.

— Je dois te poser une question, Will…

Becca laisse sa phrase en suspens. Je replace une mèche rebelle derrière son oreille, attendant patiemment qu'elle se décide à poursuivre.

— Es-tu rentré pour de bon ?

Je ne perçois que trop bien la crainte et la détresse qui étranglent sa voix. Je sens malgré moi un sourire étirer mes lèvres. Me penchant vers elle, je rive mon regard au sien.

— Si tu veux encore de moi dans ta vie, Becca Parker, plus jamais je ne quitterai cet endroit. Tu es l'unique raison de mon retour ici.

Ses épaules se détendent et elle se laisse aller dans mes bras en déposant un baiser dans mon cou.

— Oui, je veux encore de toi dans ma vie, William Thompson.

Cette phrase est un baume sur mon cœur. Je l'étreins et la soulève légèrement du sol en la faisant tournoyer.

— Je vais trimer seul toute la journée pendant que monsieur et madame se font des câlins, ou quoi ?! nous interroge Lucas d'un ton faussement bougon, depuis la porte de l'écurie.

Becca et moi rions de concert, alors que Styx s'approche de nous.

Chapitre 27

Becca

Lucas, Will et moi finissons rapidement de nettoyer la grange. La perte de temps ridicule de ce matin, engendrée par cet enfant gâté d'Asher Eaton, m'a vraiment mise en colère. Toutefois, l'annonce de Will a vite effacé ma mauvaise humeur et c'est comme si plus rien d'autre n'existait que nous deux désormais. Je pensais que Cole et Josh allaient venir le chercher à l'automne et qu'ils repartiraient aux États-Unis, ou Dieu sait où ! J'avais faux sur toute la ligne. Il est revenu pour moi et ne compte plus partir. Même si Lucas me l'avait déjà dit, je me devais de lui poser la question directement, car je ne pouvais pas me permettre de laisser libre cours à mes sentiments, s'il comptait me quitter à nouveau.

Néanmoins, peut-on vraiment oublier son tout premier amour, lui tourner le dos quand il vous revient, juste par peur que l'Histoire ne se répète ?

Alors que je finis de balayer la sellerie, une boule d'anxiété se forme en moi quand je pense que je ne pourrais pas lui cacher indéfiniment tout ce qui s'est passé après son départ. Lucas me l'a fait comprendre il y a quelque temps déjà. Cependant, je veux nous laisser quelques jours de paix pour nous retrouver avant de lui parler du drame que j'ai vécu… et qui le concerne malgré tout. Peut-être même ne voudra-t-il plus rester ici quand il saura ce que j'ai fait. Lorsque je passe devant la stalle de Thunder, celui-ci me fixe en baissant les oreilles, l'œil nerveux. Il doit sentir l'inquiétude qui me gagne, ce cheval est un véritable miroir de mes sentiments. Sans plus attendre, je rejoins les deux hommes à l'extérieur de l'écurie et suis surprise d'y trouver également mon père, assis sur Aramis.

— Salut Papa !

— Bonjour ma puce.

Je sursaute en l'entendant m'appeler par ce surnom, il y a des années qu'il ne l'a plus utilisé. Et il arbore aussi un sourire que je ne lui vois que très rarement. C'est à n'y rien comprendre…

— Tout va bien là-haut ?

— Oui, les troupeaux se portent à merveille, me répond-il en mettant pied à terre.

— Je m'occupe d'Aramis ?

— Non, ma puce, je vais le faire. Remettez-vous plutôt au travail.

Il m'adresse à nouveau un sourire et, en passant près de Will, lui pose une main sur l'épaule avant de disparaître dans l'écurie. Derrière moi, Lucas éclate de rire.

— Qu'est-ce qui se passe ici, bordel ?!

— Je crois que ton père a encore remarqué que tu découches.

— Mais…

Il ne m'en faut pas plus pour que l'information me percute. Je me coupe moi-même la parole en mettant une main sur ma bouche. C'est plus fort que moi, je me sens rougir. Will m'attire à lui en se moquant gentiment de ma réaction. Comme une enfant, je cache mon visage dans son tee-shirt.

— Ça va, Becca. C'est ton père, pas un prêtre !

— Parle pour toi, Will ! Je suis certaine que j'ai un écriteau relatant notre nuit ensemble au-dessus de la tête !

— Tu es plus souriante, je l'avoue.

Pour la seconde fois de la journée, il se prend mon poing dans l'épaule pour s'être fichu de moi. Puis je me dégage de ses bras et vais chercher Gipsy dans son box. Je lui passe son licol et la mène en longe jusqu'au manège rond que Will et Styx viennent de libérer. Le grand étalon noir fait passer la jument pour un poney quand ils se croisent. Je détache Gipsy et la laisse explorer l'endroit et se rouler dans le sable. Elle galope durant quelques tours de manège en faisant des cabrioles de rodéo, puis elle s'arrête près de moi. Comme s'il avait compris ce que je voulais faire aujourd'hui, Will m'apporte une bride après avoir enjambé la haute clôture. Une fois son licol retiré, je passe sans difficulté le mors à la jument, qui l'accepte très bien depuis quelque temps déjà. Les rênes de cuir traversent son encolure de part et d'autre et traînent presque sur le sol. Will glisse le licol sur son épaule et, tandis que je me place face au dos de Gipsy, il m'aide à monter. C'est la première fois qu'elle a un cavalier sur le dos, toutefois je ne suis pas très inquiète puisqu'elle ne semble jamais nerveuse, peu importe ce qui lui arrive. Will se met en marche devant moi et la petite jument le suit, s'habituant peu à peu à ma présence sur son dos.

Je fais toujours la première monte sans selle, quand c'est possible. Car si par hasard, quelque chose devait mal se passer, le cheval n'associerait pas le travail avec l'équipement, et puis la chute est toujours moins dangereuse sans entraves.

Je suis agréablement surprise, Gipsy est très réceptive à mes aides. Je n'ai qu'à regarder dans une direction pour que son corps se déplace instinctivement sous moi. La pression que j'exerce avec mes mollets pour la faire avancer ne semble pas la gêner le moins du monde. Will me regarde et j'acquiesce silencieusement à sa question muette. Il se met donc à jogger dans le manège et, aidée d'un petit claquement de langue, Gipsy commence à trotter derrière lui. Sa foulée est confortable, même si elle manque de fluidité et de coordination à cause de son jeune âge. Nous poursuivons l'exercice d'un côté, puis de l'autre, avant que je n'arrête la jument au centre du manège. Je mets finalement pied à terre et lui retire la bride pour la laisser partir de nouveau à la découverte de l'enclos.

Avec Will, nous escaladons la barrière de bois et prenons place côte à côte pour observer son comportement. Naturellement, il pose sa main ouverte sur ma cuisse et nos doigts s'entrelacent. Tandis que j'étudie toujours Gipsy, je peux sentir son regard sur moi. Un sourire m'échappe.

— Si tu as une question à me poser, Thompson, fais-le.

Il me lance un petit sourire en coin, qui disparaît presque aussitôt.

— Pourquoi Asher ?

Je fixe mes bottes, posées sur l'une des planches de la clôture.

Si je m'attendais à celle-là ! Je laisse un soupir franchir mes lèvres avant de tourner mon visage vers lui.

— Je n'arrive même pas à le savoir moi-même, Will. J'étais seule depuis trois ans déjà et Asher m'avait amené ce cheval à entraîner. On passait beaucoup de temps ensemble à cette époque.

— Tu as… Tu as couché avec lui ?

Je sens qu'il ne voulait pas poser cette question, elle semble être sortie de sa bouche comme s'il avait avalé du verre pilé. Pourtant je comprends qu'il ait besoin de savoir… Il ignore à quel point je me retiens de lui poser la même question !

— Non, Will, cela n'a duré que quelques semaines, avant que je ne le laisse derrière moi. J'avais autre chose en tête à ce moment-là.

Plutôt quelqu'un d'autre, en fait… mais j'en reste là.

Will serre ma main dans la sienne et la porte à ses lèvres.

— Et toi ?

La question a fusé, c'était aussi plus fort que moi. Will sourit contre ma main, un air malicieux sur le visage. Il délaisse ma paume pour me faire glisser plus près de lui et dépose un baiser sous mon oreille.

— Personne. Je n'ai pensé qu'à toi durant ces cinq années. J'ai vu Cole et Josh faire défiler des femmes dans le camping-car, j'ai passé des nuits à dormir dans mon pick-up avec ta photo pour seule compagnie. Non, il n'y a jamais eu personne d'autre que toi, susurre-t-il dans mon cou.

Je suis surprise. Ce n'est pas les femmes qui manquaient lors des rodéos où nous allions ensemble à l'époque, toutes plus belles les unes que les autres, et elles ne se gênaient pas pour le dévorer des yeux ! Je m'étais imaginé une centaine de scénarios, tous très différents de celui-ci. Je n'ai d'ailleurs jamais vraiment cru qu'il rentrerait un jour, malgré le mot qu'il avait laissé sur mon oreiller le matin de son départ.

J'attire finalement son visage à moi et l'embrasse. J'ai toujours soif de lui. Il passe une main dans mes cheveux et me rend mon baiser avec fougue. Quand il s'écarte un peu de moi, son regard brille de désir et je lui souris en posant mon front contre le sien. Tous ces petits contacts m'ont tellement manqué. Je compte bien rattraper chacun de ces instants perdus. Gipsy vient nous interrompre en posant le bout de son nez sur mon genou. En souriant, je la flatte avec tendresse avant de descendre de mon perchoir pour lui remettre son licol. Will m'accompagne jusque dans l'écurie et nous brossons la jument ensemble.

La journée s'écoule paisiblement et nous finissons à peine notre travail avec les chevaux quand le soleil se couche et que mon père nous appelle depuis la maison. Le dîner est servi. Depuis qu'il est là, c'est Lucas qui s'occupe des repas. Mon meilleur ami n'apprécie pas vraiment que ce soit mon père ou moi qui cuisinions. Ce que je peux comprendre vu nos pitoyables talents culinaires…

Alors que nous sortons de la grange, Will saisit ma main et me tourne vers lui. Son regard est triste et sa voix n'est qu'un souffle lorsqu'il s'adresse à moi.

— J'ai quelque chose à te demander.

— Je t'écoute, Will.

Il soupire et me regarde droit dans les yeux.

— Tu voudrais bien m'accompagner à l'hôpital demain, pour retourner voir ma mère ?

Il a l'air si fragile et désemparé. Je pose ma main sur sa joue. Il ferme les yeux au contact de ma peau.

— Évidemment que j'irai avec toi, Will, murmuré-je.

Il me remercie d'un simple hochement de la tête, avant de reprendre sa marche dans un silence que mon cœur trouve douloureux.

Une odeur succulente nous parvient depuis la maison. Lucas semble nous avoir mijoté un bon petit plat avec tout l'amour qu'il porte à la cuisine. Il adore expérimenter de nouvelles recettes, et ce soir encore, je peux difficilement mettre un nom sur ce qu'il nous sert, mis à part le fait que c'est un pur régal ! Comme c'est Lucas et Papa qui se sont chargés du dîner, Will et moi sommes bien entendu de corvée de vaisselle. Une bonne excuse pour nous retrouver en tête à tête.

Will, les mains dans l'eau savonneuse, s'occupe de laver tandis que j'attends, un torchon à la main, qu'il me passe les plats nettoyés. Un rythme s'installe et les couverts s'accumulent rapidement dans la seconde partie de l'évier. À croire que nous étions un régiment pour manger ! Will, qui a terminé sa tâche, passe un coup de torchon sur le comptoir pour que tout soit bien propre. Puis je le sens venir s'appuyer dans mon dos. Ses bras passent sous les miens et ses mains se croisent sur mon ventre. Je sens sa respiration dans mon cou, il s'amuse à faire voleter une mèche de mes cheveux. Ma tête se pose sur son épaule, il m'étreint un peu plus fort contre son corps. Il reste là, à me regarder essuyer la vaisselle. Son torse contre mon dos dégage une telle chaleur que j'ai l'impression de me consumer sur place. Ses doigts glissent sur mes côtes, ce qui me fait rire. J'ai toujours été chatouilleuse à cet endroit. Je m'active à terminer ma tâche. Plus un bruit ne provient du salon, mon père doit être monté à l'étage, et j'ai entendu la voiture de Lucas démarrer peu de temps après que nous ayons quitté la table. Mon ami doit sans doute être parti retrouver son amant du moment. Laissant mon torchon près de l'évier, je me tourne entre les bras de Will pour lui faire face.

— Tu joues à un jeu dangereux, Thompson, murmuré-je à son oreille.

— Lequel, dis-moi ?

— Je pourrais te kidnapper et t'enfermer dans ma chambre pour abuser de ton corps. Personne ne t'entendrait.

Il m'embrasse en me soulevant pour que je me retrouve assise sur le comptoir de la cuisine. Je peux voir dans son regard qu'il a besoin d'oublier pendant quelques heures la visite de demain. Il tente d'échapper à ses pensées.

— J'adorerais que tu mettes tes paroles à exécution, me chuchote-t-il avant de prendre ma bouche d'assaut.

Toute tendresse a disparu de sa voix. Ne reste que le désir sauvage et brut qui transparaît dans l'attitude de l'homme qui me domine de tout son corps. J'accueille son baiser en me disant que je ne réclamais que cela depuis ce matin. La température monte en flèche dans la pièce. Quand ses mains caressent mon dos sous mon débardeur, je ne résiste plus. Je descends du comptoir et l'attire à moi. Mes mains posées sur son torse, je le force à reculer alors qu'il me vole des baisers endiablés. Une fois la porte de ma chambre franchie, je la referme d'un coup de pied. Dans la pénombre, je retire mon débardeur, Will fait de même avec son tee-shirt. Le reste de nos vêtements suivent, et ne perdure que le bruit de nos soupirs qui résonnent dans la pièce.

Chapitre 28

Will

C'est la lumière du petit matin qui me tire de mon sommeil. Nous avons négligé de fermer les rideaux de la chambre, hier soir. Becca est lovée entre mes bras, sa tête repose sur mon torse. Cela fait maintenant trois jours que j'ai droit à ce spectacle à chaque réveil et je n'ose croire à mon bonheur.

Nous sommes allés voir ma mère à l'hôpital il y a deux jours, et j'ai l'étrange impression que Becca refuse de me laisser seul depuis cette visite. Je referme mes yeux un instant et visualise à nouveau le visage de celle qui m'a donné la vie. Elle semblait en forme cet après-midi-là. J'ai à nouveau croisé son médecin traitant, qui a bien insisté sur le fait que le temps lui était réellement compté. Elle était pourtant heureuse de nous voir, Becca et moi, tellement souriante. « *Un bon jour* ». Ce sont les termes que le docteur a employés. Il y en aurait d'autres, a-t-il rajouté, toutefois il y aurait surtout de plus en plus de jours très difficiles. Le sentiment de culpabilité qui m'a assailli au moment de nos retrouvailles dans cette chambre aseptisée ne me quitte plus, il grandit dans ma poitrine, je ne sais comment m'en débarrasser. Seule la présence de Becca me retient d'aller me saouler dans le bar le plus proche. Le fait que je n'ai plus de voiture y joue sans doute aussi pour beaucoup.

J'observe la femme qui sommeille entre mes bras. Un rayon de soleil fait briller ses cheveux, étalés sur mon torse en une cascade d'or. Durant l'été, ils passent de châtain au blond cendré avec l'exposition au soleil. Sa respiration est régulière, je peux sentir chaque partie de son corps collé contre le mien. Sa main posée sur moi me brûle comme un tison ardent. Tout en elle semble calme et apaisé. Je la contemple comme la huitième merveille du monde. Un drap la couvre jusqu'à la poitrine.

Je sais que je peux profiter de ce réveil sans me presser, car avec Lucas, nous avons établi un planning qui nous permet à tour de rôle d'avoir une matinée plus tranquille. Aujourd'hui, c'est à lui de nourrir les chevaux et de commencer à nettoyer les stalles. Depuis la chambre, j'entends Mitch parler à quelqu'un, pourtant je ne reconnais pas la voix de Lucas. Je dépose un baiser dans les cheveux de Becca, puis me soustrais sans gestes brusques à son étreinte. Elle marmonne quelque chose avant de se tourner complètement sur le ventre.

Je fais le tour du lit pour ramasse mon boxer et mon jean. En trois jours seulement, j'ai presque aménagé dans cette chambre. Mes vêtements traînent un peu partout parmi ceux de ma compagne. Encore une fois, c'est moi qui vais être de corvée de lessive… la gestion des tâches ménagères, ce n'est clairement toujours pas le point fort de mademoiselle Parker. Vêtu seulement de mon jean, et un tee-shirt posé en travers l'épaule, je sors de la pièce avec un tas de linge sale entre les bras. Il y en a pour tous les goûts ! Alors que je m'enferme dans la petite buanderie, j'entends encore Mitch parler avec animation dans la cuisine. Après avoir fait un tri des couleurs, je lance une première machine et me prépare à aller retrouver mon patron et son visiteur. Sur le seuil de la pièce, je me fige en découvrant Asher Eaton, assis à table en face de Mitch, une tasse de café entre les mains.

D'un regard par-dessus mon épaule, je m'assure d'avoir bien fermé la porte de la chambre de Becca. J'espère qu'elle n'entendra pas la conversation qui se déroule ici. Puis j'entre et, en silence, je me sers une tasse de café bien noir avant de m'adosser au comptoir.

— Bonjour, Will, me lance Mitch en venant remplir une nouvelle fois sa tasse.

Le père de Becca n'est pas plus surpris que ça de me trouver dans la maison à moitié dévêtu. Il en avait déjà l'habitude bien avant aujourd'hui. C'est le regard suspicieux qu'Asher pose sur moi qui me procure une certaine satisfaction. Cet idiot ne peut avoir manqué les traces d'ongles que j'ai derrière les épaules, y cherchet-il une explication qui ne mettrait pas Becca en cause ? Je ne peux m'empêcher de sourire par-dessus mon café. Je laisse mon regard se perdre par la fenêtre de la pièce, c'est toujours étrange de constater qu'ici, il peut faire soleil et pleuvoir en même temps. Le vent balance les branches d'arbre, et j'entrevois Lucas déjà au travail par la porte de l'écurie.

— Un drôle de temps, ce matin, marmonne Mitch en se rasseyant à table.

— En effet.

Plus un mot n'est prononcé, Mitch et moi regardons dehors. C'est Asher qui brise finalement le silence.

— Becca est réveillée ? Je dois lui parler.

— Je te laisse voir ça avec Will, ricane le père de Becca en se levant.

Il passe dans l'entrée, où il récupère son chapeau de cow-boy avant de sortir sous la pluie. Je le vois courir devant la fenêtre et se diriger vers son pick-up. Asher a bougé dans mon dos. Espérant profiter de mon inattention, il tente de se faufiler dans le couloir qui mène vers les chambres. Ma tasse dans une main, je plaque rageusement l'autre contre le chambranle de la pièce. Puis je fixe ce fils à papa droit dans les yeux, lui interdisant clairement le passage. Savoir que la femme que j'aime dort encore dans les draps qui ont accueilli nos étreintes toute la nuit réveille en moi un instinct presque animal. Il n'est pas question qu'il aille la déranger.

— Je peux savoir où tu comptes aller comme ça, Eaton ? La sortie, c'est de l'autre côté.

De ma tasse, je lui désigne le hall d'entrée. Je sais que Becca est probablement réveillée maintenant, et qu'elle doit tout entendre de l'autre côté de la porte de sa chambre. Eaton hausse encore la voix, espérant sans doute la voir apparaître.

— Je suis venu ici pour parler à Becca, pas à un minable employé de ranch. Tu n'es qu'un parasite dans sa vie, Thompson, tu l'as toujours été.

— Je me fous royalement de ce que tu peux penser de moi, Eaton. Maintenant, dégage de cette maison.

— Sinon quoi ?! Tu vas me faire sortir de force ?

Je serre les dents et dépose ma tasse sur le comptoir.

— Tu n'auras jamais rien de Becca. Tu pensais te servir de ton cheval bidon pour te rapprocher à nouveau d'elle ? N'y compte pas, elle a vu clair dans ton petit manège de pauvre type jaloux.

— J'ai déjà pris tout ce que je voulais d'elle pendant ton absence, Thompson, crache-t-il haut et fort dans un vain espoir de me faire perdre mon calme. Je ne suis plus intéressé !

J'éclate de rire en secouant la tête. Ce garçon est d'un pathétique sans nom, même s'il m'énerve prodigieusement.

— Je sais exactement le peu qu'elle t'a octroyé, sombre crétin ! Par contre, d'où crois-tu que je sorte habillé comme ça, hein ? Allez, dégage d'ici ! Tu as laissé passer ta chance, personne ne s'interposera plus entre elle et moi.

— C'est ce que tu penses, dit-il en voulant passer sous mon bras.

Je me plante plus franchement devant lui et le fais reculer d'un pas. Asher est beaucoup moins imposant que moi, néanmoins je peux voir la rage et la jalousie se mêler dans son regard haineux. Et incapable de se contenir, il me balance son poing sur le côté du menton. Je souris en pensant que le frère de Becca a une droite bien plus puissante que cette mauviette. Et cette fois, je ne me gêne pas pour riposter. On m'a appris à ne jamais porter le premier coup, mais à toujours rendre ceux qu'on me donnait. Ma main gauche se pose lourdement sur son épaule et mon poing droit s'enfonce dans son estomac. Le souffle coupé, mon rival titube en arrière et déplace la table de cuisine sur son passage. Une chaise se renverse sur le sol quand il tente de prendre prise sur celle-ci pour retrouver son équilibre. Je fais un pas vers lui, il recule de nouveau, peinant à reprendre une respiration normale. Toute ma colère est désormais focalisée sur lui. La maladie de ma mère, ces secrets que Becca persiste à me cacher, ces cinq années perdues à chercher ce que j'avais pourtant sous le nez depuis le début, cette sensation d'être un moins que rien parce que j'ai abandonné les deux femmes qui m'aimaient le plus dans cette vie. Tout me prend subitement à la gorge. J'empoigne le pull de marque d'Asher avec une violence que je contrôle de plus en plus mal et me dirige vers la porte d'entrée en le traînant derrière moi. J'ouvre le battant à la volée et le projette sur le perron.

— Remets les pieds ici et je te démolis vraiment, Eaton.

Mon ton est si brutal que j'ai du mal à reconnaître ma propre voix. Je claque rageusement la porte derrière moi. En appui sur cette dernière, je peux entendre une voiture démarrer et partir en trombe. Je me laisse choir sur le sol. Ma tête atterrit entre mes mains posées sur mes genoux. Je me sens tellement minable et paumé. Comme si mon existence tout entière n'avait été qu'une farce. Mes mains forment des poings et je serre les dents. Je sens la tristesse me gagner, aussi sûrement que j'entends les gouttes d'eau frapper contre la fenêtre du hall. La dernière trace d'espoir que j'avais pour ma mère vient de s'envoler dans cet excès de fureur.

Une main vient tout à coup caresser mes cheveux, ce même geste que Kristen ne cessait de répéter il y a deux jours, comme si elle tentait de se convaincre que j'étais vraiment près d'elle. Je lève mon regard pour croiser celui de Becca. Elle porte l'une de mes chemises et me fixe, les yeux remplis de tendresse. Je sais qu'elle a tout entendu, cela se voit sur son visage. Je me demande toujours pourquoi elle a bien voulu me reprendre dans sa vie. Asher a raison après tout, je ne suis qu'un parasite qui détruit tout sur son passage. Je referme les yeux et laisse ma tête partir en arrière, elle cogne sourdement contre la porte de la maison. Au-dessus de moi, quelqu'un tente de tourner la poignée. Je ne bouge pas.

— Reste dehors, Lucas ! s'exclame Becca en s'accroupissant devant moi.

Un bruit de pas décroissant se fait entendre, agrémenté d'un soupir exagéré.

— Will, que se passe-t-il ?

— Il a raison.

— Asher ?

Je ne réponds pas, me contentant de garder les paupières closes.

— Je t'interdis de croire ce qu'il dit. Ce type n'est que venin et arrogance.

Ses mains, celles-là mêmes qui ont laissé leur marque sur mes épaules la nuit dernière, prennent mon visage en coupe après avoir repoussé les miennes. Les bras le long du corps, je la laisse s'approcher de moi. Elle glisse doucement jusqu'à s'asseoir sur mes jambes allongées devant moi. Son contact me fait frémir.

223

— Pour quelle raison veux-tu encore de moi, Becca ?

Ma voix n'est qu'un souffle. Elle m'a dit qu'elle désirait toujours m'avoir à ses côtés, sans toutefois m'en donner les raisons. Moi, je sais que j'ai désespérément besoin d'elle pour vivre, cette fille fait partie de mon être. Ces cinq dernières années me l'ont bien assez appris. Mais elle…? Elle relève ma tête et pose son front contre le mien. J'ai toujours aimé la proximité qu'engendre ce geste.

— Parce que je n'ai jamais cessé de t'aimer, William Thompson. Même dans les instants où je t'ai détesté le plus, une part de mon cœur continuait de t'aimer, murmure-t-elle dans un souffle.

Ses mots sont un électrochoc.

Ma mère a prononcé les mêmes tant de fois lors de notre visite à l'hôpital, que j'en suis venu à comprendre qu'elle me pardonnait bel et bien mon départ. Pourtant, les entendre de la bouche de Becca, c'est si différent. Ils apaisent mes pires souffrances et font rater un battement à mon cœur. Mes doigts se faufilent doucement dans son dos et ma bouche trouve la sienne. Je mets tout mon être, tous mes sentiments pour elle dans ce baiser. Comment pourrait-il en être autrement ?

— Je t'aime tellement, Becca.

Mon murmure se perd dans l'entrée vide, elle sourit contre mes lèvres en me rendant mon baiser.

J'ai enfin retrouvé ma place, mon cœur également.

Chapitre 29

Becca

Août s'est installé sur le ranch, avec ses vagues de chaleur et ses pluies diluviennes qui surviennent n'importe quand. Les journées se succèdent, mais beaucoup de changements se sont produits en quelques semaines.

Un agréable train de vie s'est mis en place au sein du ranch. Mon père a repris sa routine de cow-boy solitaire, même si Lucas l'accompagne parfois. Pourtant mon ami est de plus en plus souvent chez Henry. Notre voisin a fait une crise cardiaque plutôt sévère, ce qui le force maintenant à ne plus rester seul trop longtemps. Lucas a proposé de lui tenir compagnie. Depuis toujours, il apprécie beaucoup le vieil homme qui l'a accueilli à bras ouverts quand son père l'a chassé de chez lui en apprenant son homosexualité. Henry disait sans cesse qu'il lui avait été impossible de rester indifférent à la détresse d'un garçon aussi gentil que Lucas après l'avoir vu grandir dans son voisinage. Les premiers temps, tout le monde lui a tourné le dos, puis son histoire a laissé place à d'autres types de ragots… me concernant. Et il a pu vivre tranquille. J'ai sensiblement dû supporter la même chose que lui après le départ de Will. J'étais devenue la pauvre petite chose que le ténébreux cow-boy avait laissée derrière lui. Cependant, Henry a toujours gardé un regard bienveillant sur chacun de nous et Lucas éprouve une grande fierté à lui rendre la pareille désormais.

Entre Will et moi, c'est le bonheur total. Notre bonne entente n'exclut pas quelques prises de bec de temps à autre, principalement sur la façon de gérer Styx, cet homme étant à mon sens encore beaucoup trop casse-cou avec les chevaux. En fait, c'est un peu comme s'il n'était jamais sorti de notre existence. Son absence semble s'être effacée, et tout est de retour à sa place, comme cela aurait toujours dû l'être. Ou presque…

Seule l'ombre de mon frère plane encore sur notre bonheur. Même s'il a recommencé à venir dîner à la maison le samedi soir avec Allison, Eric ne m'adresse pas un mot, pas un regard. Il fait comme si nous n'étions pas là, Will et moi. Je dois avouer que voir la relation que nous entretenions partir en fumée, juste parce que je veux enterrer le passé et continuer d'avancer, me peine énormément. Même mon père, qui pourtant a toujours mis un point d'honneur à ne pas se mêler de nos vies tant qu'il le pouvait, semble désapprouver l'attitude de son aîné. Ce qui m'apporte un léger soutien, en plus de celui de Will et Allison.

Will et moi avons parcouru beaucoup de chemin avec Styx. L'étalon n'est plus aussi rebelle qu'à son arrivée, même s'il garde un certain côté fougueux et imprévisible qui ne s'estompera sans doute jamais. Will et lui forment une bonne équipe. La selle a été facilement acceptée, contrairement à ce que nous avions d'abord craint. En ce moment même, assise tout en haut de la clôture du manège, j'observe cheval et cavalier qui s'amusent à poursuivre Roper. Mon chien aboie sur Styx pour le faire bouger dès que celui-ci s'arrête. La splendeur de cet étalon est époustouflante, il est d'une agilité incroyable. Will maîtrise déjà la prise au lasso avec lui, ce qui est vraiment étonnant vu le peu d'heures que nous lui avons consacrées ces derniers temps. Quelques pensionnaires sont heureusement rentrés chez leur propriétaire, ce qui va nous donner enfin l'occasion de nous occuper un peu plus de nos propres chevaux. Will passe devant moi au galop, un sourire étire ses lèvres.

Je suis heureuse de le voir ainsi, car depuis quelque temps son moral semble jouer les montagnes russes. L'état de Kristen a été très instable ces deux dernières semaines. Il rumine sans cesse ses sombres pensées, j'évite donc de le laisser seul, et c'est pour cette raison qu'il a pratiquement aménagé dans ma chambre avec l'assentiment muet de Mitch. Tous les deux jours, nous allons rendre visite à sa mère. Aujourd'hui ne fera pas exception, Will doit juste terminer la séance d'entraînement de Styx avant que nous partions pour l'hôpital en début d'après-midi.

Ils s'arrêtent tous deux près de moi, et le cow-boy me fait un signe de la tête pour que je grimpe derrière lui. Je lui souris en serrant son avant-bras. Il me fait passer derrière la selle avec aisance. Je pourrais me tenir au siège, toutefois je préfère de loin glisser mes bras autour de son corps.

— Merci, Monsieur Thompson.

— Avec plaisir, Mademoiselle Parker, lance-t-il, pince-sans-rire, tout en ouvrant la barrière du pied.

Il guide l'étalon vers le sentier qui longe les prés des chevaux, puis s'aventure plus loin en voyant que Styx ne semble pas importuné par ma présence à l'arrière. Le vent caresse mon visage. Je profite de cette proximité pour me hausser un peu à la force de mes cuisses et plaque un baiser sur la nuque de Will. Il pose alors une main sur les miennes qui sont entrelacées contre son torse. Nous avançons tranquillement, laissant l'étalon détendre ses muscles longuement sollicités par la séance de ce matin. Mes jambes se balancent au rythme de son pas, je ferme les yeux en appuyant ma joue contre le dos de l'homme de ma vie. Sa main délaisse les miennes pour venir se positionner sur ma jambe, qu'il caresse distraitement. Depuis une semaine, je ne dors pas très bien, et je ne remarque la fatigue que le manque de sommeil a engendrée que maintenant, alors que mon corps se détend au contact de celui de Will.

Styx s'arrête finalement, et j'ouvre les yeux. Nous sommes au sommet d'une petite colline qui surplombe nos terres. Will frémit et je souris contre sa chemise. Combien de fois nous sommes-nous retrouvés ensemble à cet endroit ? C'était notre petit coin secret. Il m'aide à mettre pied à terre, puis glisse à son tour sur le flan de Styx avant d'attacher ses rênes à une branche du seul arbre qui soit arrivé à pousser dans les environs. Notre rocher est toujours là, au même endroit. Will s'assied sur le bloc de granit et m'attire dans ses bras pour que je prenne place sur lui. Me maintenant dos à lui, il me serre contre son torse et je soupire de contentement. En silence, nous observons l'étendue de verdure qui semble s'enfuir devant nous sous le souffle du vent. Peu importe la saison, ce paysage est toujours aussi beau.

— Je t'aime, chuchote Will à mon oreille.

À l'instant où je lui souris en réponse, mon portable se met à vibrer dans ma poche. Sourcils froncés, je le sors de sa cachette et me glace à la vue du numéro qui s'affiche sur l'écran.

L'hôpital.

Les mains tremblantes, je fais glisser un doigt sur l'appareil pour prendre l'appel.

— Bonjour Mademoiselle Parker. C'est le docteur Barton.

J'ai reconnu la voix du médecin traitant de Kristen. Je me redresse d'un coup, surprenant Will qui me dévisage. Ma voix n'est qu'un souffle terrorisé lorsque je parviens à répondre.

— Oui.

— J'ai tenté de joindre Monsieur Thompson, mais je suis resté sans réponse de sa part. Vous êtes la seconde personne à contacter en cas d'évolution dans l'état de Madame Thompson…

Un silence. Cette fois, je n'arrive pas à parler.

— Je suis au regret de vous informer que Madame Thompson est décédée, Mademoiselle, m'annonce le médecin.

Mon portable atterrit dans l'herbe à mes pieds. Les yeux emplis de larmes, je me tourne vers Will, il semble avoir déjà compris. Il prend sa tête entre ses mains et ne prononce pas un mot. Pendant un moment, il reste là, à fixer le vide, tandis que je ramasse mon téléphone et remercie le docteur d'une voix blanche. Will s'est relevé et va chercher Styx. Il se met en selle et me tend le bras pour me hisser derrière lui. Je le serre contre moi comme si je voulais étouffer sa peine par la force de mon amour.

Sans un mot, nous regagnons le ranch.

Chapitre 30

Will

Trois jours se sont écoulés depuis l'annonce du décès de ma mère. J'ai le sentiment d'être une vraie loque humaine. Je passe mes journées à errer dans l'écurie, à me demander pourquoi je n'ai pas été un meilleur fils pour elle, pour quelle raison je n'ai pas eu le droit de lui dire au revoir une dernière fois. L'annonce de la mort d'une personne par téléphone, c'est nul, vraiment nul. En silence, nous sommes rentrés au ranch, et quand j'ai mis pied à terre, je me suis effondré. Mon cœur battait dans ma gorge et je n'avais qu'une seule envie, celle de tout détruire sur mon passage.

J'ai dû me rendre à l'hôpital afin de signer les autorisations et qu'ils puissent disposer du corps de Kristen pour les préparatifs. Je me suis rendu compte que j'avais coupé les ponts avec elle depuis si longtemps que je me trouvais dans l'ignorance la plus totale de ses dernières volontés et l'incapacité de répondre aux plus simples questions de l'équipe soignante. Cérémonie religieuse ou non ? Cercueil ou crémation ? C'est Becca qui a pris les choses en main, me laissant retourner à ma douleur. Ma mère n'était pas croyante, la crémation a donc été l'option choisie. Nous allions enterrer son urne avec celle de mon père, dans le cimetière de la ville. J'ai refusé la cérémonie à l'église, Kristen les avait en horreur. Cela au moins, je le savais !

Après ces trois jours en enfer, nous sommes de retour à River Creek. Becca gare le pick-up devant le funérarium qui a disposé du corps de ma mère. Nous venons récupérer ses cendres pour ensuite aller les déposer dans sa dernière demeure. À l'intérieur, je signe un bout de papier que je ne prends même pas la peine de lire, et on me remet le sac de velours noir qui contient l'urne. Dans un élan de curiosité, je laisse le tissu glisser sur le granit, ma main se pose sur la pierre froide et impersonnelle de la boîte. Je me fais la réflexion que l'existence tout entière de ma mère tient maintenant dans cette si petite chose. Et que nous finirons tous de la même manière.

— Toutes mes condoléances, me murmure la dame de l'accueil.

Je ne réponds pas, occupé à fixer ce qui était autrefois la femme qui m'a donné la vie. Becca la remercie pour moi, referme le sac de velours, me sortant de ma transe par la même occasion.

— Viens Will, souffle-t-elle en passant ses doigts entre les miens.

Quand nous remontons dans le pick-up, elle prend la direction du cimetière de River Creek. Elle se gare à bonne distance de la tombe de mon père. Je me dis alors que cela fait bien longtemps que je n'ai pas remis les pieds ici. Des gens se tiennent près de la pierre tombale de la famille, je reconnais rapidement les silhouettes de Cole, Josh, Mitch, Lucas et Allison. Tous se sont réunis pour cet ultime adieu à celle que fut ma mère, autrefois.

Un trou est déjà creusé près de l'endroit où repose Charles. Quand j'y dépose l'urne dans son sac de velours, mes yeux se brouillent de larmes. Sans un mot, je déverse une poignée de terre dessus. Une petite pierre cogne plus durement que les autres contre la roche, c'est comme un coup de canon dans mes oreilles. Je serre les poings en songeant que nous ne sommes rien de plus qu'un amas de poussière ambulant qui finira au fond d'un trou. Je perçois la présence d'Allison près de moi, elle laisse tomber une rose dans la petite fosse. Je suis touché par ce geste humble que les personnes présentes reproduisent après elle. Moi, j'avais complètement oublié les fleurs. Becca me tend l'une d'entre elles que je garde longtemps entre mes doigts. Sa main vient se poser sur mon épaule au moment où une légère brise s'élève, berçant les branches d'arbre, effleurant mon visage. Je tiens la rose près de mes lèvres un instant puis la laisse choir près de l'urne.

Après ce moment chargé en émotions passé au cimetière, tout le monde s'est rassemblé au ranch des Parker, hormis Eric qui n'a pas daigné se déplacer. Je peux le comprendre, pourquoi serait-il venu me présenter ses condoléances alors que je suis l'homme qui a tant fait souffrir sa sœur. Cole et Josh repartent dans la soirée pour rejoindre leur nouveau domicile. Lucas quant à lui retourne chez Henry. Avant son départ, Allison me serre dans ses bras.

— Si tu as besoin, n'hésite pas, d'accord ? Peu importe la mauvaise foi d'Eric, je veux que tu saches que, moi, je suis présente, me souffle-t-elle.

Becca, Mitch et moi sommes désormais assis autour de la table de la cuisine. Mitch me sert un plat de pâtes que Lucas a laissé dans le frigo.

— Tu dois manger quelque chose, Fiston, sinon tu risques de t'effondrer de fatigue. Tu as arpenté ce couloir pendant trois nuits et t'es à peine nourri d'après Becca, ça ne peut pas continuer. Tu manges ou tu n'approches plus les chevaux... me menace-t-il en posant une assiette devant moi.

Sans un mot, je picore pour qu'il me laisse tranquille, mais n'arrive à avaler que quelques bouchées. Brusquement, je plaque la fourchette sur la table.

— J'ai été un fils lamentable ! Comment puis-je me pardonner tout ce que je n'ai pas fait pour elle ? hurlé-je de fureur et de douleur mêlées.

Père et fille ne semblent pas surpris de mon éclat. Je passe rageusement une main dans mes cheveux en me levant brusquement, renversant ma chaise par la même occasion.

— William, l'important c'est que ta mère t'aimait. Tu le sais. Combien de fois te l'a-t-elle répété lors de nos visites ? Elle comprenait les choix que tu as faits. On les comprend tous, il est temps pour toi de l'accepter maintenant.

Becca tente de m'apaiser comme elle le ferait avec un cheval sauvage. Je la fixe sans savoir quoi lui répondre. Que ce n'est pas assez, que j'aurais voulu être là pour elle ? Dorénavant, je suis tout ce que ma famille représente. Je me retrouve seul, sans parenté. C'est en fait ce qui m'effraie le plus, je le comprends à cet instant. Je m'appuie face à l'évier et laisse mon menton reposer contre mon torse, impuissant.

— Ça suffit, Will. Nous sommes là pour toi, Fiston. N'oublie jamais ça, conclut Mitch avant de sortir pour rejoindre l'écurie, me laissant avec sa fille.

Becca se presse contre mon dos et pose doucement sa joue sur mon tee-shirt. Je caresse ses mains de mon pouce en regardant à l'extérieur. La nuit est tombée. Je sens la fatigue de ces derniers jours m'envahir. Je me dégage de son étreinte et l'embrasse sur le front, chastement. Je retire ses doigts qui se sont noués derrière mon cou et me recule d'un pas.

— Je crois que je vais aller dormir.

Elle se dirige vers sa chambre, mais voyant que je ne la suis pas, elle se tourne vers moi.

— J'ai juste besoin d'être un peu seul, murmuré-je avant de lui tourner le dos et de sortir de la maison.

En traversant la cour pour regagner la grange, je distingue sa silhouette à contre-jour dans la fenêtre de la cuisine. Je croise Mitch qui fait la dernière vérification, puis j'entre dans le box de Red. Je me laisse glisser le long de la porte. Mon cheval vient me rejoindre. Il doit s'imaginer que je deviens fou, mais pose tout de même son nez contre mes genoux, quémandant des caresses. Ma main se promène le long de son chanfrein, la paix me gagne peu à peu. Mitch coupe les lumières derrière lui et j'entends les portes de l'écurie se refermer. Red reste près de moi, soufflant doucement sur mon visage. Je prends sa tête massive entre mes mains et me colle à lui. Je me réconforte de sa présence, du fait qu'il ne cherche pas à me juger. Je n'ai même pas conscience de fermer les yeux.

C'est un hennissement qui me réveille le lendemain matin. Je suis toujours dans le box de Red qui mange tranquillement près de moi. J'ai dû m'allonger pendant mon sommeil, car je suis recouvert de foin et de copeaux de bois. C'est quand je me redresse brusquement que Becca m'aperçoit. Elle sursaute avec un hoquet de frayeur en me voyant.

— Mon Dieu, Will ! Mais qu'est-ce que tu fais dans le box de Red ?

232

Dois-je vraiment répondre que j'ai pour une fois préféré passer la nuit avec mon cheval plutôt qu'avec elle ? Je préfère me taire et hausse simplement les épaules.

Elle me dévisage comme si un troisième œil avait poussé au milieu de mon front durant ces dernières heures. Puis elle poursuit son chemin pour terminer la distribution de grains. Je sors de la stalle de mon cheval pour lui donner un coup de main. Quand je tente de la serrer dans mes bras, elle met un seau entre nous deux et me pointe la sortie du doigt.

— Va prendre une douche. Ça te fera le plus grand bien ! m'ordonne-t-elle en rigolant.

Je grogne pour la forme avant de m'éloigner vers la maison. Ce matin, les choses me semblent plus tangibles que durant les jours qui viennent de passer. Je remarque que le pick-up de Mitch n'est plus dans la cour. Dans la salle de bains, mes vêtements sales rejoignent les autres au fond du panier à linge. Sous l'effet de l'eau chaude, mes muscles se détendent enfin. Elle délaye sous ses flots brûlants la tristesse et les remords, je ne peux rien changer du passé, seulement apprendre à vivre avec. Contrairement à mon habitude, je passe beaucoup de temps sous la douche à réfléchir au présent qui s'offre à moi désormais. Une serviette attachée autour des hanches, une vingtaine de minutes plus tard, je pénètre dans la chambre de Becca pour enfiler un boxer et un jean. Je n'ai plus aucun tee-shirt propre. Cette situation a assez duré ! Les cheveux qui s'égouttent encore sur mon visage, j'enfile mes bottes et rejoins la pièce au-dessus de l'écurie.

Aujourd'hui, je suis bien décidé à vider cet endroit pour enfin m'installer avec Becca. Ce n'est pas comme si j'avais encore l'utilité de cette chambre de toute façon. Je fouille la commode à moitié vide pour y dénicher un tee-shirt. Quand c'est chose faite, je mets le reste de mes affaires dans mon sac de voyage. J'entends Becca qui monte. Je me poste près de la porte et cesse de bouger un instant pour la surprendre en l'agrippant par les hanches lorsqu'elle en passe le seuil. Dans mon élan, je fais tomber la pile de cartons qui sont entassés près de l'entrée. Sans m'en soucier, je dépose des baisers dans le cou de la femme que j'aime. Elle trébuche sur mon sac et lève aussitôt vers moi un visage blême, déformé par la terreur.

— Qu'est-ce que tu fais ?!

Ses yeux passent du sac à moi.

— J'aménage avec toi. Je n'ai plus vraiment l'utilité de cette chambre depuis quelques semaines, alors pourquoi m'embêter à trimballer mes vêtements sans arrêt ?

Elle me sourit et le monde autour d'elle semble s'éclairer tant elle irradie de bonheur. Puis elle m'embrasse avec fougue en m'attirant à elle. Elle m'aide ensuite à retirer les draps et le couvre-lit du matelas. Nous plions le tout et elle termine de vider ma commode, tandis que je me dirige vers la porte, là où les cartons ont éparpillé leur contenu. Je m'accroupis et commence à tout remettre en place. Une photo et un bout de tissus bleu attirent alors mon attention. Je tends la main pour m'emparer de l'image et du petit linge.

Et je me fige en comprenant ce qu'ils représentent.

— Ça va ? me questionne Becca en s'approchant de moi.

Je ne dis pas un mot, comment le pourrais-je avec ce que je tiens entre les mains ? La rage m'envahit, la tristesse aussi. Tout se mélange dans ma tête, je peine à respirer. Elle voit tout à coup ce que je fixe si intensément. Dans un hoquet de surprise, la femme en qui j'avais le plus confiance en ce bas monde porte une main à sa bouche, puis elle tente de me reprendre ce que je serre maintenant contre moi. Je l'esquive.

— Comment as-tu pu me cacher une telle chose ? m'écrié-je en me laissant tomber à genoux.

Je serre la photo contre moi comme si ma vie en dépendait.

— Comment as-tu pu me cacher que tu attendais un enfant ?

Quand je regarde avec plus d'attention la date indiquée sur l'échographie, mon cœur rate à nouveau un battement.

— Notre enfant…

Ma dernière phrase n'est qu'un murmure dans la pièce.

Chapitre 31

Becca

Non !

Comment ces cartons que j'avais rangés dans le grenier de la maison ont-ils pu se retrouver ici ?! Je suis tétanisée. L'homme de ma vie, livide, fixe l'image de mon échographie, puis en serrant le petit body bleu contre lui, il se met à chercher frénétiquement dans les affaires éparpillées sur le sol. Je n'arrive pas à bouger pour l'en empêcher, même si je sais qu'il va tomber sur d'autres photos. Il en ramasse une seconde d'Eric, Lucas et moi… avec mon ventre de six mois de grossesse.

— Où est notre enfant, Becca ?! hurle Will, les yeux remplis de larmes.

Je pose une main sur mon ventre, ressentant toujours l'immense vide que ce bébé a laissé. Les seules traces qui restent de cette époque sont ces photos et la cicatrice qui ourle ma peau. Incapable de répondre, je recule vers le lit. Mes jambes me trahissent bien avant que je ne l'atteigne, je me laisse glisser sur le sol de la chambre.

— Réponds-moi !

Sa voix est comme un coup de fouet qui me transperce le cœur. Je fixe le sol.

— Mort.

Will observe les photographies, puis moi. Il secoue la tête de droite à gauche. Une larme m'échappe finalement devant sa réaction. J'aurais tant voulu lui apprendre tout ça d'une autre façon.

— Mort ? Comment ça, mort ?!

Ses mains tremblent en serrant les photos.

— Décollement du placenta.

— Je ne comprends pas !

— J'ai perdu mon... notre enfant, Will.

Les larmes fusent sans que je puisse les arrêter désormais. Les souvenirs de ces jours anciens sont si douloureux. D'une voix sans expression, je lui répète ce que le médecin m'a expliqué à l'époque.

— Le placenta s'est décollé au début du huitième mois, privant le bébé d'oxygène. Quand je suis arrivée à l'hôpital, ils ont procédé à une césarienne d'urgence.

Will regarde ma main posée sur mon ventre. Il marche vers moi et s'agenouille pour placer la sienne par-dessus. Il ne dit pas un mot.

— Seulement, il était trop tard pour sauver notre fils. Si tu savais comme je m'en veux !

— Notre fils ?

J'acquiesce, alors que ses doigts passent sous mon débardeur pour parcourir cette cicatrice que j'ai essayé de lui cacher tant bien que mal.

— Pourquoi ne m'as-tu pas téléphoné ?

Sa voix est tranchante, contrairement à son toucher sur ma peau. Je le fixe sans comprendre.

— Comment aurais-je pu te joindre, Will ? Tu étais parti depuis un mois déjà quand j'ai appris que j'étais enceinte.

La rage envahit soudain son visage. Il se lève et jette les photos sur le lit, ne gardant dans ses mains que le petit vêtement bleu.

— Tu n'as jamais répondu à aucune de mes lettres, Becca ! Pas une seule ! Est-ce à cause de ça ? Tu voulais me cacher ta grossesse ?

— Quelles lettres, William ? Je n'ai plus eu la moindre nouvelle de ta part après ton départ. Ni pendant ces cinq dernières années !

Il regarde autour de lui, l'une de ses mains passe rageusement dans ses cheveux.

— Je t'avais dit que je garderais le contact, et j'ai tenu parole ! Chaque mois, je te faisais parvenir une lettre avec mes coordonnées et un numéro où me joindre ! Pourquoi n'as-tu pas appelé quand tu as su que tu attendais notre enfant ? Je serais rentré, bon sang !

Cette révélation me frappe de plein fouet. Aucune de ces prétendues lettres ne m'est jamais parvenue…

— Je n'ai reçu aucune lettre de toi, Will, articulé-je en me relevant.

— Comment est-ce possible ?

J'ai déjà la réponse à sa question et elle mérite quelques explications. Cependant cela devra attendre ! Je tente d'avancer vers Will, mais il recule d'un pas, les mains devant lui. Il m'interdit de m'approcher.

— Laisse-moi seul, Becca.

— Mais…

— S'il te plaît, Becca, laisse-moi seul ! J'ai besoin de temps pour digérer le fait que tu aies porté notre enfant et que je n'en ai jamais rien su !

Son ton est glacial. Mes larmes redoublent et, alors que je descends en courant les escaliers, j'entends un fracas provenant de la chambre. Je traverse la cour au pas de course pour rejoindre la maison. Au même moment, j'aperçois le pick-up de Mitch qui entre dans la cour. Il s'arrête devant moi. Sans un mot, j'ouvre la portière côté passager et monte à l'intérieur.

— On va chez Eric.

Sans poser de questions sur mes larmes et les sanglots que je tente d'étouffer, ni même sur la raison de ma destination, il redémarre et nous quittons la propriété. Seule la poussière nous poursuit sur le chemin de terre. Le paysage défile, pourtant je ne vois rien. C'est comme si j'étais hors de mon corps. La réaction de Will me fait comprendre que j'aurais dû remuer ciel et terre pour savoir où il était à ce moment-là, toutefois la rage monte en moi quand je songe que quelqu'un le savait depuis le début et me le cachait délibérément. Sans cette trahison, Will aurait pu être à mes côtés pour m'aider à surmonter cette épreuve. Mon père me jette plusieurs coups d'œil durant le trajet, mais se garde encore d'intervenir. Quand il se gare devant l'appartement de mon frère, je sors en trombe en lui demandant de m'attendre là. Il semble comprendre que j'ai quelque chose à régler avec Eric et reste donc dans le pick-up. Je grimpe les escaliers deux à deux et toque violemment à la porte. C'est Allison qui m'ouvre avec un grand sourire aux lèvres. J'entre sans un bonjour. Sans remarquer mon état déplorable, elle lève sa main gauche devant moi, exhibant fièrement la bague à son annulaire.

— Eric m'a demandé de l'épouser, m'annonce-t-elle, presque hystérique.

Je la surprends en riant amèrement.

— C'est merveilleux, Allison. Et tu sais quoi ?! Je viens d'apprendre que je serais peut-être mariée moi aussi à l'heure qu'il est, si mon frère ne m'avait pas planté un poignard dans le dos.

— De quoi parles-tu, Becca ?

— Où sont les lettres de Will ?

— Les lettres ?

Vu l'expression sur son visage, il est évident qu'elle ne sait pas de quoi je parle, pourtant elle comprend vite la situation.

— Tu lui as dit ?

— Non. Il l'a découvert en faisant tomber une pile de cartons, rétorqué-je en essuyant une larme. Par contre, il m'a assuré qu'il m'envoyait une lettre tous les mois, Allison, et je n'en ai jamais eu aucune.

— Et c'est Eric qui s'est toujours occupé du courrier du ranch…

J'acquiesce, elle en a déduit la même chose que moi.

— Où est mon frère ?

— Parti acheter une bouteille de champagne, murmure-t-elle.

Je me précipite dans leur chambre et je commence à vider les tiroirs un à un, avec l'infime espoir de retrouver au moins les lettres qui m'étaient destinées. Ces lettres qui auraient pu tout changer pour moi. Allison me rejoint et, à mon grand étonnement, elle se met à m'aider dans mes recherches. Nous ne trouvons rien, malheureusement. Aucune trace des courriers de Will. Puis la porte de l'appartement s'ouvre et mon frère apparaît avec sa bouteille de champagne.

— Elle a dit oui ! lance-t-il en me voyant.

Je m'approche de lui et, avec toute la force de ma colère, mon poing vient percuter sa mâchoire. Eric laisse tomber la bouteille qui éclate sur le plancher. Il chancelle sur ses jambes en portant la main à son visage.

— Où sont-elles ?! hurlé-je.

Ma voix résonne dans l'appartement, je n'arrive plus à contenir ma rage.

— Je comprends mieux pourquoi tu as si mal réagi en nous voyant de nouveaux en couple, Will et moi. Tu savais que je finirais par apprendre ton minable petit secret ! Qu'il allait forcément me demander pourquoi je ne lui avais jamais répondu ! Comment as-tu osé me dérober ces lettres, Eric ? Tu étais censé être là pour moi.

— Il n'avait pas le droit de revenir dans ta vie après t'avoir abandonnée aussi lâchement !

— Et moi, j'avais le droit de choisir, Eric. Ce n'était certainement pas ta décision à prendre, mais la mienne. Que tu le veuilles ou non, j'aime Will de toute mon âme, tu n'y peux rien ! Maintenant, rends-moi ses lettres.

Il regarde sa fiancée, toutefois cette dernière détourne les yeux. Mon frère essuie un filet de sang de sa lèvre, puis s'éloigne vers la pièce qui leur sert de chambre d'amis. Allison ouvre le congélateur et en sort un sac de petits pois congelés, qu'elle me tend sans un mot. Je le prends et le pose délicatement sur mes jointures. Ça me fait un mal de chien ! Quand Eric revient, il tient une boîte à chaussures entre les mains. Je la saisis rageusement et sors de l'appartement, mes pois congelés à la main et ma boîte sous le bras. J'entends la porte claquer violemment derrière moi et la voix outrée d'Allison qui s'élève. En silence, je prends place à l'intérieur du pick-up et referme la portière.

— C'était mérité ? me questionne Mitch en fixant ma main.

— Amplement Papa.

Nous n'échangeons pas un mot jusqu'au ranch. Je tiens juste la boîte à chaussure contre moi. Dès que nous arrivons à la maison, je sors du véhicule et me dirige vers la grange.

— Tu devrais le laisser seul un moment, ma chérie, m'interpelle mon père. Rentre, je crois que nous devons parler, toi et moi.

Surprise, je le suis à l'intérieur. Après avoir retiré mes bottes, je me dirige vers le salon et me laisse tomber sur le canapé avec un soupir de lassitude. On dirait que cette maudite journée n'en finira jamais. J'entends du bruit à la cuisine, avant de voir mon père apparaître avec deux tasses de café. Il m'en tend une que je pose sur la boîte à chaussures, puis il s'assied près de moi.

— Il a découvert ce qu'il y avait dans les cartons ?

Je sursaute et le dévisage avec stupeur. Comment sait-il ce que Will a trouvé dans les cartons ? Comment sait-il que les cartons étaient là-bas et non plus au grenier ? Comme s'il lisait dans mon esprit, Mitch reprend :

— C'est moi qui les ai montés dans l'écurie. Je savais que tu ne lui en parlerais pas, alors j'espérais qu'il finirait par le découvrir de lui-même. Et puis, les voir chaque fois que j'allais au grenier m'était devenu insupportable, avoue-t-il d'une voix éteinte. Surtout parce que tu ne semblais pas vouloir te confier à moi non plus.

— Tu étais au courant ?

— Oui. J'attendais juste que tu veuilles bien m'en parler. Ce que tu n'as jamais fait…

Mitch prend une gorgée de café. De nouveau, les sanglots étreignent ma gorge. Quel genre de fille peut cacher aussi longtemps un tel drame à son père ? Puis-je seulement être en colère contre lui, quand il n'a fait que ce qui lui semblait être le mieux pour moi ? Impossible. Alors, je lui dévoile ce secret qui n'en est plus vraiment un, comme je l'ai fait un peu plus tôt avec Will. Les larmes ne cessent de dévaler sur mes joues, intarissables.

— Viens là, ma puce, souffle-t-il en m'attirant près de lui.

— Je suis tellement désolée, Papa. Désolée pour tout…

— Chut.

J'enfouis mon visage dans sa chemise et y libère enfin tout mon chagrin. Il me murmure des mots doux pour m'apaiser, comme je le fais avec les chevaux. Et pour la première fois depuis le décès de ma mère, je m'endors entre ses bras réconfortants.

Chapitre 32

Will

Je n'ai pas revu Becca depuis deux jours. Elle n'est pas venue me retrouver dans l'écurie après son départ en voiture avec Mitch, je l'ai simplement aperçue qui rentrait avec lui. Elle reste enfermée dans sa chambre, sans daigner mettre le nez à l'extérieur. Mitch m'a dit qu'elle avait besoin de faire le point sur certaines choses. Je me désespère de voir les rideaux de sa chambre ainsi fermés, de ne pas entrevoir sa silhouette par l'une des fenêtres de la maison. Ma réaction a-t-elle été trop excessive ? La nouvelle qu'elle attendait notre fils m'a tellement bouleversé… Je ne crois pas avoir mal réagi, du moins je n'en ai pas l'impression. Sauf peut-être en lui demandant de s'en aller… Apprendre que j'ai laissé l'amour de ma vie derrière moi alors qu'elle était enceinte et que je n'ai jamais rien su du calvaire qu'elle a traversé en perdant notre enfant, jusqu'à ce que je renverse ces cartons par mégarde… Savoir que j'ai laissé Becca endurer ce drame seule… Tout cela me rend malade. Avec tous les événements qui se sont déroulés ces derniers jours, je ne sais plus du tout où j'en suis.

Je contemple la commode de ma chambre que j'ai envoyée valser après le départ de Becca. Jamais je n'aurais dû lui dire de quitter la pièce. C'est avec elle que je devais partager ce moment de douleur. Elle comme moi en avions besoin, et je l'ai mise à la porte. Je mérite son silence et la distance qu'elle a de nouveau instaurée entre nous.

C'est désormais avec l'aide de Mitch que je m'occupe de faire travailler les chevaux. Maintenant, je comprends mieux tout ce ressentiment que Becca avait envers moi à mon retour. La question est : comment fait-on pour passer au-dessus d'une peine aussi immense alors que ce n'est même pas nous qui l'avons vécue ?

Afin d'échapper à mes pensées dévastatrices, je descends pour rejoindre Styx dans la grange. Je suis fier du travail que nous avons accompli avec cet étalon, il a un potentiel exceptionnel ! Je lui passe sa bride et le guide jusqu'au manège. Après m'être hissé facilement sur son dos, je profite de sa quiétude pour me détendre aussi. Ce n'est pas vraiment lui qui a besoin de travailler aujourd'hui, c'est juste moi qui ai besoin de me changer les idées. Cet après-midi, je dois également me rendre en ville. J'ai reçu hier un coup de téléphone du notaire de ma mère, il désire me voir. J'ignorais que Kristen avait fait un testament. Mitch me laisse lui emprunter le pick-up pour le reste de la journée, je compte donc en profiter pour aller chez le notaire et faire un tour en ville. Je ne passe qu'une petite demi-heure avec mon cheval, pourtant cela suffit à m'apaiser. Une fois l'étalon de retour dans son box, je monte dans le véhicule de Mitch et prends la direction du centre-ville. En posant mes yeux sur le siège passager, je me dis que j'aurais voulu que Becca m'accompagne à ce rendez-vous, car je n'ai aucune idée de ce à quoi je dois m'attendre. La route défile et le silence dans l'habitacle m'oppresse. Comment vais-je pouvoir vivre avec autant de regrets ?

Quand je me gare devant la petite maison de Maître Barlow, le notaire de River Creek, je prends un instant pour calmer les palpitations de mon cœur avant de sortir du pick-up. Prêt à affronter la situation, quelle qu'elle soit, je toque à sa porte. Le petit homme bedonnant m'ouvre lui-même et me salue en me faisant signe de passer dans son bureau. Dès que nous sommes assis l'un en face de l'autre, il sort une enveloppe et un dossier bleu de ses tiroirs.

— Monsieur Thompson, j'ai été le notaire de votre mère pendant plus de quinze ans. Je souhaite avant toute chose vous présenter mes plus sincères condoléances.

Il m'agace déjà avec sa voix nasillarde. Je commence à taper du pied d'impatience. Maître Barlow semble le remarquer et se racle la gorge avant de me tendre l'enveloppe blanche.

— Votre mère tenait à ce que vous ayez ceci après sa mort.

242

J'ouvre l'enveloppe et je reste sans mot.

— Un numéro de compte bancaire ?

— Oui. Il y a plus de huit ans de cela, votre mère a fait des placements pour vous. Tout l'argent de la vente de sa maison y a également été versé. Ce compte bancaire vous appartient désormais, Monsieur Thompson.

Pendant un instant, je le dévisage, sans comprendre ce qu'il vient de dire.

— J'imagine que votre mère tenait énormément à son fils unique.

— Je… Merci de m'avoir reçu.

Je quitte la petite officine presque en courant et m'engouffre dans le pick-up avant de déposer l'enveloppe près de moi. Je cherche mon souffle et appuie ma tête contre le volant. De rage, mon poing percute le tableau de bord du pick-up. Les remords me submergent à nouveau. Quand tout cela va-t-il s'arrêter ? Je démarre en trombe et m'arrête dans une petite boutique pour acheter un bouquet de fleurs. Comme le cimetière ne se trouve pas trop loin, je poursuis mon chemin à pied. Certaines personnes me dévisagent au passage, mais je n'en ai cure. Ce que les gens pensent de moi m'est bien égal. Dans le cimetière, je trouve rapidement la pierre tombale de mes parents. Après m'être agenouillé dans l'herbe, je dépose le bouquet devant moi. Il me faut encore plusieurs minutes pour trouver le courage de murmurer d'une voix blanche :

— Je suis tellement désolé pour tout ce que je t'ai fait endurer, Maman. J'espère juste que tu me pardonnes mes erreurs. Je m'en veux, si tu savais…

Je ne bouge pas d'un pouce quand des gouttes d'eau commencent à se mêler aux larmes qui inondent mon visage. Le ciel sombre de ce matin a décidé de m'honorer lui aussi de ses caprices. Seul dans le cimetière, sans même la présence du soleil pour me donner une idée de l'heure qu'il est, je perds très vite la notion du temps. Je sors d'une de mes poches un petit bonnet jaune que j'ai trouvé dans les cartons, deux jours plutôt. Je ferme les yeux en caressant le bout de tissu.

Bien plus tard, le bruit lointain d'un moteur me fait lever la tête.

J'entrevois la petite voiture argentée de Lucas. De toutes mes forces, je me prends à espérer que c'est Becca qui sortira de l'habitacle. Néanmoins, mes espoirs retombent quand je vois la grande silhouette de Mitch refermer la portière. Il me regarde un instant, puis poursuit son chemin entre les tombes. Le père de Becca s'arrête devant une sépulture, il embrasse l'intérieur de sa main et la pose doucement sur le sombre granit. Il prend ensuite place sur l'un des sièges en bois qui sont éparpillés dans le cimetière. Comme moi, il semble indifférent à la pluie qui détrempe ses vêtements. Ses yeux ne quittent pas la pierre devant lui. Avec difficulté, je me lève et avance dans sa direction. Je prends place à ses côtés et nous observons en silence la dernière demeure de Grace Parker. Des gouttes d'eau tombent de son chapeau de cow-boy pour dévaler sur ses épaules. Nous devons avoir l'air de deux fantômes, à errer ainsi en ces lieux. Une bonne demi-heure de plus doit s'être écoulée avant que Mitch ne se lève pour me faire face.

— Viens avec moi, Fiston.

J'acquiesce en silence et me remets sur pied, le petit bonnet jaune toujours serré dans ma main. Nous marchons jusqu'au café situé près du magasin général, puis prenons place à une petite table face à la rue. Mitch commande deux cafés noirs. Quand la serveuse les dépose devant nous, le silence règne toujours. La pluie s'abat impitoyablement sur la façade.

— Comment va Becca ? demandé-je finalement en fixant le tissu entre mes doigts.

Il boit une gorgée de sa boisson avant de me répondre.

— Mal. Tout ça remue beaucoup de choses qu'elle a essayé d'enfouir au fond de sa mémoire comme elle l'a pu.

— Elle n'en a jamais parlé ?

— Non, soupire Mitch. Pas avec moi en tout cas ! Je l'ai découvert par hasard en rentrant du Manitoba. Mes enfants croient toujours que mon grenier est rempli de regrets et de mauvais souvenirs et que je n'y mets jamais les pieds. Pour moi, il est en fait chargé des images de ma femme. J'ai découvert les mêmes cartons que toi, là-haut. Tu sais comme moi qu'on ne peut pas forcer Becca à parler de quelque chose dont elle ne veut rien dire.

Il esquisse un léger sourire.

— Pourquoi m'avoir permis de revenir au ranch, si tu savais par quoi elle était passée, Mitch ? Je ne comprends pas. Je l'ai tellement fait souffrir, chuchoté-je en levant enfin le regard vers lui.

— Comment étais-tu censé être au courant de tout ça, William ? Elle me l'a même caché à moi, son propre père. Becca est comme moi, elle garde tout pour elle, puis un jour, c'est trop et ça explose. Je savais qu'elle finirait par m'en parler à un moment ou à un autre. Je t'ai laissé revenir dans sa vie, parce que je sais que tu n'es pour rien dans cette terrible histoire. Si Eric n'avait pas intercepté tes lettres, Becca t'aurait appelé. Tu serais rentré pour être près d'elle.

Je me fige un instant.

— C'est Eric qui a dérobé mes lettres ?

— Oui. Becca me l'a appris hier. Il lui faudra du temps pour pardonner à son frère, avoue-t-il.

Un nouveau silence se crée entre nous, mon regard se perd quelques instants sur le minuscule bonnet. Mitch pose sa main par-dessus la mienne.

— Je sais que tu souffres aussi, Fiston, surtout en l'ayant appris de cette manière, chuchote-t-il. Mais vous allez devoir faire face ensemble.

— Pourquoi vouloir que je fasse de nouveau partie de sa vie, Mitch ?

Il esquisse un sourire.

— Parce que tu rends ma fille heureuse, William. Elle rayonne quand tu es près d'elle, même si j'ai craint un moment qu'elle ne te chasse avec mon fusil le jour de ton arrivée, admet-il en riant.

Je suis touché par ses mots. D'autant plus que je sais que je ne pourrai plus jamais vivre sans sa fille. Mon avenir tout entier dépend de Becca.

— Par contre, si tu la fais de nouveau souffrir, je promets de t'enterrer là où jamais personne ne trouvera ton cadavre. Suis-je assez clair ?

— Parfaitement clair, M'sieur !

— Maintenant, rentrons à la maison. Je n'aime pas la savoir seule là-bas dans cet état.

Il règle les boissons et nous nous levons pour regagner nos véhicules respectifs. Dans le pick-up, j'inspire un grand coup avant de mettre le moteur en marche. Je me dois de faire revivre Becca, je refuse qu'elle s'enfonce dans la culpabilité du décès de notre enfant. Rien n'aurait pu nous préparer à cette tragédie ; toutefois, ensemble, côte à côte, nous allons faire face. Je vais vouer ma vie à rendre la femme que j'aime heureuse et épanouie. Peu importe le temps et les efforts que je devrai y mettre.

Et ça commence aujourd'hui, songé-je en regardant l'enveloppe blanche posée près de moi, sur le siège passager.

Chapitre 33

Becca

Deux jours que je suis enfermée dans ma chambre telle une gamine qui pleure son premier chagrin d'amour. Deux jours que je ne suis pas sortie de la maison. J'ai seulement discuté avec mon père de tout ce par quoi je suis passée après ma grossesse tragique. Je ne suis pas fière de lui avoir caché tout cela, toutefois je croyais vraiment qu'il n'avait pas remarqué de changement à son retour du Manitoba, et je ne voulais pas faire endurer cette perte à une personne de plus.

Je tourne en rond dans la maison, évitant de voir Will quand il entre pour manger ou prendre sa douche. Il m'a demandé du temps, je lui en offre. Mais en attendant, je broie du noir et retombe dans le tourbillon d'émotions qui a suivi la perte de notre enfant, il y a quatre ans. J'ai pu l'entrevoir qui faisait travailler les chevaux, il a repris mon rôle, alors que je m'enfonce de nouveau dans les méandres de ma douleur. Mitch a quitté le ranch peu après Will cet après-midi, je me suis donc retrouvée seule dans la demeure silencieuse.

J'ai dû fermer les yeux pendant un instant, car quand je me réveille, des voix me parviennent depuis la cuisine. Reconnaissant celle de Will et de mon père, je referme les paupières en remontant les couvertures par-dessus ma tête. La pluie tambourine à la fenêtre et ce son m'apaise. Jamais je ne pourrai pardonner à Eric de m'avoir caché ces lettres. Elles reposent toujours dans leur boîte à chaussures, aucune d'entre elles n'a été ouverte, et je n'ose pas le faire de peur de réveiller trop de choses en moi. La porte de ma chambre grince sur ses gonds, et quelqu'un vient prendre place au pied de mon lit.

— Hey, murmure la voix de Will.

Surprise de l'entendre, j'abaisse les couvertures pour découvrir le haut de mon visage. À sa vue, mon regard se brouille de larmes. Il est assis là, trempé de la tête aux pieds, à attendre que je veuille bien sortir de sous la couette. Mais impossible, je refuse de me départir de ma carapace de tissu. J'en ai marre d'encaisser les coups durs. Il pose une main sur ma jambe, qu'il serre à travers les draps.

— Tu veux bien qu'on parle une seconde ?

Il prononce ces mots comme s'il s'adressait à un animal apeuré. Ce qui est peut-être le cas, vu la distance qui existe entre nous depuis qu'il a renversé les cartons. Néanmoins, j'acquiesce en silence.

— Je suis navré de t'avoir repoussée de cette façon quand j'ai découvert ce qui est arrivé à notre fils.

Will glisse une main sous les couvertures et vient chercher mes doigts, qu'il serre fort entre les siens.

— C'est ensemble que nous aurions dû faire face et je m'en veux tellement de ne pas avoir été présent pour toi à ce moment-là, souffle-t-il. J'aurais dû t'accompagner dans toutes ces épreuves.

Sans que je m'en aperçoive, les larmes commencent à dévaler sur mes joues. Alors que j'étouffe un sanglot, Will me tire des couvertures pour me prendre contre lui. Malgré ses vêtements trempés, sa chaleur bienfaisante se répand à travers mon corps glacé.

— Tout est de ma faute, Will. C'est moi, et moi seule, qui ai tué notre enfant, sangloté-je contre son épaule.

L'une de ses mains me caresse le dos de bas en haut.

— Ne dis pas de telles choses, Becca.

— J'aurais dû… j'aurais peut-être dû cesser de monter à cheval, ne plus travailler.

Depuis quatre ans, cette question revient sans arrêt me hanter. Est-ce que mon mode de vie a quelque chose à voir avec la perte de mon enfant ? Je n'ai jamais eu de réponse, car un décollement placentaire n'a dans la plupart des cas pas forcément de cause.

— Après une journée passée avec ce que je croyais être de

fausses contractions, je me suis réveillée en pleine nuit les jambes couvertes de sang.

Ma propre voix me paraît lointaine alors que je revis ce cauchemar.

— Eric m'a conduite à l'hôpital le plus vite possible. Mais en arrivant, le cœur de notre fils ne battait déjà plus, Will. J'ai tenu notre enfant mort dans mes bras, en priant de toutes mes forces pour que tout cela ne soit qu'un affreux cauchemar, hoqueté-je.

— Ce n'est pas ta faute, Becca. Ce n'est pas ta faute...

— Je traîne ce fardeau depuis si longtemps maintenant, Will.

J'étouffe un nouveau sanglot.

— Tu dois te pardonner, Becca. Tu dois *nous* pardonner.

Sa voix se casse en prononçant ces derniers mots. Il a raison. Je ne peux plus faire autrement que de laisser ce terrible drame derrière moi. Ne pas l'oublier, mais au moins le surmonter. Si je veux saisir la chance de renouveau que m'offre la vie.

Il me serre encore plus fort contre lui, et dans mon cou, je sens ses propres larmes se mêler aux miennes. Longtemps, nous restons ainsi enlacés. Pleurant la mort de cet enfant que nous n'avons jamais pu connaître, dont nous n'avons pas pu entendre le cœur palpiter. Que nous ne verrons jamais grandir.

— Si j'avais su où tu étais, Will, je t'aurais contacté dès que j'ai compris, dis-je finalement. Je n'ai appris que j'attendais Jayden qu'un mois après ton départ.

Will se redresse et m'observe.

— Jayden ? Tu lui avais trouvé un prénom ?

— Oui, chuchoté-je. Jayden Thompson.

Il dépose un baiser sur mes cheveux.

— Son nom figurera près du tien alors.

En se levant du lit, il retire son tee-shirt mouillé et se rassied dos à moi. C'est la première fois que j'observe son tatouage avec une telle attention. La croix celtique est d'une précision extrême. Je suis les nombreux tracés du bout des doigts. Will frissonne à leur contact. En parcourant les multiples motifs qui s'entrelacent, je me rends compte que ce sont en fait des lettres et qu'elles forment le nom de son père, celui de ma mère, et en plein centre, je découvre mon propre prénom. Pendant un instant, je reste figée, à contempler les lettres délicates cachées au cœur du tatouage.

— Tu veux faire ajouter celui de notre fils ? demandé-je doucement en caressant encore les motifs.

— Oui, celui de Kristen également.

Il me fait de nouveau face et prend mon visage en coupe.

— Plus jamais je ne te demanderai à nouveau de quitter une pièce, je t'en fais le serment. Mais je ne veux plus jamais que tu remettes de la distance entre nous, pas quand nous avons tant besoin de l'un de l'autre.

— Promis.

Will me renverse sur le matelas et passe ses bras autour de moi. Nous restons ainsi allongés, savourant la présence de l'autre, tout en pleurant l'absence de notre enfant. Dans l'obscurité qu'accompagne le bruit des gouttes de pluie contre le verre, je m'endors au son des battements de son cœur.

C'est le soleil qui pénètre par ma fenêtre qui me tire de mon sommeil. Je frotte longuement mes yeux, piquants d'avoir tant pleuré, et quand je me tourne dans le lit, ma main ne rencontre que les draps froids.

Et puis, je l'aperçois. Un simple bout de papier posé sur l'oreiller près de ma tête. Mon cœur s'arrête. J'ai l'impression de revenir cinq ans en arrière. Un goût amer me monte à la bouche alors que je saisis le message.

Rejoins-moi, là où tout a commencé.
Ton cheval t'attend dans l'écurie.
Ne traîne pas trop longtemps au lit, car je compte bien t'y ramener ce soir.
Je t'aime.

Je ris en embrassant son message et sursaute lorsque je constate qu'il est déjà onze heures passé ! Tel un diable hors de sa boîte, je sors de sous mes couvertures et enfile les premiers vêtements qui me tombent sous la main. Un jean et une chemise de Will. Tant pis.

Comme un ouragan, je passe devant mon père en lui volant un morceau d'orange au passage. Loin de s'en offusquer, il me jette seulement un coup d'œil étonné avec un sourire en coin alors que j'enfile bottes et chapeau de cow-boy et qu'il tourne la page de son journal. Je franchis la porte au pas de course et me rends dans la grange. Je découvre avec bonheur que tout le travail a déjà été accompli ici, et Angel m'attend patiemment, attachée dans son box, sa selle sur le dos. Comme un automate, je lui mets sa bride et sors de l'écurie. Alors qu'elle avance toujours, je mets le pied à l'étrier et la laisse poursuivre son chemin. Elle s'installe dans un petit galop confortable dès que nous avons abordé le sentier. Le vent fait voler mes cheveux détachés en tous sens. Nous atteignons très bientôt la colline et j'aperçois Red attaché à l'arbre près de notre rocher. Ma jument s'arrête à ses côtés, je noue ses rênes à une branche avant de me retourner lentement. Une couverture est étalée sur l'herbe et Will m'attend, adossé au rocher. Je m'avance vers lui un sourire aux lèvres. Il a les yeux fermés et semble s'être endormi. Néanmoins, dès que je pose un pied sur la couverture, un sourire malicieux éclaire son visage. Dans un mouvement vif, il m'attrape sous les genoux et me fait basculer sur le sol. Il amortit ma chute avec son propre corps et rit tandis que je me retrouve allongée sur lui.

— Tu en as mis du temps, murmure-t-il.

— Que veux-tu, il faut du temps à une femme pour se faire belle.

Nous éclatons de rire quand il détaille ma tenue d'un air sceptique. Il me redresse en même temps que lui et je me retrouve assise sur ses jambes. J'attire son visage vers le mien avant de l'embrasser. Comme si nos vies entières ne dépendaient que de ce baiser, Will balance mon chapeau de cow-boy et me fait basculer sous lui. Ses mains passent dans mes cheveux. Un instant, il met un peu de distance entre nous et me regarde droit dans les yeux.

— Je t'aime, Will... soufflé-je contre ses lèvres.

Il me sourit et passe une main sous ma chemise pour la poser avec douceur à l'endroit de ma cicatrice.

— Plus aucun secret.

— Jamais, approuvé-je en reprenant sa bouche d'assaut.

Mon estomac se rappelle soudain à moi dans un grondement de tonnerre. Will éclate de rire et s'écarte pour s'asseoir à nouveau sur la couverture. Je lève les yeux au ciel en maugréant. Quel mauvais timing !

— Je meurs de faim, m'exclamé-je en repensant au misérable morceau d'orange que j'ai avalé.

Will se penche vers moi et dépose un baiser sur le bout de mon nez.

— Ne bouge pas, déclare-t-il en se levant.

Il marche jusqu'à son cheval et sort un énorme paquet de l'une des sacoches de sa selle. Deux bouteilles d'eau dans une main et un gros sac en papier brun dans l'autre, il revient vers moi. Je prends l'une des boissons et avale une longue gorgée en l'observant disposer entre nous des fruits, des biscuits dont il raffole et deux galettes d'avoine. Il me sourit avant de croquer dans un cookie.

— Avoue-le, Becca, je pense à tout, marmonne-t-il la bouche pleine.

J'acquiesce en me lovant dans ses bras. Il m'attire contre lui et me tend le sachet de framboises.

— Je t'aime, me glisse-t-il à l'oreille, tandis que nous prenons notre petit-déjeuner face au plus extraordinaire des panoramas.

Chapitre 34

Will

Alors que nous observons enfin l'avenir un peu plus serein qui se profile à l'horizon, j'ai l'impression étrange de revenir au premier jour de notre relation. C'est à ce même endroit que je l'ai tenue contre moi au tout début, là où nous avons échangé notre premier baiser maladroit. Je cale mon menton dans son cou, songeant que maintenant rien n'est plus comme avant, mis à part le fait que nous nous sommes enfin retrouvés. Becca est là, assise tout contre moi et je l'étreins comme si ma vie en dépendait. Si je devais ne retenir qu'une seule leçon de mes cinq années passées au loin, c'est que je ne dois plus jamais m'éloigner de cette femme, car je l'ai dans la peau pour la vie.

— Tu sais, ce que j'étais parti chercher durant mon voyage…

Elle me regarde du coin de l'œil, attentive à mes paroles.

— Je ne l'ai trouvé qu'à mon retour, en fait. J'ai dû te perdre pour comprendre que tu étais la seule chose dont j'avais réellement besoin dans ma vie, murmuré-je.

Tout son corps se détend contre le mien et elle prend l'une de mes mains qu'elle embrasse tendrement. Une larme termine sa course sur ma peau.

— Ne pleure pas, ma belle.

— Je ne pleure pas ! J'ai une poussière dans l'œil, idiot, grommelle-t-elle.

Je ne peux m'empêcher de rire, alors que je reçois son coude dans les côtes.

Tu repasseras pour la déclaration d'amour, mon vieux, songé-je.

— Je t'aime quand même à la folie, Becca Parker, lui soufflé-je à l'oreille avant de déposer un baiser dans son cou.

Ses doigts s'entrelacent aux miens et elle les presse contre son corps. Nous restons assis très longtemps à cet endroit si particulier pour nous deux. Ce lieu chargé de souvenirs, et qui maintenant, nous offre l'avenir. Les nuages et le soleil traversent le ciel au-dessus de nos têtes, seul signe que les heures défilent. Nous sommes encore là quand l'astre entame sa descente vers l'horizon, spectacle sublime que nous observons dans le plus grand silence, alors que Red et Angel broutent paisiblement près de l'arbre. Pourquoi aurions-nous besoin de mots pour décrire une puissance de sentiments aussi tangible que celle qui nous unit ? Aux dernières lueurs du couchant, nous regagnons nos montures pour retourner au ranch. Nos chevaux marchent si proches l'un de l'autre que nos jambes se frôlent. Tout semble être enfin à sa place.

Il n'y a aucune lumière dans la maison quand nous parvenons enfin à l'écurie et le pick-up de Mitch n'est pas dans la cour. Dans la grange, je desselle Red en observant Becca du coin de l'œil. Comme à son habitude, elle prend tout le temps qu'il faut pour s'occuper de sa jument. Là où passe sa brosse, son autre main trace le même chemin. Angel ferme les yeux, elle semble apprécier grandement le léger massage que lui prodigue ainsi Becca. Jamais je n'ai rencontré quelqu'un plus à l'aise avec les chevaux que cette femme. C'est presque troublant de constater qu'elle semble mieux comprendre ses animaux que les gens. C'est là l'une des qualités qui m'ont charmé dès les premiers instants où j'ai commencé à la fréquenter.

Après avoir remis Red dans son box, je m'arrête près d'elle et la regarde faire.

— Pourquoi me fixes-tu de la sorte, Thompson ?

Elle me pose cette question sans même se tourner vers moi.

— Parce que…

En m'avançant à peine, je pose ma main sur l'encolure d'Angel et la laisse parcourir son cou jusqu'à atteindre celle de Becca.

— Tu es magnifique quand tu es concentrée de cette façon.

— Elle ne t'aime toujours pas, me répond-elle en désignant la jument, un sourire aux lèvres.

Sa monture a les oreilles couchées dans le crin. Je retire ma main et recule d'un pas.

— Puisque c'est ainsi, je vais rentrer préparer le dîner. Vu qu'on ne semble pas tolérer ma présence en ces lieux, lancé-je d'un ton théâtral en sortant de l'écurie.

Depuis la cour, je l'entends éclater de rire. Quand j'entre dans la maison, je me dirige vers le réfrigérateur après avoir retiré mes bottes. Amen ! Lucas est venu apporter un plat de ses fabuleuses lasagnes, comme il me l'avait promis. Je mets le four à chauffer. Ce matin, j'ai aussi demandé à Mitch s'il ne voyait pas d'inconvénient à nous laisser la maison jusqu'à demain. Comme il brille par son absence, j'en conclus qu'il est parti rejoindre Henry et Lucas. Je place les couverts sur la table que je décore sommairement de deux bougies. J'aurais pu prendre la peine d'acheter du vin, toutefois je sais que Becca a toujours détesté l'alcool.

Lorsque j'entends la porte se fermer derrière elle, je suis en train de nous concocter une salade pour accompagner le repas. Parfait timing ! Je vérifie que les lasagnes ne brûlent pas, quand le rire de Becca me parvient.

— Tu as demandé à Lucas de nous faire le dîner ?!

Je hausse les épaules.

— Tu voulais risquer l'intoxication alimentaire ?

Elle s'approche de moi et m'enlace.

— Tu as bien fait, j'adore ses lasagnes, dit-elle en grappillant un bout de salade sous mes yeux.

— Non, mais attends au moins que j'aie fini de tout préparer !

Saisissant sa main, je la guide jusqu'à une chaise, où elle prend place.

— Reste là. C'est moi qui m'occupe de toi ce soir, glissé-je à son oreille.

Je lui vole un baiser avant de regagner la cuisine. Nous dînons à la lueur des bougies. Les flammes se reflètent dans le regard de Becca chaque fois qu'elle lève la tête vers moi. Avoir à nouveau la chance de contempler cette vision me semblait hors d'atteinte au moment de mon retour en Alberta. Pourtant nous sommes réunis une fois encore, et prêts cette fois à affronter des tornades. Tant et aussi longtemps qu'elle sera près de moi, je pourrai tout surmonter.

Je sais qu'elle n'a pas ouvert mes lettres et je me demande quand ou si elle le fera un jour. Est-ce bien nécessaire de retourner dans le passé, alors que nous pouvons nous concentrer sur l'avenir qui nous appartient dorénavant ?

Aucun de nous ne semble éprouver le besoin de combler le silence qui règne dans la maison. Le simple fait de savourer la présence de l'autre est suffisant. Après le repas, j'insiste pour me charger également de faire la vaisselle, mais Becca me rejoint dans la cuisine. Le souvenir de nos baisers échangés dans cette pièce il n'y a pas si longtemps me fait perdre le nord. Je ne désire qu'une chose et elle se trouve devant moi. Laissant tout en plan sur le comptoir, mes mains couvertes de mousse se posent dans son cou. Je l'attire à moi pour l'embrasser. Il reste toujours un soupçon de chagrin dans notre échange, toutefois elle s'agrippe à mes épaules comme si j'étais son ancre dans le présent.

Alors qu'elle soupire contre mes lèvres, je l'entraîne vers sa salle de bains. Mes doigts s'activent pour défaire les boutons de ma chemise qu'elle porte avec sensualité. Le vêtement termine sa course sur le pas de la porte. Mes mains parcourent sa peau, elle frissonne à mon contact. Becca fait passer mon tee-shirt par-dessus ma tête, ne rompant le contact entre nos corps qu'une fraction de seconde. En reculant, je passe une main derrière le rideau de douche pour ouvrir l'eau. Mes lèvres courent sur sa peau, elle retire son soutien-gorge et je m'agenouille devant elle. Le spectacle qu'elle m'offre est d'une beauté sans nom. Mon cœur rate un battement. Je défais son jean en posant mes lèvres sur la cicatrice qui orne le bas de son ventre. Cette marque qui signifie maintenant tant de choses pour nous deux. Son dernier vêtement tombe sur le sol près de moi, je remonte vers son visage alors qu'elle défait mon ceinturon. La buée commence à envahir la petite pièce et nous passons derrière le rideau sans nous quitter des yeux un seul instant. Sous le jet de la douche, Becca presse son corps contre le mien, plus aucune barrière ne se dresse entre nous. Dans un concert de soupirs emplis de désir, nos mains enduites de savon dessinent chaque parcelle du corps de l'autre.

Lorsque je coupe l'eau, Becca, ruisselante, m'attire vers le lit telle une divinité grecque qui charmerait son amant. Elle m'entraîne sur le matelas et ma bouche chemine lentement sur elle, j'embrasse chaque fraction de peau qui se présente à moi. Dans un gémissement, Becca me fait remonter vers son visage et entoure mes hanches de ses jambes. À l'instant où nos deux corps ne font plus qu'un, nos regards s'ancrent l'un à l'autre pour ne plus se quitter.

Le martèlement de la pluie sur la fenêtre de la chambre me réveille. Je sens le corps chaud de Becca contre le mien. Les draps forment un cocon autour de nous. Je caresse délicatement son dos de bas en haut en suivant sa colonne vertébrale du bout des doigts. Jamais plus je ne veux qu'il y ait de distance entre nous. Je veux que nous soyons toujours ce couple fusionnel que nous étions hier soir et cette nuit. Depuis le tout début, je sais que nous sommes faits pour vivre ensemble et j'ai mis beaucoup trop de temps à en prendre réellement conscience. Cette erreur ne se reproduira pas une seconde fois.

Je dépose un baiser dans ses cheveux qui s'étalent autour de son visage tel un halo. Puis, assis sur le bord du matelas, je la contemple un instant en prenant pleinement conscience de ma chance. Je passe ensuite dans la salle de bains pour récupérer mes vêtements, avant de franchir la porte du couloir. Du bruit me parvient depuis la cuisine. En enfilant mon tee-shirt, je vais retrouver Mitch qui nous a fait du café. Son journal à la main, il est assis à table et m'invite à le rejoindre. Je me sers une tasse de boisson brûlante avant de prendre place en face de lui. Le silence règne dans la pièce durant un long moment.

— Je sais que la situation doit te paraître étrange…

— En quoi serait-elle plus étrange que d'avoir vu un jeune homme quitter la chambre de ma fille par la fenêtre, il y a cinq ans de ça ?

J'esquisse un sourire gêné en passant une main dans mes cheveux en bataille.

— Je préfère de loin la savoir avec toi, que seule à pleurer la mort de votre fils, décrète-t-il finalement en me regardant droit dans les yeux. Voir son enfant souffrir est la pire chose qui soit pour un parent, surtout quand il ne peut rien faire pour soulager cette douleur.

N'ayant jamais eu de vraie relation parentale, je ne sais pas quoi lui répondre. Je me lance donc plutôt dans l'explication de l'idée qui germe dans mon crâne depuis que nous sommes rentrés du cimetière.

— J'ai une proposition à te faire, Mitch.

— Je t'écoute, Fiston.

Nous discutons un long moment à voix basse, avant de conclure notre accord tacite par une poignée de main. Nous formaliserons les choses plus tard, et dans le plus grand secret. Je rejoins ensuite Becca dans la chambre où elle dort toujours à poings fermés. Je ne peux m'empêcher de sourire en l'observant, allongée sur le ventre. Mon cœur se gonfle de bonheur à sa seule vue. Je m'agenouille sur le lit et embrasse malicieusement ses épaules dénudées. Mes dents mordillent sa peau quand elle ouvre les yeux pour me regarder.

— Tu vas bien ? chuchote-t-elle.

Je capture ses lèvres.

— Je ne me suis jamais senti aussi bien de toute ma vie, lui avoué-je sincèrement en la libérant.

Le sourire qu'elle m'offre vaut tout l'or du monde.

Chapitre 35

Becca

Deux semaines se sont lentement écoulées, et le mois d'août est déjà bien avancé. Aujourd'hui, le dix-neuf, nous fêtons l'anniversaire de Will et je veux que tout soit parfait ! C'est la seule raison pour laquelle je me bats encore avec ce papier d'emballage débile dans la cuisine au petit matin. Il y a du scotch partout sur la table, y compris sur mon brave Roper qui guette avec anxiété le moindre de mes faits et gestes. Je suis une vraie calamité quand il s'agit de préparer des cadeaux, et je n'ai malheureusement déniché aucun sac potable dans la maison pour dissimuler mon présent. Il est arrivé hier soir et se trouve maintenant emballé sous un affreux papier de Noël vert. Heureusement, Will dort encore quand je range les ciseaux.

Sur la pointe des pieds, je retourne dans la chambre, mon paquet entre les mains, espérant le surprendre avec un réveil plein de tendresse. C'était sans compter mon chien qui se faufile entre mes jambes et saute joyeusement au milieu des couvertures... atterrissant directement sur Will. Dans un sursaut, le pauvre se réveille en grondant des injures contre Roper, qui se sent aussitôt tout penaud et se met à couiner en se couchant sur le flanc. Sur le pas de la porte, j'éclate de rire tant la scène est d'un ridicule sans nom. Will et Roper se tournent vers moi de concert pour me foudroyer du regard. J'approche du lit, un sourire aux lèvres. Will me saisit par les hanches et me fait tomber sur le matelas entre lui et mon chien.

— Non ! Je vais abîmer l'emballage, m'insurgé-je.

— De quoi parles-tu ?

Le cadeau a roulé sous moi et le paquet déjà minable ne ressemble plus à rien, pourtant je le tends quand même à Will.

— Joyeux anniversaire !

— Franchement Becca, tu n'avais pas à m'offrir un cadeau ! Ton corps me suffit amplement, me semonce-t-il en passant une main sous mon tee-shirt.

— Ouvre-le, allez !

Je mets le paquet entre nous deux, l'empêchant ainsi de me toucher. Il grogne en saisissant l'objet informe. Puis il passe au-dessus de moi pour décoller un bout de scotch collé à l'oreille de mon chien.

— C'est Roper qui a fait le paquet ?!

— Ne te moque pas de moi, Thompson ! Et puis, ce n'est qu'une partie de ton cadeau.

Un sourire stupide orne son visage quand il déchire enfin le papier. Il observe un moment le magnifique licol en cuir portant une plaque gravée au nom de Styx. Je l'ai commandé exprès pour son anniversaire, mais aussi parce que je trouve celui de son cheval vraiment affreux. Il lève vers moi un regard empli de reconnaissance.

— Il est superbe. Merci, murmure-t-il en me volant un baiser avant de sortir de sous les couvertures.

— Où vas-tu ?!

— Le lui essayer tout de suite.

Il commence à enfiler un jean.

— Tu ne veux pas voir ton second cadeau d'anniversaire ?

Will se fige quand je retire mon tee-shirt et lui tourne le dos. Je lui demande, d'une voix enrouée par l'émotion :

— Tu peux retirer le pansement ?

Depuis deux jours, je me bats d'arrache-pied pour lui cacher ce qui se trouve sous le mystérieux bandage. J'ai finalement prétexté une morsure de cheval pour qu'il cesse de me harceler. Alors que je fais passer mes cheveux devant moi pour dégager mon épaule droite, il décolle l'adhésif avec précaution. Je peux ensuite sentir ses doigts frôler ma peau avec une douceur infinie. Je sais qu'il contemple le *B* et le *W* entrelacés dans un fer à cheval, tatoués par son ami.

— Quand es-tu allée voir Cole ? me demande-t-il avant de déposer un baiser léger sur mon épaule.

— Il y a deux jours. Je ne suis pas vraiment allée voir un client potentiel, avoué-je en remettant mon haut.

Will me fait pivoter et m'attire contre son torse pour m'embrasser avec une telle avidité que j'en tremble. Mes mains s'agrippent à ses épaules.

— Le résultat est sublime, murmure-t-il contre mes lèvres.

— Tu as trente ans désormais, je ne voulais pas que tu oublies à qui tu appartiens.

— Je suis mort de rire, Parker ! Allez, bouge tes fesses, on a du boulot !

Je rigole encore quand il sort de la chambre et que j'enfile mon jean. Je le rejoins très vite dans l'écurie où nous nous attelons à la tâche comme tous les matins. J'adore le juste équilibre qui s'est à nouveau établi dans nos journées. Il y avait longtemps que je ne m'étais pas sentie aussi bien. Seule ombre au tableau, les nouvelles concernant l'état de santé d'Henry. Il a fait une seconde crise, plus violente que la première, et les médecins ont dû le plonger dans une sorte de coma artificiel après l'avoir réanimé. Jusque-là, nous n'en savons pas plus. Lucas s'occupe de tout chez lui, ce qui permet à mon père de passer du temps au chevet de son vieil ami, à l'hôpital. Malheureusement, les médecins ne sont guère optimistes quant à ses chances de réveil.

Deux nouveaux chevaux sont aussi arrivés au ranch cette semaine, ce qui nous a apporté un regain de travail, en sus de celui que mon père accomplit en général. Notre emploi du temps est pour le moins chargé.

Une fois les box nettoyés, je me mets au travail avec Eden, la jument d'Henry que Lucas a amenée ici en début de semaine, tandis que Will part avec Keeper vérifier le bétail et les clôtures. Après avoir sellé ma monture, je la conduis vers le manège et commence une séance d'échauffement. À peine avons-nous commencé à trotter que j'aperçois la Jeep de mon frère qui remonte l'allée pour s'arrêter devant les portes de la grange. Il sort de l'habitacle et marche droit vers moi. Eden doit sentir que quelque chose ne va pas, car elle lève la tête et s'arrête net. Eric pénètre dans le manège et vient me rejoindre.

— Salut.

Je ne réponds pas et mets ma monture au pas dans un cercle autour de lui.

— J'ai été stupide, Becca.

— Stupide, dis-tu ?!

— Jamais je n'aurais dû te cacher l'existence de ces lettres, je suis désolé, soupire-t-il.

Jamais je ne pourrai oublier son geste. Pas avec tout ce que j'ai subi par la suite à cause de l'absence de Will. C'est tout bonnement impossible.

— Je ne crois pas pouvoir te pardonner, Eric, dis-je avec la plus grande sincérité en arrêtant Eden. Pas alors que tu savais la peine que j'endurais à ce moment-là et combien la présence de Will à mes côtés aurait pu tout changer. Tu es mon frère, heureusement pour toi, aussi rien ne pourra m'empêcher de t'aimer, seulement il va falloir me laisser du temps. Beaucoup de temps !

Eric passe une main dans ses cheveux bouclés, le regard triste. Il sait qu'il a brisé quelque chose dans notre relation si parfaite, c'est pourquoi il n'insiste pas. Il me salue et tourne les talons. À l'instant de franchir la barrière, il se retourne pour me regarder.

— Souhaite-lui un bon anniversaire, me lance-t-il avant de disparaître.

Je reprends mon travail avec Eden après un simple signe de la tête. J'entends sa Jeep s'éloigner en soulevant les graviers de la cour.

Quand j'en ai terminé avec la jument d'Henry, je passe à Gipsy et suis heureuse de constater que ma petite pensionnaire sera bientôt prête à retourner chez elle. C'est un vrai plaisir de la faire travailler. Je décide de nous octroyer une balade aujourd'hui. Quelques minutes plus tard, nous parcourons les pâturages à la recherche de Will et Keeper. Dès que je les repère, je demande le trot à Gipsy qui s'empresse d'aller rejoindre son compagnon d'écurie. J'aide Will à terminer ses vérifications et l'après-midi est déjà bien avancé lorsque nous regagnons le ranch. Mon père est déjà rentré. Tandis que je desselle ma monture, je vois Will accepter discrètement une grande enveloppe que lui tend Mitch en souriant. Je ne pose aucune question, ce sont leurs affaires après tout.

— Ça te dirait une séance de prise au lasso avec Styx ? me demande Will.

Le sourire qui s'affiche sur mon visage doit valoir toutes les réponses du monde. Will se détourne alors pour aller me préparer son cheval pendant que je termine avec Gipsy. Puis il m'attend près du quad qui nous sert durant l'entraînement avec l'étalon. Derrière l'engin est installée une botte de foin sur laquelle est fichée une tête de bouvillon en plastique noir. Je me mets en selle et Will me tend mon lasso avant de monter sur le tout-terrain et de le démarrer. Cela fait bien longtemps que je ne me suis plus entraînée de la sorte à la prise au lasso, et je sens l'excitation me gagner peu à peu. Je lui fais un signe du menton, après avoir préparé mon matériel, et il met les gaz. Styx sursaute à cause du bruit pétaradant de la machine ; toutefois, à mon signal, il part sans hésitation à la poursuite de la botte de foin. Debout dans mes étriers, le coude bien levé, je fais tournoyer mon lasso au-dessus de ma tête, suivant la rotation de mon poignet. Quand ma cible se trouve à midi devant moi, je laisse la corde filer dans un mouvement souple. Elle s'accroche autour de la tête en plastique et Styx s'arrête en une jolie glissade dans le sable. Ma monture recule ensuite lentement pour bien tendre le lasso. Will nous lance un coup d'œil approbateur. Il défait la prise de la cible et me laisse enrouler mon lasso. En silence, il s'approche de moi et me fait signe du doigt de me pencher vers lui.

— Je crois que l'été prochain, nous allons faire une équipe du tonnerre pour la saison de rodéos, me souffle-t-il.

Dans un sourire, je lui vole un baiser, puis nous reprenons l'entraînement pendant une vingtaine de minutes. Quand nous dessellons Styx, la nuit tombe sur les Rocheuses. Will sort finalement la grande enveloppe blanche qu'il avait glissée dans sa selle et me la tend. Suspicieuse, je le regarde sans comprendre.

— Moi aussi, j'ai un cadeau pour toi aujourd'hui.

— Il pose alors un genou à terre devant moi, et je panique.

— Will, arrête de faire l'idiot, relève-toi bon sang !

— Ouvre l'enveloppe d'abord.

Les mains tremblantes, je m'exécute. Sur les feuilles, il n'y a que des chiffres, une sorte de contrat et deux signatures.

— Je ne comprends pas, Will. Qu'est-ce que c'est ?

Il se relève finalement et me traîne à l'extérieur de l'écurie, ses doigts enlacés aux miens. Dehors, il pointe de nos deux mains jointes la grande étendue de verdure qui se trouve juste derrière le pâturage d'Angel et Thunder.

— Voilà notre avenir, Becca.

Alors, la lumière se fait en moi.

— Tu as acheté la parcelle à mon père ?

— Oui. Mon foyer est ici, Becca, nulle part ailleurs. Ma mère avait fait plusieurs placements bancaires fructueux pour moi durant ces dernières années. Et aujourd'hui, ils me permettent de nous offrir cela.

— Tu veux vraiment t'établir ici ?

La question me semble stupide aussitôt qu'elle a franchi mes lèvres.

— Tu t'es fait tatouer la première lettre de mon prénom derrière l'épaule, ne me dis pas que vivre dans une maison que nous aurons construite ensemble t'effraie, Parker !

Dans un élan, je me jette dans ses bras. En riant, il me fait tournoyer.

— Tant que tu es là, Thompson, rien ne m'effraie, chuchoté-je avant de plaquer mes lèvres sur les siennes.

Will vint de m'offrir le plus beau cadeau du monde.

Lui.

 *Épilogue*

1 an plus tard

Will

Alors que je gare mon pick-up dans la cour du ranch pour la seconde fois en ce début de matinée, j'aperçois Becca qui sort de l'écurie avec Thunder harnaché. J'éteins le moteur de mon nouveau véhicule et elle se tourne vers moi pour m'observer. Elle esquisse un sourire avant de poursuivre son chemin vers le manège. Je sors du pick-up, épuisé. Nous sommes rentrés de notre premier rodéo très tôt ce matin. L'été s'annonce merveilleux, cette année encore.

Notre relation est au beau fixe depuis un an maintenant. D'accord, nous avons eu notre lot de disputes et de prises de bec, toutefois jamais rien d'insurmontable. Trois fois déjà, je lui ai demandé de m'épouser, et par trois fois, elle a refusé. Néanmoins je ne désespère pas de lui passer la bague au doigt un jour.

Sur le chemin du retour, un message important m'attendait sur mon portable, qui m'a forcé à retourner en ville après être venu déposer les chevaux et Becca au ranch. L'objet que je suis allé chercher caché derrière mon dos, je pénètre dans la grange et me dépêche de seller Styx avant de m'éclipser avec lui. Je prends soin d'envoyer un texto à Becca à l'instant où je quitte les lieux.

Je laisse ma monture m'emporter plein galop jusqu'à notre rocher, l'attache à l'arbre et m'assois sur le promontoire. En attendant qu'elle me rejoigne, je contemple le terrain dont j'ai fait l'acquisition l'an dernier. C'est Styx qui me signale l'approche d'un

autre cheval. Becca apparaît avec Thunder qu'elle prend soin d'installer près de mon étalon.

— Je peux savoir pourquoi tu voulais que je te retrouve ici ? m'interroge-t-elle en s'approchant.

— Regarde ce qui est arrivé aujourd'hui !

Je désigne un long tube de carton brun et en retire le couvercle. Becca s'installe entre mes jambes, alors que je déroule la grande feuille de papier blanc qui se trouvait dedans.

— C'est bien ce que je crois ?!

— Oui, ma belle. C'est bien ce que tu crois !

Devant nous s'étale le plan final de notre maison. L'architecte nous a enfin rendu la dernière épreuve, les travaux pourront bientôt commencer. Contre moi, Becca examine le schéma avec attention.

— Tu as vraiment pensé à tout, murmure-t-elle. Mais pourquoi ces deux pièces supplémentaires, ici ?

Je cale mon menton contre son épaule, celle-là même qui est ornée de nos initiales et l'embrasse.

— J'ai songé qu'un jour prochain, nous aimerions peut-être avoir un peu de bruit dans la maison. Des rires d'enfants, qui sait ?

— Je ne suis pas enceinte, Will.

— Je sais bien. Seulement rien ne nous empêche de nous exercer pendant que les travaux de notre maison avancent.

Du dos de la main, elle caresse mon visage en regardant toujours le plan. Un sourire en coin apparaît sur ses lèvres.

— L'idée me plaît bien, me chuchote-t-elle avant de se lever.

— Maintenant ?

— Non. On va être en retard au déjeuner de répétion d'Eric et Allison si on traîne dans les parages. Je te rappelle qu'ils se marient le week-end prochain ! Mais en rentrant, je céderai peut-être à ta requête.

Elle me fait face, les mains posées à plat sur mes jambes alors que je range le plan de notre futur foyer. Sa bouche vient chercher la mienne et elle me laisse me relever après un baiser étourdissant.

— Veux-tu m'épouser ? lui demandé-je encore alors qu'elle éloigne ses lèvres des miennes.

— Non.

Je grogne et l'observe qui s'avance vers Thunder. Elle met le pied à l'étrier et monte sur son cheval sans plus me porter la moindre attention.

— Mais si tu réussis à me rattraper, Thompson, je changerai peut-être ma réponse à ta question, me lance-t-elle par-dessus son épaule en s'éloignant au grand galop.

Me relevant comme si quelque chose m'avait mordu les fesses, je remets le tube dans la sacoche de ma selle et grimpe sur mon étalon dont je lâche toute la puissance derrière Becca. Je l'entends rire quand Styx approche de sa monture.

Elle ne s'en sortira pas sans une bague au doigt cette fois-ci !

FIN.

Remerciements

Tout d'abord, j'aimerais dire merci à toutes les personnes qui m'ont soutenue durant ce grand projet. En premier lieu, mon fidèle compagnon et ma plus grande source de motivation, jour après jour durant tout le processus d'écriture, mon chien Cash ! Mais également ma famille, ma mère Claudine, mon père Robert et mon frère Mathieu. Sans leurs encouragements, ce roman n'aurait jamais vu le jour.

Je tiens aussi à remercier toute l'équipe du Carrefour jeunesse emploi Huntingdon, point de service Saint-Rémi, pour leur soutien dans mon idée folle de participer au projet Jeunes volontaires, mis en place par Emploi-Québec. Justyna, Cindy, vous avez su trouver les mots justes pour m'aider à croire en moi.

Merci à mes fidèles relectrices, Roselyne et Elisabeth. Qu'aurais-je fait sans vos commentaires ?! Cynthia, Valérie, vous savez me pousser dans mes derniers retranchements pour offrir le meilleur de moi-même.

Également un immense merci à l'équipe du programme Jeunes volontaires, et toutes ses personnes qui ont cru en mon projet.

Merci à ma correctrice, Sabine, qui m'a permis de retomber en amour avec mon texte, et Will et Becca !

À Virginie, ma graphiste, qui a su trouver les couleurs parfaites pour donner vie à ce premier tome d'Alberta Road. Sans oublier Evelyne, Brigitte et Annie-Claude sans vous et vos précieux conseils… il n'y aurait toujours pas de roman entre vos mains.

Et merci à ceux et celles qui liront ce livre, cette part de moi qui n'est que le début d'une grande aventure.

Mychele S.

Retrouvez tous les héros du tome 1
et plus particulièrement
Cole et Abby
dans : Le jour où tu es arrivé

www.ingramcontent.com/pod-product-compliance
Lightning Source LLC
Chambersburg PA
CBHW071004280626
47160CB00016B/2541